Los asesinatos de Kingfisher Hill

Sophie Hannah es una reconocida autora de *thrillers* psicológicos, publicados en más de treinta países y adaptados a la televisión. Su obra incluye también el cuento, los libros infantiles y la poesía. Miembro honorario de la junta del Lucy Cavendish College, en Cambridge, ha recibido numerosos premios y reconocimientos, entre ellos el Premio Daphne du Maurier, el IMPAC International Dublin Literary Award y el National Book Award en la categoría de *thriller*. Tras *Los crímenes del monograma*, *Ataúd cerrado* y *El misterio de las cuatro cartas*, todos ellos publicados en Editorial Espasa, ésta es su cuarta incursión en el universo Poirot.

Agatha Christie es conocida en todo el mundo como la Dama del Crimen. Sus libros han vendido más de cuatro mil millones de ejemplares, y es la autora más publicada de todos los tiempos, sólo superada por la Biblia y Shakespeare. Escribió más de ochenta novela de misterio, más de veinte obras de teatro, y seis novelas bajo el pseudónimo de Mary Westmacott.

www.agathachristie.com

Sophie Hannah
Los asesinatos de Kingfisher Hill

Traducción de Claudia Conde

ESPASA

Obra editada en colaboración con Editorial Planeta – España

The Killings at Kingfisher Hill™ es una marca de Agatha Christie Limited.
© Agatha Christie Limited 2018

AGATHA CHRISTIE, POIROT y la firma de Agatha Christie son marcas
registradas en Reino Unido y en otros lugares del mundo.

Agatha Christie®

Traducción de Claudia Conde
© 2022, Editorial Planeta, S. A. – Barcelona, España

Derechos reservados

© 2023, Editorial Planeta Mexicana, S.A. de C.V.
Bajo el sello editorial BOOKET M.R.
Avenida Presidente Masarik núm. 111,
Piso 2, Polanco V Sección, Miguel Hidalgo
C.P. 11560, Ciudad de México
www.planetadelibros.com.mx

Adaptación de la cubierta: Booket Área Editorial Grupo Planeta a partir de
la idea original de Holly Macdonald © HarperCollins Publishers Ltd 2018
Ilustración de la portada: © Lilac y Pola / Shutterstock
Citas literarias del interior: Pág. 168: © William Shakespeare, Romeo y
Julieta (Barcelona: Austral, 2015)

Primera edición impresa en España en Booket: febrero de 2022
ISBN: 978-84-670-6502-2

Primera edición impresa en México en Booket: agosto de 2023
ISBN: 978-607-39-0292-2

Impreso en los talleres de Litográfica Ingramex, S.A. de C.V.
Centeno núm. 162-1, colonia Granjas Esmeralda, Ciudad de México
Impreso en México - *Printed in Mexico*

Dedico el presente libro a Helen A.,
amiga y superfán de Agatha, como yo

Capítulo 1

Reunión a medianoche

Esta historia no empieza a medianoche, sino diez minutos antes de las dos de la tarde del 22 de febrero de 1931. Fue entonces cuando comenzaron a pasar cosas extrañas, mientras Hércules Poirot y el inspector Edward Catchpool (su amigo y quien relata esta historia) estaban congregados con treinta desconocidos en la Buckingham Palace Road de Londres, en una masa dispersa sin demasiada proximidad física entre sus integrantes, pero fácilmente identificable como una unidad en su conjunto.

Nuestro grupo compuesto por hombres, mujeres y un bebé (una criatura meticulosamente envuelta por su madre en una manta que le confería aspecto de momia) estaba a punto de embarcarse en un viaje que ya me resultaba peculiar y enigmático, mucho antes de saber lo muy extraordinario que llegaría a ser en realidad.

Nos habíamos reunido junto al autobús que iba a trasladarnos desde Londres hasta el famoso complejo campestre de Kingfisher Hill, cerca de la localidad de Haslemere, en Surrey, un lugar de extraordinaria belleza natural en opinión de muchos. Pese a habernos presentado con bastante antelación respecto a la hora programada para la salida, ningún pasajero había recibido autorización para acceder al vehículo. Por eso estábamos en la calle, tiritando de frío en la gélida humedad de febrero, golpeando el suelo con los pies y echándonos el aliento en las manos enguantadas para entrar en calor.

No era medianoche, sino uno de esos días invernales que nacen hambrientos de luz desde el alba y arrastran la escasez hasta el crepúsculo.

En el autobús había treinta plazas para pasajeros y éramos treinta y dos los que nos disponíamos a viajar: el conductor, un bebé en brazos de su madre y treinta personas más que ocuparíamos los asientos a ambos lados del pasillo central, incluido un representante de la compañía de transportes.

Mientras tiritaba al lado de Poirot, se me ocurrió pensar que yo tenía más en común con el niño de pecho que con cualquier otro de los miembros de nuestro grupo. Treinta personas del total de treinta y dos conocían la razón por la que pensaban viajar a su destino de aquel día. Poirot era uno de esos afortunados. También el conductor del autobús sabía la razón por la que se encontraba entre nosotros: para poner un plato de comida sobre la mesa familiar, una motivación particularmente poderosa.

El bebé y yo éramos los únicos entre los presentes

que ignorábamos por completo la razón de embarcarnos en el autobús pintado de colores chillones, y de los dos, sólo a uno de nosotros le preocupaba esa ignorancia. El único dato del que disponía era el destino final del autobús: Kingfisher Hill, un complejo privado de trescientas sesenta hectáreas, con club de golf, dos pistas de tenis y piscina diseñada y construida por el célebre arquitecto sir Victor Marklew, con agua climatizada todo el año.

Sólo los más adinerados podían permitirse una casa de campo en los tranquilos y boscosos parajes de Kingfisher Hill, pero eso no era impedimento para que londinenses de todas las categorías hablaran interminablemente al respecto. Y yo habría estado ansioso por franquear por primera vez esa bendita verja si Poirot no se hubiera empeñado en ocultarme la razón de nuestra visita. La sensación de saber aún menos que de costumbre me resultaba en extremo irritante. ¿Estaría a punto de conocer a una futura reina? En Scotland Yard había oído decir que la mayoría de los habitantes de Kingfisher Hill eran aristócratas y miembros de la realeza, y cualquier cosa me parecía posible en una excursión preparada por Poirot.

El autobús partió puntual a las dos de la tarde, y no creo que los acontecimientos que se produjeron antes de que el conductor anunciara en tono risueño la salida ocuparan mucho más de un cuarto de hora. Por lo tanto, puedo fijar con bastante confianza en las dos menos diez la hora en que reparé en ella, la mujer desdichada de cara inconclusa.

Ya que estamos, les diré que el primer título elegido para este capítulo era «Una cara inconclusa». Poirot lo prefería al que acabé adoptando y protestó cuando le comenté que lo había cambiado.

—Catchpool, tiene usted una desagradable tendencia a la obstinación irracional —me dijo, fulminándome con la mirada—. ¿Por qué se empeña en titular este importante capítulo de una manera que llamará a la confusión? ¡No sucedió nada importante a medianoche, ni ese día ni ningún otro! Era pleno día mientras esperábamos junto al autobús, convertidos prácticamente en bloques de hielo, sin que nadie nos explicara por qué no nos abrían las puertas del vehículo. —Poirot se interrumpió y arrugó el entrecejo. Esperé con paciencia a que desenmarañara en su fuero interno los dos motivos independientes de irritación que se habían mezclado en su invectiva—. Decididamente, no era medianoche.

—Ya lo aclaro en mi...

—En efecto, lo aclara. Es su deber, *n'est-ce pas?* Ha creado sin motivo la necesidad de explicar que una condición específica no se cumple. Es ilógico, ¿no cree?

Me limité a asentir. Habría parecido pretencioso si le hubiera respondido lo que estaba pensando. Poirot es el mejor detective en activo del mundo, pero no es un narrador de historias experimentado y a veces se equivoca. Describir como «pleno día» el ambiente de aquella tarde no se habría ajustado del todo a la realidad, como ya he señalado, y la medianoche —no la hora, sino la palabra— tiene mucho que ver con el asunto que nos ocupa. Si las palabras *Reunión a medianoche* en la portada de un libro no me hubieran llamado la atención antes de ponernos en marcha aquel día, es posible que nadie hubiera resuelto nunca los asesinatos de Kingfisher Hill.

Pero me estoy adelantando y debo devolvernos a todos al frío de aquella calle. Yo sabía por qué nos hacían esperar bajo el azote del viento, aunque Poirot no cayera en la cuenta. La vanidad, como tantas veces sucede en los asuntos humanos, era la explicación; más concretamente, la vanidad de Alfred Bixby. El señor Bixby era el propietario de la recién inaugurada Compañía de Autobuses Kingfisher y quería que todos admiráramos la belleza del vehículo que estaba a punto de transportarnos. Desde nuestra llegada, no se había separado de nuestro lado, como atraído por la fuerza de la gravedad. Era tanta su emoción por tener entre sus clientes a Hércules Poirot que estaba dispuesto a ignorar a todos los demás. Por desgracia, no tuve la suerte de contarme entre los beneficiarios de su desdén, porque la proximidad de mi amigo garantizaba que yo también tuviera que padecer cada una de las palabras que le dirigía a Poirot.

—¿No le parece espléndido? ¡Naranja y azul como un martín pescador! ¡Brillante como un pimpollo! ¡Mire esas líneas! ¡Qué hermosura! ¿No opina lo mismo, monsieur Poirot? ¡No verá nada igual en la carretera! ¡Con los últimos adelantos! ¡Lo más lujoso del mercado! ¡Mire esas puertas! Encajan a la perfección.

Toda una proeza del diseño y la ingeniería. ¡Mírelas bien!

—Impresionante —dije, convencido de que sólo nos permitiría acceder al vehículo cuando lo hubiéramos admirado lo suficiente por fuera.

Poirot soltó un gruñido, reacio a fingir admiración.

Bixby era un hombre delgado, de aspecto anguloso, con ojos saltones de mirada fija. Cuando reparó en dos mujeres enfundadas en abrigos y sombreros que venían caminando por la acera de enfrente, nos las señaló y dijo:

—¡Llegan tarde, ja, ja, ja! Tendrían que haber reservado con tiempo sus asientos. Si quieres viajar con la Compañía de Autobuses Kingfisher, no puedes dejarlo para el último minuto, porque te arriesgas a quedarte sin billete. ¡Ja, ja! ¡Lo siento, señoras! ¡Otra vez será! —exclamó.

Las dos mujeres debieron de oírlo, pero no le prestaron atención y siguieron andando con tanta determinación como antes. Apenas habrían reparado en nuestra presencia si Bixby no se hubiera dirigido a ellas. No tenían ningún interés en la Compañía de Autobuses Kingfisher, ni en el vehículo naranja y azul que la representaba. La actitud desesperada y poco digna de Bixby me hizo pensar que su empresa quizá no era tan próspera como se empeñaba en asegurarnos.

—¿Lo has oído? El señor Bixby acaba de rechazar a dos pasajeras —dijo cerca de mí un hombre a su acompañante.

—Con toda la razón, si no habían reservado sus billetes —replicó éste—. ¿Acaso no ha dicho Bixby que ya estábamos todos, cuando ha repasado la lista de pasajeros? No puedo entender por qué la gente no planifica las cosas con tiempo.

Irritado como estaba aquel día, me fastidió todavía más que el poco elegante artificio de Bixby consiguiera engañar al menos a dos personas.

Seguí haciendo gestos afirmativos y comentarios vagamente apreciativos en los momentos que me parecieron correctos mientras Bixby nos explicaba cómo había fundado su empresa: la falta de iniciativa de la mayoría de la gente y su incapacidad para imaginar cosas que aún no existían...; el hecho de tener una propiedad en Kingfisher Hill, gracias al éxito de anteriores inversiones, y la dificultad para desplazarse hasta Londres pese a la relativa cercanía geográfica...; su negativa a dejarse paralizar por el temor, incluso en el actual estado catastrófico de la economía nacional y mundial...

Recuerdo haber pensado: «Si Alfred Bixby tiene una casa en Kingfisher Hill, entonces no es cierto que sean todos aristócratas o miembros de la realeza». Eso fue segundos antes de reparar en la expresión de horror de una mujer sola, situada en la periferia de nuestro grupo, momento en el cual todas las demás consideraciones pasaron a un segundo plano.

—Una cara inconclusa —murmuré.

Nadie me oyó. Para entonces, Alfred Bixby estaba castigando a Poirot con una enumeración de los muchos fracasos del primer ministro Ramsay MacDonald y su «gobierno rusófilo de truhanes y réprobos», y sus palabras sofocaron las mías.

Calculé que la mujer debía de tener unos veinte años. Llevaba un elegante abrigo verde con sombrero a juego, por encima de un vestido desteñido y casi incoloro que parecía haber soportado más de un centenar de lavados. Los zapatos estaban muy gastados.

La joven no carecía totalmente de atractivo, pero tenía la piel pálida y anémica, y todos sus rasgos transmitían la misma sensación, como si les faltara un último toque que les podría haber conferido una belleza más convencional. Tenía los labios finos, pálidos y retraídos, y sus ojos hacían pensar en dos pozos oscuros. En general, toda su cara parecía reclamar un poco más de forma y de detalles, como si aún no hubieran salido a la luz elementos escondidos bajo la superficie.

Pero todo eso es secundario. Lo que de verdad me fascinó y alarmó fue su expresión de miedo, disgusto y profunda desdicha, todo a la vez. Era como si acabara de sufrir, apenas unos minutos antes, la experiencia más espantosa e inquietante que pudiera imaginar. Tenía la mirada fija en el autobús, una mirada extraviada de ojos desencajados imposible de justificar por el rechazo que pudiera causarle la estrecha asociación entre aquellos particulares tonos de naranja y azul, por muy intenso que fuera su disgusto. Si el vehículo no hubiera sido un objeto inanimado, habría sospechado que aquella mujer lo había visto cometer un crimen de inigualada crueldad mientras todos los demás estábamos distraídos.

Parecía estar sola, de pie en la periferia de nuestro pequeño grupo. No dudé en acercarme.

—Disculpe la intromisión, pero parece haber sufrido una experiencia desagradable. ¿Puedo ayudarla en algo?

Era tan extremo el horror pintado en su rostro que ni por un momento me paré a pensar si no me estaría confundiendo en mi apreciación, o si estaría viendo problemas donde no los había.

—No, gracias.

Su respuesta fue poco contundente. Parecía abstraída.

—¿Está segura?

—Sí, yo... Sí, gracias.

Dio cuatro o cinco pasos en dirección al autobús, alejándose de mí.

No podía insistir en ayudarla si ella se negaba, de modo que regresé con Poirot y Alfred Bixby, pero sin dejar de seguir los movimientos de la joven, que pronto se volvieron más agitados. Empezó a caminar en círculos, mientras sus labios se movían silenciosamente. En ningún momento, ni por un segundo, la expresión horrorizada se borró de su rostro.

Estaba a punto de interrumpir el monólogo de Bixby para llamar la atención de Poirot sobre el objeto de mi preocupación, cuando a mi izquierda una potente voz femenina se dirigió a mí:

—¿Ha visto a esa joven? ¿Qué demonios le pasa? ¿Se caería de la cuna y se daría un golpe en la cabeza cuando era pequeña?

La madre del bebé estrechó con más fuerza a su hijo entre sus brazos.

—No hay ninguna necesidad de ofender, señorita —dijo un anciano.

El comentario inspiró un murmullo generalizado de aprobación. Los únicos que seguían ajenos a toda esa actividad eran la mujer de la cara inconclusa y Alfred Bixby, que continuaba hablándole a Poirot, aunque éste ya no le prestaba atención.

—Parece alterada —señaló alguien—. Deberíamos consultar si su nombre figura en la lista de pasajeros.

Ese comentario desencadenó un coro de observaciones.

—El señor Bixby ya ha dicho que estamos todos.

—Entonces ¿por qué no abre las puertas? ¡Conductor! Usted es el conductor, ¿no? ¿Podemos subir ya?

—Si su nombre está en la lista, supongo que no puede ser una lunática fugada de un asilo cercano, aunque su conducta sugiere lo contrario —dijo la mujer de voz sonora.

Ella también era joven, más o menos de la misma edad que la mujer de la cara inconclusa. Su voz contradecía frontalmente la dureza de sus palabras. Tenía un timbre musical y femenino: ligero, luminoso, casi chispeante. «Si un diamante hablara, tendría su voz», pensé.

—Este caballero conversaba con ella hace un momento —indicó una señora mayor, agitando en mi dirección un dedo acusador, antes de volverse hacia mí—. ¿Qué le ha dicho? ¿La conoce usted?

—No, para nada —respondí—. Solamente he observado que no parecía sentirse bien y me he acercado para preguntarle si necesitaba ayuda. «No, gracias», me ha contestado.

—¡Señoras y caballeros! —exclamó Alfred Bixby, ansioso por dirigir nuevamente nuestra atención hacia el objeto de su orgullo—. ¿Ha llegado ya el momento de revelar el lujoso interior de este flamante autobús? ¡Yo diría que sí!

Mientras varias personas se precipitaban hacia el vehículo en sus ansias por refugiarse del frío, me hice a un lado y vi que la mujer de la cara inconclusa se alejaba de las puertas abiertas del autobús, como si tuviera miedo de que la devoraran. Detrás de mí, oí la voz de Poirot.

—Muévase, Catchpool. Ya he padecido lo suficiente su «aire fresco» inglés. Ah, veo que está observando a *la pauvre mademoiselle*...

—¿Qué le pasará? ¿Usted qué opina, Poirot?

—No lo sé, amigo mío. Puede que tenga comprometidas las facultades mentales.

—No lo creo —respondí—. Cuando he hablado con ella, me ha parecido lúcida y en su sano juicio.

—En ese caso, se habrá deteriorado desde entonces.

Volví a acercarme a la joven y le dije:

—Siento mucho importunarla una vez más, pero ¿está segura de que no necesita ayuda? Me llamo Edward Catchpool y soy inspector de policía de Scotland Yard...

—¡No! —Sus labios se retorcieron en torno a la

palabra—. No puede ser quien dice que es. ¡Es imposible!

Retrocedió para alejarse y chocó contra la mujer del bebé. Parecía como si sólo me viera a mí. La primera vez que me había dirigido a ella la había encontrado demasiado absorta en sus miedos y tormentos para prestarme atención. Ahora parecía completamente concentrada en mi persona, en exclusión de todo lo demás.

—¿Quién es usted? —exigió saber—. ¿Quién es realmente?

Poirot salió enseguida en mi defensa.

—Mademoiselle, puedo asegurarle que es verdad lo que le ha dicho. El inspector Catchpool y yo viajamos juntos. Mi nombre es Hércules Poirot.

Sus palabras tuvieron un efecto evidente. De pronto, la actitud de la mujer cambió. Miró a su alrededor y pareció notar por primera vez que su conducta estaba llamando la atención de muchos curiosos. Entonces bajó la cabeza y susurró:

—Discúlpeme, inspector. Por supuesto que usted es quien dice ser. No sé cómo he podido reaccionar de ese modo.

—¿Qué le sucede? —le pregunté sin más rodeos.

—Nada. Estoy bien.

—Me cuesta creerlo.

—Si necesitara ayuda, se la pediría, inspector. Le ruego que no se preocupe por mí.

—Muy bien —dije, aunque no me había convencido—. ¿Vamos?

Le señalé con un gesto el autobús, preguntándome si habría recuperado la compostura. Pese a su comportamiento errático, estaba seguro de que se encontraba en pleno dominio de sus facultades. No padecía ningún trastorno mental. El problema era emocional.

—Yo... ustedes... —titubeó.

—Vayamos a nuestros asientos, Catchpool —me ordenó Poirot con firmeza—. Usted y yo. La señorita prefiere estar sola.

En ese punto, la mujer de la cara inconclusa pareció claramente aliviada. Al ver que Poirot y ella se aliaban contra mí, tuve que reconocer la derrota. Mientras subíamos al autobús, tras dejar nuestras maletas con las del resto de los pasajeros, noté que la joven se alejaba. Pensé que quizá su nombre no figuraba en la lista de Alfred Bixby y que tal vez no pensaba viajar a Kingfisher Hill. Me di cuenta de que no llevaba equipaje. Tampoco parecía tener bolso de mano o monedero. Tal vez se había mezclado con nuestro grupo para esconderse de alguien. Puesto que jamás podría averiguarlo, decidí dejar de especular.

Una vez dentro del autobús, vi que la mayoría de los asientos estaban vacíos. La explicación era sencilla. Muchos pasajeros habían vuelto a salir, ansiosos por escuchar mi conversación con la mujer de la cara inconclusa. Cuando terminó el espectáculo, recordaron el frío que estaban padeciendo. Detrás de mí, en el pasillo, se formó una aglomeración de viajeros impacientes.

—Vayan pasando, por favor —nos instó el conductor.

—Sí, Catchpool, no se detenga —dijo Poirot.

Obedeciendo sus instrucciones, seguí avanzando por el pasillo, pero no pude evitar pararme en seco unos segundos después. Con el rabillo del ojo había vislumbrado un libro apoyado sobre uno de los asientos del autobús, con la cubierta hacia arriba y el título claramente a la vista. ¿Podría ser...? No, era imposible.

Estallaron exclamaciones de impaciencia, entre ellas las de Poirot, cuando retrocedí y obligué a los que me seguían a imitarme, sólo para mirar un poco más de cerca la cubierta del libro. Mi impresión inicial había sido errónea. El título era *Reunión a medianoche*. Parpadeé y volví a mirar. Sí, sin duda era *Reunión a medianoche*. Y, sin embargo, me había parecido ver unas palabras radicalmente distintas.

—¿Qué se habrá creído ese pájaro? —dijo una voz con acento americano, desde el atasco que se había formado en el pasillo—. ¡Eh, estamos esperando!

—*Alors, on y va*, Catchpool —me animó Poirot detrás de mí.

Entonces apareció una mano femenina que retiró el libro del asiento. Su rápida intervención interrumpió mi trance y me hizo levantar la vista. Era la mujer de voz de diamante que hacía comentarios poco amables. Se apretó el libro contra el cuerpo y me dirigió una mirada reprobadora, como si por el solo hecho de contemplar la portada hubiera dañado el volumen de forma irreparable.

—Lo siento, no ha sido mi intención... —mascullé.

Me escrutó con más ferocidad todavía. Su rostro tenía mucho en común con su voz. Con un toque de amabilidad y compasión, ambos habrían sido encantadores. De inmediato me resultó familiar. Aquella joven de pómulos bien delineados, rasgos delicados, ojos azules y etéreo cabello rubio coincidía exactamente con el ideal de mi madre, al menos en el aspecto físico. Todas las mujeres que me presentaba con la esperanza de que yo me casara algún día se parecían bastante a la del autobús, excepto por la expresión furibunda.

En el dedo anular de la mano izquierda, la propietaria de *Reunión a medianoche* lucía un anillo con un rubí bastante grande. «Lo siento, mamá, demasiado tarde —pensé—. Ya está prometida. Espero que el agraciado no sea muy sensible, porque de lo contrario no sé si podrá soportarlo.»

Me volví y me disponía a seguir avanzando por el pasillo del autobús cuando la joven hizo algo tan peculiar como mezquino. Inició el gesto de devolver el libro a su posición original, pero interrumpió el movimiento de manera muy ostensible, antes de depositarlo sobre el asiento. Dejó que la mano con que lo sostenía permaneciera un momento flotando en el aire entre nosotros. Su intención era inequívoca, y me dirigió una sonrisa rencorosa, consciente de que yo lo sabía. ¡Qué mujer tan desagradable! Estaba disfrutando del silencioso acoso contra mí. Su sonrisa decía: «No me importa que cualquier otra persona mire el libro, pero usted no». Era mi castigo por mi molesta indiscreción.

Quizá tuviera su parte de razón. Probablemente mi interés por el libro había sido excesivo.

Cuando por fin ocupamos nuestros asientos, al fondo del autobús, Poirot me dijo:

—Por cierto, Catchpool, ¿qué ha sido lo que ha visto? ¿Era tan interesante como para causar un atasco en el pasillo durante tanto tiempo?

—No, no era nada. Una confusión mía. Enseguida he comprendido que había cometido un error.

—¿Qué clase de error?

—¿Ha visto el libro que estaba leyendo esa mujer?

—¿La hermosa mujer de mal carácter?

—La misma.

—He visto un libro, sí. Lo sostenía firmemente contra el pecho.

—Creo que tenía miedo de que yo se lo quitara —repliqué—. ¡Pero sólo pretendía echarle un segundo vistazo! Llevaba por título *Reunión a medianoche*. Cuando lo he visto por primera vez, me ha parecido ver el nombre «Reynard Meddlenotch» en lugar del título. Debe de haber sido la disposición de las letras.

—Reynard Meddlenotch —repitió Poirot, con evidente interés—. ¿El abogado? ¡Qué curioso! —Los dos habíamos conocido a Meddlenotch el año anterior, mientras Poirot resolvía uno de sus casos—. Es muy poco probable que un libro lleve por título el nombre de un letrado prácticamente ignoto.

—De hecho, no era el título. Ha sido una mala percepción mía. No hace falta que hablemos más al respecto.

—En cambio, no sería de extrañar que Meddlenotch hubiera escrito un libro y que su nombre figurara en la portada —insistió Poirot.

—Meddlenotch no tiene nada que ver con el libro. No es el autor de *Reunión a medianoche*.

«Por favor —pensé—, acabemos ya con esto.»

—Creo saber por qué le ha parecido ver un nombre equivocado, Catchpool, y por qué ese nombre en concreto.

Esperé a que me revelara su intuición.

—Le preocupa la desdichada mujer que lo ha acusado de hacerse pasar por el inspector Edward Catchpool de Scotland Yard. La joven nos ha dicho que no necesita ayuda, pero usted no la cree y, por lo tanto, está vigilante ante el peligro y ante cualquier perjuicio que pudiera producirse. *Alors*, en la parte de su mente que no percibe su propio funcionamiento, ha establecido una conexión entre el incidente de hoy y uno de los muchos casos en los que ha participado y en los que ha hecho falta la intervención de un abogado.

—Puede que tenga razón. La mujer no ha subido aún al autobús, ¿verdad?

—No sabría decírselo, *mon ami*. No he estado atento. Tenemos asuntos más importantes que tratar. —Sacó del bolsillo del abrigo una hoja de papel doblada—. Lea esto antes de que arranque el autobús. No conviene leer a bordo de un vehículo en marcha. Es causa de estómago bilioso.

Le quité el papel de las manos, con la esperanza de que el texto me revelara el motivo de nuestra excursión a Kingfisher Hill, pero solamente encontré una excesiva cantidad de palabras escritas con la letra más menuda que hubiera visto en mi vida.

—¿Qué es esto? —pregunté—. ¿Una lista de instrucciones? ¿Para qué?

—Dele la vuelta, Catchpool.

Así lo hice.

—¿Ahora lo ve? Sí, son instrucciones. O, mejor dicho, reglas. Las reglas de un juego de mesa para el que hace falta un tablero y una serie de fichas redondas con ojos pintados. ¡El juego de los Vigilantes!

—Disculpe, Poirot, ¿ha dicho «ojos» u «osos»?

—¡Ojos, Catchpool!

Poirot abrió y cerró rápidamente los suyos, como para ilustrar su respuesta. Su expresión era tan absurda que me habría reído de no haber estado tan desconcertado.

—¿Qué es todo esto, Poirot? ¿Por qué lleva en el bolsillo el reglamento de un juego de mesa?

—No lo llevo en el bolsillo. —Sus ojos verdes echaban chispas—. Lo tiene usted en la mano.

—Ya me ha entendido.

—He traído algo más que las reglas del juego de los Vigilantes. También he traído el juego. Está en una caja, dentro de mi maleta —anunció con expresión triunfante—. Le he dicho que lea las instrucciones porque, en cuanto sea posible, usted y yo jugaremos una partida. ¡Tenemos que ser expertos en los Vigilantes y aficionados entusiastas! Como verá, se necesita un mínimo de dos jugadores.

—Explíquemelo, por favor —repliqué—. No me gustan los juegos de mesa. Es más, los detesto. ¿Y qué tienen que ver los Vigilantes con su empeño en llevarme a Kingfisher Hill? No me diga que no hay ninguna relación, porque no le creeré.

—No puede detestar los Vigilantes, Catchpool. Es imposible porque no ha jugado nunca. Intente abrir la mente, se lo ruego. Este juego no es como el parchís.

—¿Es como el Palé? Tampoco lo soporto.

—Se refiere al Monopoly, *n'est-ce pas?*

—Sí, también he oído que lo llaman así. Una espantosa pérdida de tiempo y de inteligencia.

—¡Ah! *Pourrait-il être plus parfait?* —Nunca había visto tan encantado a Poirot—. ¡Eso mismo debe decir, con esas palabras exactas, cuando lleguemos a casa de *la famille* Devonport!

—¿Quiénes son los Devonport? —pregunté.

—Debe asegurarse de que todos lo oigan. Tiene que hacerles saber que detesta el Monopoly.

—¿De qué está hablando, Poirot? No estoy de humor para... —Iba a decir «jueguecitos»—. Para sus excentricidades habituales.

—Ninguna excentricidad, *mon ami*. Léase las reglas, por favor. No tarde, porque el autobús está a punto de arrancar.

Con un suspiro, empecé a leer. O, mejor dicho, a mirar las minúsculas palabras tratando de concentrarme; pero, por mucho que lo intenté, no conseguí asimilar nada de lo leído. Estaba a punto de decirlo cuando oí la voz indignada de Alfred Bixby, que destacaba por encima del murmullo indistinto de las conversaciones a mi alrededor.

—Voy a darle una última oportunidad —dijo.

Tenía un asiento de pasillo, igual que yo, y por eso pude ver que se inclinaba hacia delante. Estaba sentado justo detrás del conductor, en la parte delantera del autobús, a la altura de las puertas, y se dirigía a alguien que se encontraba fuera del vehículo.

—Ningún autobús de la Compañía Kingfisher ha salido jamás con un solo minuto de retraso y no pienso acabar con la tradición. ¡Usted no es el único grano de arena en la playa, señorita! Tengo otros veintinueve pasajeros bajo mi responsabilidad, que no quieren llegar tarde, ¡entre ellos una madre con un niño de pecho! Así que decida: ¿viene o se queda?

—Es ella —murmuré cuando al cabo de un instante la mujer de la cara inconclusa apareció en el pasillo.

Parecía asustada, como si temiera que Bixby fuera a levantarse en cualquier momento de su asiento para darle una tunda. Bixby, por su parte, tenía todo el aspecto de estar conteniéndose para no hacer precisamente eso.

—Conductor, cierre las puertas —ordenó.

El conductor obedeció y puso en marcha el motor.

La mujer se quedó inmóvil en la parte delantera del autobús, con huellas de llanto en el rostro.

—Ocupe su asiento, señorita —la instó Bixby—. Solamente queda uno libre. No es como si hubiera una docena. ¡No le será difícil encontrarlo!

—Creo que tenía usted razón, Catchpool —dijo Poirot—. La conducta de *la pauvre mademoiselle* empieza a interesarme. ¡Mire con cuánta intensidad reflexiona! Tiene un dilema en la mente. Mientras no lo resuelva, no puede saber...

—¿Saber qué?

—Si desea venir con nosotros o no. La indecisión le está causando una angustia enorme.

Cuando el rumor desaprobador del resto de los pasajeros comenzó a intensificarse, la desdichada joven reaccionó y rápidamente fue a sentarse. Unos segundos más tarde, nos pusimos en marcha. No pasó mucho tiempo antes de que Bixby volviera a levantarse de su asiento para recorrer el pasillo y comunicarnos a todos, uno por uno, lo mucho que lamentaba que hubiésemos estado a punto de sufrir un retraso, antes de iniciar el que sin duda sería el trayecto por carretera más cómodo y agradable de nuestras vidas. El exagerado rugido del motor impedía oír bien sus palabras. Aun así, Bixby no hizo ninguna mención a esa circunstancia —ni para disculparse, ni para ofrecernos una explicación—, por lo que deduje que el estruendo nos acompañaría durante todo el viaje hasta Kingfisher Hill.

Cuando no llevábamos más de diez minutos de viaje y Bixby seguía repitiendo su pequeño discurso en el fondo del autobús, oí un sonoro gemido de aflicción. Procedía de varias filas delante de nosotros. Era la mujer de la cara inconclusa, que inmediatamente después de proferir el gemido se asomó de nuevo al pasillo.

27

—¡Detenga el autobús, por favor! —le suplicó a Bixby. A continuación se volvió hacia el conductor—: ¡Pare ahora mismo! Tengo que... Por favor, abra las puertas. No puedo quedarme aquí, sentada en ese asiento. —Lo señaló con un gesto—. A menos que alguien quiera cambiármelo, tendrá que dejarme salir.

Bixby meneó la cabeza, contrariado, y frunció los labios en señal de irritación.

—Escúcheme bien, señorita... —empezó a decir, mientras avanzaba hacia ella.

Entonces Poirot se levantó y se interpuso en el pasillo entre la mujer y Bixby.

—¿Me permite que intervenga, monsieur? —dijo con una inclinación de la cabeza.

El transportista pareció indeciso, pero al final asintió.

—Adelante, monsieur Poirot, mientras no suponga un retraso. Estoy seguro de que lo comprende. Estas buenas personas tienen hogares y familias que las están esperando.

—*Bien sûr*. —Poirot se volvió hacia la joven—. ¿Desea cambiar de asiento, mademoiselle?

—Sí. Es preciso. Es... es importante. De lo contrario, no se lo pediría.

Una voz clara y brillante que enseguida reconocí se elevó entre los pasajeros:

—Monsieur Poirot, tenga la amabilidad de complacer a esta señorita y ofrecerle su asiento. Prefiero tener por compañero de viaje a un detective de fama mundial antes que a una chiflada que no hace más que farfullar insensateces. Lleva quince minutos temblando y respirando agitadamente. Es muy exasperante.

¿De modo que *la pauvre mademoiselle*, como la llamaba Poirot, había estado todo ese tiempo sentada junto a la dueña del famoso libro? No me extrañaba que no quisiera quedarse ni un solo minuto más en su asiento. Probablemente habría cometido el error de mirar de soslayo la cubierta del libro y habría recibido una dura reprimenda.

—¿Qué problema tiene su asiento? —preguntó Poirot—. ¿Por qué lo quiere cambiar?

La mujer movió la cabeza en un errático gesto negativo y después exclamó:

—No va a creerme, pero... moriré si sigo sentada ahí. ¡Me matarán!

—Le ruego que me explique a qué se refiere —dijo Poirot—. ¿Quién la matará?

—No lo sé —contestó la joven entre sollozos—. Pero estoy segura de que el asiento es ése: séptima fila, a la derecha, del lado del pasillo. Si me siento en cualquier otro, no me pasará nada. Por favor, ¿querrá cambiármelo por el suyo? ¡Se lo suplico!

—¿Quién le ha dicho eso?

—¡El hombre! Un hombre... No sé quién era.

—¿Y qué le ha anunciado ese hombre que pasará si ocupa ese asiento en particular? —preguntó Poirot.

—¿No se lo he dicho ya? —gimió la mujer—. ¡Dijo que me asesinarían! «Présteme atención», me dijo. «Si no hace caso de mi advertencia, no saldrá viva de ese autobús.»

Capítulo 2

El asiento mortal

Tras hacer su desconcertante anuncio, la mujer de la cara inconclusa se encerró en un silencio tan impenetrable que fue imposible seguir razonando con ella. Sin prestar atención a los refunfuños de Alfred Bixby («¡Pero qué idea tan absurda, monsieur Poirot! ¿Un asesinato en un autobús de la Compañía Kingfisher? ¡Imposible, absolutamente imposible!»), Poirot le indicó al conductor que se detuviera, para bajar del vehículo con la desdichada mujer e intentar calmarla.

Salí al pasillo dispuesto a acompañarlos, pero una mirada severa de Poirot me hizo comprender que no era bienvenido. El conductor había estacionado el autobús junto a la acera de una calle que no reconocí. Conozco bastante bien la mayor parte de Londres, pero aquella hilera de casas y comercios sin rasgos particularmente distintivos no me resultó familiar. Había una sombrerería y un edificio un poco más alto que los demás, con un rótulo bastante grande en el que podía leerse: McAllister e Hijo, SL – Vaciado de locales

COMERCIALES – LIQUIDACIÓN DE STOCKS A PRECIOS REBAJADOS. Nadie sabía cuánto tiempo tendríamos que esperar, ni cuánto duraría la conversación de Poirot con la joven. El volumen de los murmullos iba en aumento en todo el autobús y el tono era de creciente nerviosismo.

—Catchpool. —Levanté la vista y vi a Poirot en el pasillo, a mi lado—. Venga conmigo, por favor.

—Pensaba que no quería que...

—Sígame.

Salimos, rodeamos el autobús y encontramos a la causante de nuestro retraso, cabizbaja y temblando, apoyada contra la pared.

—¡Éste es el inspector Catchpool! —me presentó Poirot, como si yo no me hubiera presentado ya un momento antes.

En ese instante me di cuenta de que aún tenía en la mano el reglamento del juego de los Vigilantes. Doblé el papel precipitadamente y me lo guardé en el bolsillo.

La mujer alzó la mirada.

—No —dijo—. No es él. Estoy segura. Lo siento. Mi memoria debe de haberlo mezclado todo.

—¿De qué hablan? —le pregunté a Poirot—. ¿Quién dice esta señorita que no soy?

—El hombre que le anunció la muerte si se sentaba en el asiento del pasillo, en la séptima fila, a la derecha.

—¿Qué? ¿Está sugiriendo que...?

—Yo no sugiero nada, Catchpool. —Se volvió hacia

la joven—. Mademoiselle, hace menos de dos minutos me ha dicho usted que el caballero que le hizo esa advertencia era el mismo con el que había intercambiado unas palabras poco antes de subir al autobús. ¿Se refería a este hombre, el inspector Catchpool, que ahora tiene delante?

—Sí, eso ha sido lo que le he dicho. Pero ahora que vuelvo a verle la cara a este señor, comprendo que estaba equivocada —explicó ella con un gemido.

—Sin embargo, ¿hay cierto parecido entre Catchpool y el hombre que le aseguró que la matarían si se sentaba en un asiento determinado?

—¡Sí! Los dos son altos y tienen el mismo color de pelo. Pero... el otro tenía algo raro en los ojos.

—¿Raro en qué sentido? —preguntó Poirot.

—¡No lo sé! No sabría explicarlo.

—Antes, cuando estábamos esperando para salir, ha preguntado por la identidad del inspector Catchpool, ¿verdad?

La mujer asintió.

—¿Lo ha hecho porque ha creído reconocer al hombre que le hizo esa extraña advertencia?

—¡No! —exclamó la mujer, aparentemente alarmada por la pregunta—. No... no recuerdo lo que estaba pensando en ese momento. Es como si hubiera pasado muchísimo tiempo.

—Menos de treinta minutos —aclaró Poirot—. No me hacen gracia los engaños, mademoiselle, y menos aún cuando van acompañados de una falsa amnesia. Cuando un mentiroso no puede fabricar una historia adecuada, suele refugiarse en la pérdida repentina de la memoria.

—No estoy mintiendo —dijo la mujer entre sollozos. Sentí pena por ella—. Hay cosas que no quiero contarle..., cosas que no puedo contarle. La verdad es que... no me he creído que el inspector Catchpool fuera quien decía ser, porque... ¡porque tenía miedo de lo que pudiera pasarme en el autobús! ¡Me parecía todo tan increíble!

Esperamos a que siguiera hablando.

—¡He estado temblando de miedo desde que ese hombre me avisó que podían matarme! ¿Quién no se habría asustado? Un completo desconocido aparece de repente y te dice que te matarán si te sientas en un asiento determinado de un autobús. ¿A quién no le habría dado miedo? Por eso me encontraba en ese estado de nerviosismo. Y poco después ha venido él.
—Me señaló—. Y ha empezado a hacerme preguntas. ¿Cómo quiere que reaccionara? Le diré lo que he pensado. Me he dicho: «¿Será el hombre que ha venido a matarme si me siento donde no debo? ¿Se estará haciendo pasar por inspector de policía?». Pero ¿quién va a querer matarme a mí, si nunca le he hecho daño a nadie?

—¿Y por qué iba a hacerlo en el espacio cerrado de un vehículo en movimiento, en presencia de personas que serían testigos del crimen mientras se cometiera? —murmuró Poirot—. Explíqueme una cosa, mademoiselle. Si pensaba que había como mínimo una pequeña probabilidad de ser asesinada, ¿por qué ha subido al autobús?

Al oír esa pregunta, la mujer pareció transfigurarse de pánico.

—Yo... yo...

—Tranquilícese, mademoiselle. Dígale la verdad a Hércules Poirot y todo saldrá bien. Se lo prometo.

—Yo... no he pensado que pudiera ser cierto —dijo por fin. A partir de entonces comenzó a salir de su boca un torrente de palabras—. Además, mi tía me estaba esperando. Y ya había comprado el billete y no quería que se llevara una decepción. Espera mi llegada esta tarde y hace tiempo que no se encuentra bien. Soy la única persona que tiene en el mundo. Y he pensado que habría muchos asientos más y que podría sentarme en cualquiera. Pero aun así, tenía miedo. ¿Quién en mi lugar no se habría asustado? Me he dicho: «Súbete a ese autobús, Joan», pero no he podido. Entonces he hablado con el inspector Catchpool y con usted, monsieur Poirot, y los dos se han ofrecido muy gentilmente a ayudarme, pero no he querido revelarles lo que me preocupaba. No quería ser una carga para nadie. Después se me ha ocurrido una idea.

—¿Qué idea? —pregunté.

Se volvió para mirarme.

—Estaba demasiado asustada para subir al autobús cuando lo han hecho ustedes, de modo que me he apartado. Entonces he pensado: «¿Y si espero... y espero... y sigo esperando un rato más? Sería una buena manera de comprobarlo».

—¡Ah! —exclamó Poirot—. Sí, ya lo comprendo. Pero explíqueselo por favor al inspector Catchpool.

Me miró fugazmente y enseguida desvió la vista.

—Bueno, he pensado que si conseguía ser la última en subir al autobús —dijo—, entonces el asiento mortal muy probablemente estaría ocupado y eso sería suficiente para tranquilizarme... Pero cuando he subido, no estaba ocupado.

Su explicación no me convenció.

—Si la amenaza estaba vinculada a un asiento concreto y a ningún otro —repliqué—, podría haberse dado prisa para subir antes que nadie al autobús y sentarse en cualquier otro sitio. Habría sido la manera más sencilla de evitar lo que ha acabado sucediendo: que al ser la última en subir, ha descubierto que el asiento mortal, como usted lo llama, era el único libre. Y a propósito, ¿cómo se explica esa misteriosa circunstancia? Incluso suponiendo que hubiera alguien que quisiera matarla y tuviera pensado hacerlo hoy durante nuestro viaje, con un plan que dependiera enteramente de que usted se sentara en ese asiento en particular, ¡el potencial asesino debería habernos convencido a todos los pasajeros que hemos subido antes al autobús para que dejáramos libre ese asiento!

—Tranquilícese, Catchpool.

Poirot me apoyó una mano en el brazo.

—¡Pero es absurdo! —protesté—. Quiero que esta señorita me explique por qué no ha salido huyendo a todo correr cuando ha visto que el único asiento libre era precisamente el que debía evitar.

—Es una pregunta relevante —convino Poirot—. ¿Tiene algo que decir, mademoiselle?

—Me ha parecido que no tenía alternativa. —Gimió—. Habría deseado huir, pero las puertas estaban cerradas y no quería causar más molestias. ¡Todos parecían tan enfadados! Y... puede que no me crean, pero cuando he visto que quedaba un solo asiento libre y además era ése, yo... Bueno, casi he llegado a creer que todo había sido un sueño: el hombre, la advertencia, todo...

Se estremeció y se caló un poco más el sombrero verde sobre los ojos. Después se dejó las manos sobre las orejas, como para protegerlas del frío.

—¡Sentía que me estaba volviendo loca! ¿Cómo era posible que un desconocido me hubiera hecho una advertencia sobre un asiento en el que ahora me veía obligada a sentarme? Parecía completamente imposible. Como usted ha dicho, inspector Catchpool, habría sido necesario convencer a todo el resto de los pasajeros para que se sentaran en cualquier asiento menos en ése. ¿Quién podría conseguirlo? ¡Nadie! Por eso he llegado a pensar, aunque sólo por un momento, que estaba perdiendo el juicio y que todo había sido un sueño. O tal vez una... premonición.

—*Je comprends, mademoiselle*. —Poirot le tendió un pañuelo, para que se enjugara las lágrimas que estaba empezando a derramar—. Como la situación no era lógica, ha entrado en un estado de pánico y su cerebro ha dejado de funcionar correctamente. Quizá pensaba que si aquello era una premonición, tal vez ya estaba condenada y no tenía sentido resistirse.

—Así es, monsieur Poirot. Lo explica usted muy bien.

—Las premoniciones suelen anunciar sucesos terribles, *n'est-ce pas?* —Poirot sonrió—. No son simples advertencias.

La mujer pareció brevemente desconcertada y a continuación dijo:

—He pensado que no podía salvarme si mi destino era morir. Pero el miedo me atenazaba... y entonces me he puesto de pie y he dicho que quería cambiar de asiento.

—Así es —convino Poirot rápidamente—. ¿Cómo se llama, señorita? ¿Puede decirme su nombre completo?

—Joan Blythe.

—¿Y su tía vive en Kingfisher Hill?

—¿Perdón...? ¡Oh, no! Yo me bajo dos paradas antes, en Cobham.

No sabía que el trayecto tenía paradas, pero de pronto lo comprendí todo. La mayoría de los pasajeros del autobús no parecían propietarios de mansiones campestres en Kingfisher Hill, ni tenían aspecto de ir a visitar a ningún aristócrata.

Para mi sorpresa, Poirot dijo a continuación que nosotros también viajábamos a Cobham. Con un destello de advertencia en la mirada me indicó que no lo contradijera. ¿Significaba eso que nuestros planes habían cambiado repentinamente? ¿Sólo por la inverosímil historia de Joan Blythe?

—¿Cómo se llama su tía? ¿Dónde vive? —le preguntó Poirot.

—¡Oh, le ruego que no le cuente nada, monsieur Poirot! Se preocuparía demasiado. Esto no tiene nada que ver con ella, nada en absoluto. Le suplico que no la involucre en este asunto tan desagradable.

—¿Al menos me dirá su nombre?

—Preferiría... no hacerlo, señor, si no le importa.

—¿Vive con su tía?

—Así es. Desde hace casi un año.

¿Consistía nuestro nuevo plan en apearnos del autobús en Cobham y seguir a Joan Blythe hasta la casa de su tía? ¿O Poirot solamente quería hacer creer a la joven que lo haríamos? Esperaba que fuera lo segundo. Estaba ansioso por ver cómo vivía la buena sociedad en Kingfisher Hill, aunque quedarnos en Cobham también podía tener sus ventajas, sobre todo la de no tener que aprender las reglas del juego de los Vigilantes.

Poirot probó con un nuevo enfoque.

—Descríbanos su encuentro con ese hombre que se parece tanto a nuestro amigo Catchpool, suponiendo que la persona en cuestión no fuera una premonición ni un producto de su imaginación. ¿Cuándo fue? ¿Dónde se produjo?

—En realidad... No recuerdo bien cuándo. Hace cinco o seis días, quizá. En cuanto al lugar, fue en... en Charing Cross Road. ¡Eso es!

Era evidente que estaba mintiendo. Tal vez no todo lo que decía fuera falso, pero había algo sospechoso en su manera de decir «Charing Cross Road».

—Había ido a la ciudad a recoger unas compras de

mi tía. Salí de una tienda y me lo encontré. Ya les he contado lo que me dijo.

—¿Cómo inició la conversación? —preguntó Poirot—. ¿Sabía su nombre?

—Sí. O eso creo... No me llamó «señorita Blythe», ni se dirigió a mí por mi nombre, pero debía de saber quién era yo, ¿no les parece?

—¿Qué fue lo primero que le dijo? —preguntó Poirot.

—No lo recuerdo.

—Intente rememorar la escena, mademoiselle. Con frecuencia somos capaces de recordar mucho más de lo que creemos.

—No puedo. Solamente... Lo único que recuerdo es que sabía que pronto haría un viaje largo en autobús y me aconsejó que evitara al asiento de la séptima fila, a la... ¡Lo que ya les he contado!

Poirot pareció perderse en sus reflexiones. Finalmente, dijo:

—*Et bien*, reanudemos el viaje.

—¡No! —Los ojos de Joan Blythe reflejaron una intensa alarma—. ¡No puedo sentarme en ese asiento! ¡Ya se lo he dicho!

Poirot se volvió hacia mí.

—¿Catchpool?

—¿Quiere que le cambie el asiento a la señorita Blythe? —pregunté resignado.

—*Non*. No podría permitir que corriera usted semejante riesgo. Yo, Hércules Poirot, ocuparé ese asiento mortal, ¡y ya veremos si se presenta un asesino!

Sorprendido, agradecí su actitud. En casi todos los asuntos menores, Poirot suele ofrecerme a mí como voluntario para padecer los inconvenientes que él prefiere ahorrarse. Fue reconfortante saber que, tratándose de un caso de vida o muerte, regían otros principios.

Yo también me habría preocupado por él si hubiese pensado que corría un riesgo, por supuesto, pero estaba convencido de que no habría ningún asesinato en todo el trayecto hasta Kingfisher Hill.

Poirot me dio unas palmaditas en la espalda.

—¡Entonces, está decidido! Señorita Blythe, usted se sentará en mi sitio y yo ocuparé su asiento. Catchpool, siéntese al lado de la señorita Blythe y asegúrese de que llegue a Cobham sana y salva. ¿Podrá hacer lo que le pido?

Podía... y todo indicaba que no tenía alternativa.

Pero no me entusiasmaba la perspectiva y tampoco parecía que Joan Blythe estuviera encantada con la nueva distribución de los asientos. En cuanto arrancó el autobús, su miedo aparentemente se desvaneció, sustituido por un aire malhumorado.

—Ya sé que usted no me cree, pero el señor Poirot sí —soltó.

—No he dicho que no la crea.

—Lo veo en su expresión. Usted... no se parece en nada a él, ahora que lo pienso. —Lo dijo en tono de disculpa, casi avergonzada. Finalmente, con gesto grave, añadió—: No soy una mentirosa, inspector Catch-pool.

Me quedé pensando. Su afirmación podía tener dos significados. El primero era obvio: «No soy una mentirosa y por lo tanto no les he dicho nada que no sea verdad». Pero yo me inclinaba por el segundo: «No soy mentirosa por naturaleza ni por inclinación, y por eso me duele haberme visto obligada a mentirles». Si hubiera tenido que jugarme dinero, habría apostado por la segunda interpretación.

—¿Puedo hacerle una pregunta, señorita Blythe? —dije.

Cerró los ojos.

—Estoy demasiado cansada. Preferiría no hablar.

—Una sola pregunta y después la dejaré tranquila.

Hizo un leve gesto afirmativo.

—Antes le ha dicho a Poirot: «Mi tía me está esperando y no quiero que se lleve una decepción». Es la razón que ha dado para su decisión de viajar, pese a la advertencia recibida. Después, cuando Poirot le ha preguntado si vivía con su tía, usted ha respondido que sí. Le ha dicho que vive con ella desde hace casi un año. Y a continuación ha añadido: «Mi tía espera mi llegada esta tarde y hace tiempo que no se encuentra bien».

—Todo lo que le he dicho es verdad —replicó Joan Blythe con expresión desolada.

Su tono era de súplica, como si mi pregunta pudiera alterar la veracidad de sus afirmaciones.

—Sin embargo, no ha dicho «Mi tía espera *mi regre-*

so esta tarde», como diría la mayor parte de la gente para referirse al lugar donde vive. Sus palabras parecían más bien las de una sobrina que ha prometido una visita a su tía enferma.

—¡Pero yo vivo con ella, se lo aseguro! No soy una mala persona, inspector. Nunca he cometido un delito y siempre intento hacer lo correcto.

—¿Quiere que le diga lo que pienso? Creo que su miedo es real y que... verdaderamente se siente amenazada de muerte. Y estoy seguro de que está tan lejos de ser una delincuente como afirma y de que quizá se encuentre en grave peligro. Pero también creo que me ha contado algunas falsedades desde la primera vez que hemos hablado. Si me miente, me resultará mucho más difícil ayudarla. Por eso me gustaría que me explicara toda la historia, la verdad completa y sin adornos.

—Por favor, ¿podríamos dejar de hablar? Estoy tan cansada que me cuesta mantener los ojos abiertos.

Apoyó la cabeza contra el respaldo y cerró los ojos. Poco a poco, su respiración se fue serenando. Si no estaba dormida, al menos no la había visto nunca tan tranquila desde la primera vez que me había fijado en ella. Me pareció interesante que temiera por sí misma y por nadie más. No le preocupaba que al cambiarle su asiento a Hércules Poirot pudiera poner en peligro su vida. Hasta cierto punto, tenía sentido su actitud. Tan sólo la asustaba la circunstancia concreta que le habían aconsejado evitar: la particular combinación de su persona con el asiento mortal, dos elementos que no debían reunirse. Únicamente ella había sido advertida del peligro del asiento. Poirot no había tenido ninguna «premonición».

Sin embargo, si se hubiera dado prisa para subir al autobús en cuanto se abrieron las puertas, habría podido sentarse en cualquiera de los otros veintinueve asientos. Suponiendo que creyera al pie de la letra las palabras del misterioso desconocido, habría podido garantizar de ese modo su seguridad. Pero allí estaba, sentada a mi lado, mucho más tranquila —como si creyera que su problema se había resuelto—, cuando habría podido subir al autobús antes que yo y sentarse en el mismo asiento, antes de que lo ocupara Poirot.

No tenía sentido. A menos que...

Imaginé cómo rebatiría Poirot todos mis argumentos. La mujer estaba asustada, como lo habría estado cualquiera en su lugar, y se había resistido a entrar en un vehículo donde podía encontrarse con alguien dispuesto a acabar con su vida. Se sentía obligada a ir a casa de su tía, y por eso había titubeado y en general se había comportado como si necesitara subir al autobús pero no quisiera hacerlo. Después, cuando vio que otras personas subían antes que ella, concibió la idea de esperar y ver qué asiento quedaba libre si era la última en subir. Sí, era una hipótesis razonable.

Pero cuando por fin subió al autobús, descubrió que el único asiento libre era precisamente el que le había mencionado aquel hombre, y... ésta es la parte que no consigo entender. ¿Cómo pasó de tener tanto miedo que ni siquiera era capaz de acercarse al autobús para tratar de ocupar un asiento «seguro», a sentarse en el asiento exacto que en teoría debía evitar?

Y todo eso suponiendo que su historia no fuera una mentira de principio a fin, como bien podía ocurrir.

Veinte minutos después, cuando abrió los ojos de nuevo, yo había reflexionado un poco más sobre sus circunstancias y tenía más preguntas que hacerle. Empecé con una fácil:

—¿Qué hacía hoy en Londres?

Se volvió para mirar por la ventana. Habíamos dejado atrás las agitadas calles de la ciudad y estábamos rodeados de verdor. Faltaba poco para que comenzara a oscurecer.

—Había ido a ver a una amiga.

—No deja de parecerme extraño que no lleve maletas, ni un bolso de mano...

—No es cierto que no lleve. El conductor ha recogido mi maleta junto con las suyas. Todos mis efectos personales están allí.

—No tenía ninguna maleta cuando la he visto por primera vez.

—La tenía —insistió ella—. La he dejado junto al equipaje de los otros pasajeros. Debo... Debo de haberme alejado sin darme cuenta. Si no me cree, espere a que lleguemos a Cobham y entonces la verá.

—Ese misterioso desconocido que se le acercó... ¿Qué aspecto tenía? ¿Cómo se comportaba? ¿Qué se proponía? ¿Pretendía ayudarla o asustarla?

—Lo único que puedo decirle es que me dio mucho miedo. Sentí pánico.

—Sí, claro. Pero ¿está segura de que tenía la intención de atemorizarla?

De repente pareció enfadarse.

—¡Claro que estoy segura! Nunca había sentido tanto miedo. ¿Cómo podría dudarlo?

—¿Y si estaba tratando de salvarle la vida? —insistí—. ¿Y si de hecho le ha salvado la vida? ¿Se ha parado a considerarlo?

—No quiero pararme a considerar nada, inspector. Deje de hacerme preguntas que no puedo... ¡Déjelo ya, por favor!

—Desde luego.

Lo último que quería era causarle más ansiedad. Pero mi mente siguió concentrada en el problema. Si el propósito del hombre era salvarla, entonces tenía que estar al corriente de varios hechos. Tenía que saber que la joven pensaba partir de Londres a las dos de la tarde a bordo de un autobús de la Compañía Kingfisher, y que otro pasajero del mismo autobús planeaba asesinarla, pero sólo lo haría si la encontraba sentada en el asiento de pasillo de la séptima fila. ¿Significaba eso que el desconocido sabía dónde pensaba sentarse el potencial asesino o la potencial asesina de Joan Blythe?

La mujer de la voz de diamante y los cabellos dorados...

¿Cómo no se me había ocurrido antes? Había ocupado el asiento contiguo al de Joan Blythe y se había referido a ella con desprecio —y en un tono de voz deliberadamente alto, ahora que lo pensaba— antes de que todos subiéramos al autobús. ¿Podría tener designios asesinos? Sin embargo, la había oído decir que prefería sentarse al lado de Poirot, y así había acabado viajando. ¿Bastaba un simple intercambio de asiento para que abandonara sus planes macabros? ¿O se propondría matar a Hércules Poirot?

—*Reunión a medianoche* —murmuré.

Percibí a mi lado una sofocada exclamación de sorpresa. Me volví y me sorprendió la expresión de Joan Blythe. Era la misma que me había llamado la atención cuando la había visto por primera vez. Tenía el horror pintado en la cara, como si hubiera visto un espectro.

—¿Qué sucede? —le pregunté.

—Ha dicho... Ha dicho algo... No lo he oído bien.

Pese a nuestra proximidad física, el estruendo del motor nos impedía entender mucho de lo que decíamos, a menos que nos miráramos a la cara.

—*Reunión a medianoche* —repetí—. ¿Significan algo para usted esas palabras?

—No, nada —masculló aterrorizada—. ¿Qué significan? ¿Qué es todo esto? ¡Explíqueme qué ha querido decir! ¿Por qué ha dicho eso?

—La joven que iba sentada antes a su lado estaba leyendo un libro titulado *Reunión a medianoche*. Parecía encontrar irritante que los demás lo miraran, o al menos que lo mirara yo. Teniendo en cuenta su carácter, me preguntaba si no sería ella la potencial asesina a la que se refería su misterioso desconocido.

Dije todo eso con una leve sonrisa. Supuse que una

actitud un poco más despreocupada por mi parte podría hacerla reaccionar o incluso reconocer que se lo había inventado todo, aunque no me cabía duda de que su temor era real. Su miedo era casi una presencia física, sentada entre nosotros.

Entonces, tan rápidamente como había aparecido, su pánico pareció disolverse en la nada. Su cuerpo dejó de estar tenso, su mirada perdió el brillo del nerviosismo y, cuando habló, su tono fue casi de aburrimiento.

—No he visto ningún libro.

Tomé nota mental de todo lo sucedido, para poder referírselo más tarde a Poirot. En cuanto Joan Blythe se había enterado de que *Reunión a medianoche* era el título de un libro, había dejado de estar asustada y había perdido todo interés. Pero yo estaba convencido de que aquellas palabras tenían una gran relevancia para Joan Blythe. La «reunión a medianoche» la había llenado de horror.

Capítulo 3

La carta de Richard Devonport

El resto del viaje hasta Cobham transcurrió sin novedad y allí hicimos nuestra primera parada oficial. Joan Blythe me dirigió un escueto «gracias» antes de apearse del vehículo. Al menos algo de lo que me había dicho era verdad. Era cierto que llevaba una maleta. Lo vi cuando el conductor se la devolvía.

Hacía más frío en Cobham que en Londres. Mi aliento se congelaba en el aire mientras esperaba a Poirot al lado del autobús, frente a una posada llamada El Tártaro. Me llevé un disgusto al ver a mi amigo, cuando finalmente vino a reunirse conmigo. Sin que me dijera nada, observé que estaba exhausto. Era evidente que había padecido mucho desde la última vez que había hablado con él.

—¡Cielo santo, Poirot! ¿Tan mal lo ha tratado?

—¿Quién?

—La joven del libro.

Miré para ver si se encontraba entre los que bajaban del autobús en ese momento. No todos le estaban pidiendo las maletas al conductor. Algunos solamente querían estirar las piernas. Los vehículos de la Compañía de Autobuses Kingfisher no eran tan confortables como pretendía Alfred Bixby.

—Ya había guardado el libro cuando me he sentado a su lado —dijo Poirot—. En cuanto a su manera de tratar al prójimo..., no hay palabras para describirla.

—¿Qué quiere decir?

—Me ha dado mucho que pensar, Catchpool. No me haga más preguntas, al menos hasta que haya tenido ocasión de reflexionar y formarme una opinión. —Profirió un murmullo de fastidio—. Una de las razones por las que me resulta tan *désagréable* viajar es la absoluta imposibilidad de ejercitar con eficacia las pequeñas células grises del cerebro mientras voy dando tumbos en un artefacto con ruedas, en medio de un ruido infernal.

—Tiene muy mala cara —le dije, y entonces se apoderó de mí un pánico repentino—. Poirot, ¿no habrá comido o bebido algo? ¿Podemos estar seguros de que no lo han...?

Se echó a reír y mi pánico remitió.

—¿Es lo que cree? ¿Teme que Hércules Poirot haya sido envenenado por el esquivo asesino de la séptima fila? *Non, mon ami.* Llegaré a Kingfisher Hill en perfecto estado de salud.

—Entonces ¿no vamos a quedarnos Cobham? —pregunté—. Pensaba que nuestros planes habían cambiado.

—Nada de eso. Solamente quería que *la pauvre ma-*

demoiselle lo creyera. ¿Dónde está? —Poirot miró a su alrededor—. ¿La ve?

—No. Se nos debe de haber escabullido. ¡Maldición! Por buscarlo a usted, he dejado de vigilarla.

—¿Qué esperaba ver? ¿Un automóvil con su tía enferma al volante? —Poirot sonrió—. Es probable que ni siquiera exista la anciana. Aun así, ha sido una historia interesante.

Después hizo un gesto de asentimiento, como para confirmar algo que estaba pensando.

En cuanto el conductor hubo devuelto su equipaje a todos los viajeros que se quedaban en Cobham, entró con Alfred Bixby en la posada El Tártaro. Varios de los pasajeros fueron tras ellos, y Poirot y yo decidimos que la perspectiva de avituallarnos y disfrutar de un ambiente un poco más cálido era una bendición inesperada que no debíamos desaprovechar. Tras la prueba de resistencia que estaba siendo la tarde para nosotros, yo estaba hambriento.

Pasamos por delante de la barra de El Tártaro y fuimos a sentarnos en la sala.

—¡Ah! —exclamó Poirot con alivio, señalando una mesa libre con sillas a su alrededor.

Era la única que quedaba y yo corrí a apoderarme de ella.

—Donde esté una silla confortable, que se quiten todos los taburetes de las barras —dije—. No entiendo cómo alguna gente puede resistir tanto tiempo encaramada a esos bancos. Para los que tenemos las piernas demasiado largas, es una auténtica tortura, y según me informan fuentes fidedignas, también es un tormento para los que las tienen demasiado cortas. Al menos aquí, si tenemos suerte, nos servirán en la mesa.

—No pierda de vista a monsieur Bixby —indicó Poirot—. Es capaz de beber más de la cuenta y permitir que su carricoche se marche sin esperarnos.

Bixby parecía agradablemente instalado, con una jarra grande de cerveza delante. Me dije que si había algún pasajero ansioso por seguir el viaje cuanto antes, se tendría que resignar a las circunstancias.

—¿Catchpool?

—¿Sí?

—Quizá estas sillas sean preferibles a los taburetes de la barra, pero tampoco son cómodas. En absoluto. Cuando lleguemos a Kingfisher Hill, entonces sí que dispondremos de asientos confortables.

Vino una camarera a tomarnos el pedido y a continuación nos sirvió unos tentempiés un poco toscos, pero no por ello menos satisfactorios. O al menos ésa fue mi opinión, porque Poirot hizo sus habituales comentarios entre dientes sobre la atroz calidad de la cocina inglesa.

—Bueno, *mon ami* —dijo, en cuanto hubimos entrado en calor y saciado nuestro apetito y nuestra sed—, estoy seguro de que tiene mucho que contarme.

La amistad con Hércules Poirot ha obrado milagros en mi memoria. Como sé que le gustan los informes minuciosos, siempre procuro observar y recordar hasta los detalles más nimios. Por eso fui capaz de referirle toda mi conversación con Joan Blythe, de principio a fin, ante su atenta mirada. Cuando terminé, sonrió y comentó:

—Me encanta cómo construye sus relatos, Catchpool. Pero dígame una cosa: ¿ha tenido tiempo de estudiar las reglas del juego de los Vigilantes?

No habría podido desinflar mi entusiasmo con más eficacia si se lo hubiera propuesto.

—No. Y no le he hecho un «relato», sino una descripción objetiva y pormenorizada de mi conversación con la señorita Blythe.

—Se subestima, amigo mío. Su narración añade mucho a los hechos objetivos: el tono, la interpretación, el miedo que transmitían los ojos de la joven al oír la expresión *reunión a medianoche*... ¡Ah, *c'est merveilleux*! Realmente tiene usted mucho talento para contar historias. No lo digo con ninguna intención peyorativa.

Más tranquilo, repliqué:

—¿Es capaz de verle algún sentido, Poirot? ¿Algo que yo no pueda ver? Cuando le he dicho a Joan Blythe que *Reunión a medianoche* era el título de un libro, ha dejado de tener miedo. Pero eso debe de significar que las palabras la atemorizan por alguna razón, por algún motivo totalmente ajeno al libro.

—¿Y eso por qué lo intriga? —preguntó Poirot.

—Bueno, porque... ¡Porque no tiene ninguna lógica, aunque sea verdad! Imagine que las palabras *posada El Tártaro* fueran suficientes para que se le encogiera a usted el corazón.

—Lo son y lo serán durante mucho tiempo —replicó secamente Poirot—. Tanto por las sillas como por la calidad de sus platos...

—Suponga que esas palabras lo aterrorizan, por la razón que sea. También le han dicho que lo asesinarán si se sienta en un sitio determinado. Más tarde, descubre que la mujer sentada a su lado posee un libro que lleva por título *Posada El Tártaro*, las palabras exactas que lo llenan de terror. ¿Y su reacción inmediata es tener menos miedo en lugar de sentir pánico? ¡No tiene sentido!

Poirot hizo un enérgico gesto afirmativo.

—Ahora entiendo adónde quiere llegar, Catchpool. Sí, ahora lo comprendo. Estoy de acuerdo en que aún no podemos conocer el significado de ese detalle. Es una pregunta sin respuesta. Aun así, gran parte de la peculiar situación de Joan Blythe ha quedado clara.

—¿Clara? ¡Nada de eso! —reaccioné—. ¿Qué pretende decir?

—*Mon ami,* ¿comprende usted que...?

En ese punto de la conversación, Alfred Bixby nos interrumpió.

—Monsieur Poirot, inspector Catchpool, no quisiera meterles prisa, pero deberíamos ponernos en camino a la mayor brevedad. Hay un pequeñín que se está impacientando cada vez más, según me ha dicho su madre. Aunque si quieren que les dé mi opinión, la más impaciente es ella y no el niño. El bebé es la imagen misma de la serenidad. No dice ni pío. Pero no seré yo quien le enmiende la plana a una madre preocupada. ¡Ja, ja, ja!

Le contesté a Bixby que regresaríamos enseguida al autobús. Cuando el empresario se alejó de nosotros para dirigirse a la siguiente mesa de pasajeros de la Compañía Kingfisher, que aún estaban tomando su tentempié, Poirot se volvió hacia mí y me dijo:

—Es muy interesante que la airada señorita del libro se haya comportado de manera indebidamente áspera tanto con usted como con mademoiselle Blythe. Muy interesante.

—Entonces ¿no le ha dicho cómo se llama?

Poirot dejó escapar una risita amarga.

—No, Catchpool, no me lo ha dicho. Me ha contado muchas cosas, pero no me ha revelado su nombre, por razones que le parecerán evidentes cuando le relate lo que ha pasado entre nosotros.

—Es obvio que la conversación con ella no le ha resultado agradable. Estoy ansioso por saber por qué ha bajado del autobús con pinta de haber escapado de las fauces del infierno.

—Muy pronto se lo diré. Pero antes, si me lo permite...

—Si vuelve a mencionar las reglas de los Vigilantes...

—Hay una carta que quiero que lea —dijo en tono grave, con la mano apoyada en el bolsillo del chaleco—, una carta de un tal Richard Devonport, de Kingfisher Hill.

—¿No deberíamos volver al autobús? Ya la leeré cuando...

—Muchos de nuestros compañeros de viaje todavía están sentados a sus mesas. Tenemos tiempo —replicó Poirot con firmeza, pasándome una hoja de color crema, pulcramente plegada—. No pensaba enseñarle esto hasta mucho más tarde, pero ahora creo que debo hacerlo. Recibí esta extraña carta hace dos días.

Lleno de curiosidad, desplegué la hoja y comencé a leer:

Estimado Sr. Poirot:

Me habría gustado decirle que estoy encantado de dirigirme a usted. Su reputación es formidable y, si las circunstancias fueran otras, nada me resultaría más placentero que empezar esta misiva con esas palabras. Por desgracia, no puedo estar encantado con nada después de la tragedia que se abatió sobre nuestra familia en diciembre del año pasado y las graves injusticias que se produjeron a continuación, aunque su calificación como injusticias dependa de la definición que cada uno tenga de ese término.

Creo que ya lo estoy desconcertando, así que permítame pasar a asuntos más esenciales. Mi nombre es Richard Devonport. Soy el hijo menor de Sidney Devonport, de quien seguramente habrá oído hablar. Desde hace poco tiempo soy además el administrador de sus negocios, aunque hasta mediados del año pasado trabajé en la Hacienda Pública, por lo que lo animo a pedir referencias mías a cualquier contacto que tenga usted en la Administración.

El 6 de diciembre del año pasado, mi hermano mayor, Frank Devonport (Francis era su nombre, pero todos lo llamábamos Frank), fue asesinado en la casa de nuestra familia en Kingfisher Hill. Yo lo quería mucho, monsieur Poirot, y le te-

nía una gran admiración. Era un hombre único y brillante. Me avergüenza reconocer que desde su muerte he estado sumido en el dolor y el aturdimiento, y hasta ahora no he sido capaz de emprender ninguna acción útil, como la de solicitar su ayuda. Tal vez habría seguido así mucho tiempo, durante meses o incluso años, de no haber sido por una circunstancia urgente relacionada con el caso que no puede ser ignorada, o que al menos yo no puedo pasar por alto.

Una mujer ha confesado ser la asesina de mi hermano, monsieur Poirot. Lo confesó casi de inmediato y el diez de marzo está prevista su ejecución en la horca. Eso significa que no contamos con mucho tiempo, suponiendo que esté usted dispuesto a ayudarme. Como podrá imaginar, pretendo retribuir generosamente sus servicios. Su nombre ha rondado mi mente desde hace semanas. No puedo dejar de pensar que sólo un hombre de la categoría de Hércules Poirot podría salvar a Helen.

Helen Acton. Así se llama la mujer empeñada en afirmar que ha matado a mi hermano Frank. Es posible que haya leído algo acerca del caso en los periódicos. Helen es además mi prometida. En circunstancias normales, en estos instantes estaríamos planeando nuestra boda, pero hace tiempo que vivimos fuera de toda normalidad. Por desgracia, debo reconocer que ningún aspecto de mi relación con Helen es corriente u ordinario.

Monsieur Poirot, es prácticamente imposible explicarle en una sola carta todo lo que necesitaría saber para prevenir ulteriores tragedias. La mayor parte puede esperar, suponiendo que decida ayudarme. Sin embargo, hay algo que debo decirle en esta misiva, porque es lo más importante: Helen no mató a

Frank. Es inocente del crimen por el que quieren ejecutarla, completamente inocente. Pero, al mismo tiempo, está empeñada en decirle a todo el mundo que es culpable.

¿Por qué razón puede comportarse alguien de manera tan extraña, poniendo en peligro su propia vida? Estoy convencido de dos cosas: sólo la respuesta correcta a esa pregunta podrá salvar a Helen del cadalso que la espera en la cárcel de Holloway, y sólo usted, monsieur Poirot, posee la altura intelectual y la necesaria comprensión de la naturaleza humana para obtener dicha respuesta.

Espero y deseo que preste oídos a esta encarecida súplica y me escriba sin dilación para informarme de su disposición a aceptar el caso.

Su devoto admirador,

Richard Devonport

—¡Cielo santo! —exclamé—. ¡Qué carta tan peculiar!

—Por eso quería que la viera —dijo Poirot—. Cuando hemos salido de Londres, teníamos un solo enigma por resolver: el que nos presenta en su carta Richard Devonport. —Me la quitó de las manos, la dobló y volvió a guardársela en el bolsillo del chaleco—. Pero desde hace un momento hemos adquirido dos más. Como dice monsieur Devonport en su misiva, detrás de cada una de esas incógnitas hay una tragedia, una posible tragedia ¡o las dos cosas! La combinación de los tres misterios produce en Poirot un intenso desasosiego. Es una carga que no soy capaz de sobrellevar solo, Catchpool. Es excesiva.

—Un momento —lo interrumpí—. ¿Tres misterios?

—*Oui, mon cher.* Tenemos a la prometida de Richard Devonport, mademoiselle Helen. ¿Mató a Frank o no? Y si no lo hizo, entonces ¿por qué ha confesado lo contrario? Es el Misterio Número Uno. Después tenemos el Misterio Número Dos: el extraño caso de Joan Blythe, que refiere sorprendentes advertencias sobre su futuro asesinato y tiene auténtico miedo de alguna cosa.

—¿Y el Número Tres?

—Aún no conoce el Número Tres, Catchpool, pero remediaremos esa ignorancia en cuanto subamos al carricoche. Ahora que mademoiselle Blythe ya no viaja con nosotros, podemos volver a sentarnos juntos.

Supuse que el Misterio Número Tres guardaría relación con la conversación que Poirot había mantenido con la dueña de *Reunión a medianoche*, a quien yo apodaba *Voz de Diamante*.

—Hay un cuarto enigma —dije, cuando ya nos disponíamos a salir de la posada El Tártaro.

Masajeándose con una mano la zona lumbar, Poirot echó una mirada rencorosa a la silla de la que acababa de levantarse.

—¿Un cuarto misterio? —preguntó.

—El juego de los Vigilantes. ¿Qué tiene que ver con todo lo demás? Supongo que va a Kingfisher Hill para hablar con Richard Devonport, pero...

—Sí, en efecto. Respondí *tout de suite* a la carta que le he enseñado para anunciar mi voluntad de colaborar. Monsieur Devonport me pidió que acudiera a Kingfisher Hill lo antes posible, pero me indicó que antes quería hablar conmigo por teléfono. Cuando lo llamé, me dijo que mi visita debía hacerse bajo una condición.

—Espero que le haya pedido permiso para llevarme a mí también —intervine.

Poirot me miró con expresión severa.

—No soy *imbécile*, Catchpool. Y la misma condición que se aplica a Poirot se aplica a usted: no debemos mencionar a nadie la verdadera razón de nuestra visita.

—¡¿Qué?! —exclamé sorprendido—. ¿Está de broma?

—*Non, c'est serieux.* Se lo digo de veras. Desde el instante en que lleguemos a la casa, no debemos mencionar el asesinato de Frank Devonport, ni el nombre de Helen Acton ni la confianza de Richard Devonport en su inocencia. Tendremos que actuar como si nunca hubiéramos oído hablar de nada de eso.

—¡Es ridículo! —exclamé.

—A mí no me parece tan ridículo —dijo Poirot—. Después de unos hechos devastadores y trágicos, no es extraño que los miembros de una familia establezcan cierta entente entre ellos. Pero, por encima de todo, Richard Devonport me ha insistido en que nadie debe saber jamás que fue él quien me llamó. Cree que podrían condenarlo al ostracismo si se supiera.

—¡Esto es extremadamente irregular, Poirot!

—*Non, non*, Catchpool. Comete el mismo error de antes.

—¿Qué error?

—Su creencia en que las maneras, los hábitos, las ansiedades y las neurosis de los Devonport son extraordinarias. Yo en cambio estoy seguro de que podríamos encontrar cosas igual de incomprensibles en la mayoría de las familias. Piense en las imposiciones de su madre, Catchpool. Las *vacances à la mer* que no son del agrado de ninguno de los dos... ¿No son acaso una tradición sin sentido que sin embargo nadie se atreve a romper?

Mi madre no tenía nada que ver con el asunto que nos ocupaba, ni tampoco las vacaciones que solemos pasar los dos en la costa, por lo que preferí hacer caso omiso del exasperante paréntesis de Poirot.

—Suponiendo que Richard Devonport esté en lo cierto y que su prometida sea inocente —dije—, ¿qué va a hacer para descubrir la verdad, si tiene prohibido hablar del asesinato de Frank Devonport? La llegada de Hércules Poirot a la casa familiar sólo puede tener una explicación. Y todos sabrán cuál es.

—Una vez más, se equivoca, amigo mío. Poirot visita Kingfisher Hill para conocer al genial Sidney Devonport y a su buen amigo Godfrey Laviolette. ¡Debo fingir que soy el más rendido admirador de esos dos hombres! Sidney es el padre de Richard y del difunto Frank, y monsieur Laviolette es el padrino de Richard.

—¿Y qué han hecho Sidney Devonport y Godfrey Laviolette para merecer su estima? —pregunté.

—¿No lo adivina? —Poirot rio entre dientes—. Juntos han inventado...

Con un movimiento de la mano, como si yo fuera

una orquesta y él su director, me indicó que acabara la frase.

—¿No será el juego de los Vigilantes? —gruñí.

—*Oui, c'est ça.* Y aquí es donde entro yo en escena, como un apasionado entusiasta de los juegos de mesa. ¡Es una afición que cultivo desde hace años!

—Muy interesante —dije yo, sin poder reprimir una sonrisa.

Poirot parecía totalmente convencido de su propia historia.

—Así es —se reafirmó solemnemente—. Pero nunca hasta ahora había encontrado un juego tan estimulante para el intelecto como esta creación de messieurs Devonport y Laviolette. Por eso se desplaza Poirot a Kingfisher Hill: como un gran aficionado a los juegos de mesa, deseoso de conocer a sus héroes.

—Sí, pero charlar un rato con dos señores sobre una tontería de juego no lo conducirá a ninguna parte, ¿no cree? ¿Cómo piensa conseguir su verdadero objetivo?

—Todo un desafío, ¿verdad? —Poirot sonrió—. La dificultad de este caso es parte de su atractivo. Tengo prohibido hablar del asunto, excepto cuando esté a solas con Richard Devonport. Por supuesto, es posible que una o más personas quieran mencionarme el trágico suceso por su propia voluntad. Si así ocurriera, se me presentaría una oportunidad para averiguar la verdad.

—Pero Richard Devonport le ha dicho que nadie menciona la tragedia —le recordé.

—Entre los miembros de la familia, no. Sin embargo, a veces es más fácil sincerarse con un extraño.

—¿Y si nadie se sincera? ¿Cómo...?

—Deje de preguntar «¿cómo?, ¿cómo?, ¿cómo?». Se equivoca de enfoque, Catchpool. ¿Por qué me pregunta «cómo» antes de que yo mismo lo sepa? Cuando lo haya hecho, sabré cómo lo hice. Entonces se lo diré.

—Será mejor que me explique las reglas de ese juego, si voy a tener que jugarlo y fingir que me llena de felicidad. —Sentí un escalofrío—. Porque imagino que conocerá las reglas, ¿no? ¿No esperará que yo se las explique?

—Las he estudiado brevemente, sí. No es necesario que usted las conozca, ni que juegue.

La aclaración de Poirot me pareció la mejor noticia que había recibido en mucho tiempo.

—Se me ha ocurrido una idea mejor. —Poirot me miró con expresión radiante—. El aficionado a los juegos de mesa soy yo. Usted, amigo mío, es un hombre de negocios.

—¿Un...? Yo no entiendo nada de negocios, Poirot. Soy inspector de policía.

—Sé perfectamente a qué se dedica, Catchpool. Pero Sidney Devonport no lo sabe, ni hace falta que lo sepa.

—Me niego a hacerme pasar por...

—Al contrario. —Poirot fijó en mí su mirada más imperiosa—. Tiene que hacerlo. —Después, su expresión pareció suavizarse un poco—. Le ruego que me haga este favor, Catchpool, y que aparente interés por el negocio de los juegos de mesa. Puede plantear preguntas sobre la posibilidad de producir a gran escala los Vigilantes, de tal manera que de aquí a cinco años no haya familia en el mundo civilizado que no disponga de su... ¿ejemplar? ¿Es correcto hablar de *ejemplar* tratándose de un juego de mesa?

Me impidió contestar un fuerte ruido de pasos que venían a toda prisa hacia nosotros. Me volví y vi a Voz de Diamante justo detrás de mí. Estaba sin aliento. Abría y cerraba la boca, pero no conseguía articular ninguna palabra comprensible. Si había reparado en mi presencia, no lo demostró. Poirot era el centro de toda su atención.

—¡Monsieur Poirot, tiene que venir ahora mismo! —Le tendió la mano y observé una mancha de sangre en un costado—. ¡Venga!

Poirot y yo ya íbamos tras ella, en dirección a la puerta de la posada El Tártaro.

—¿Adónde, mademoiselle?

—Al autobús. Ha ocurrido algo terrible. ¡Por favor, dese prisa!

Capítulo 4

La lista extraviada

Nunca había visto a Poirot moverse con tanta prisa o urgencia como en ese instante. Mis piernas son más largas que las suyas, pero me costaba no quedarme rezagado. Empezó a murmurar algo cuando estuvimos más cerca del autobús y, aguzando el oído, conseguí descifrar las palabras *Notre Seigneur*.

Supuse que estaría rezando para no encontrarse con lo que temía. Yo albergaba el mismo miedo: que Joan Blythe hubiera sido asesinada y estuviéramos a punto de descubrir su cadáver.

Después de todo, se había sentado en el asiento exacto que le habían aconsejado evitar, no durante mucho tiempo, pero quizá había sido suficiente. Antes yo no había dado crédito a su teatral historia; pero ahora que sentía desasosiego por ella, me resultaba más fácil creerla. Sin embargo, ¿no la había visto alejarse del autobús? Claro que podía haber vuelto mientras Poirot y yo estábamos en la posada El Tártaro, aunque la razón de que lo hiciera ya era otra historia.

Encontramos el autobús lleno a medias, con unas quince personas dentro. La mayoría de los que pensaban seguir el viaje desde Cobham debían de estar todavía en la posada. Subí al vehículo atento a cualquier señal de tragedia, pero eso no me impidió registrar vagamente la presencia de la madre con su bebé.

La mujer dijo alguna intrascendencia sobre el frío que hacía en el autobús y el hecho de que una posada de carretera no fuera el ambiente más adecuado para un lactante. Parecía irritada y no aparentaba ninguna preocupación por la sangre que hubiera podido derramarse.

—¿Ha ocurrido algo? —le pregunté, ya que era la única persona que me estaba mirando.

—*Qu'est-ce qui se passe?* —le preguntó Poirot a un hombre sentado en la parte delantera del autobús, que evidenciaba una clara indiferencia—. ¿Hay heridos?

—No sé de nadie que se haya hecho daño —contestó el hombre.

Voz de Diamante venía detrás de nosotros.

—Al fondo —dijo—. En la última fila.

Corrí por el pasillo, con Poirot detrás.

—No está aquí, ni viva ni muerta —anuncié.

—¿La señorita Blythe? —preguntó mi amigo.

—Sí. Ni rastro de ella. Aunque hay algo que...

—¿Qué ha visto? —Poirot jadeó—. Hágase a un lado, por favor.

Me metí como pude en el espacio entre las dos últimas filas de asientos, a la izquierda, e inspeccionamos juntos el objeto. Era un trozo de tela que parecía arrancado de una prenda de vestir o de un mantel. Era blanco, de unos dieciocho centímetros por diez, con encaje en uno de los bordes. Tenía manchas de sangre.

—¡Madame! —Poirot le enseñó el fragmento manchado de sangre a la anciana sentada justo delante del lugar del hallazgo—. ¿Podría decirme cómo ha venido a parar aquí este trozo de enagua?

La señora se indignó.

—¡Puede estar seguro de que no tengo nada que ver con eso, y le ruego tenga la amabilidad de no ponerme delante un trozo de tela ensangrentada! ¡Qué desagradable!

—Respóndale a Hércules Poirot, madame. ¿Cuántas personas han estado en esta parte del vehículo desde que hemos parado? Necesitaré que identifique a...

—¡No voy a aceptar órdenes de ningún hombrecito pedante y pomposo! No conozco a ningún *Periot*... o comoquiera que se llame ese señor.

—Hércules Poirot, madame. Soy yo mismo. Dígame solamente una cosa, por favor. ¿Alguien ha sido atacado? ¿Ha presenciado usted, desde que el autobús se ha detenido, algún acto de violencia o conducta reprensible que pudiera causar derramamiento de sangre?

—¡Desde luego que no!

Para entonces todo el autobús estaba murmurando sobre el alboroto causado por Poirot. De repente me di cuenta de que habíamos subido al vehículo en estado de pánico, mientras que todos los pasajeros a bordo parecían perfectamente tranquilos, como si no hubiera sucedido nada fuera de lo corriente en nuestra ausencia.

—*Mesdames et messieurs!* —se dirigió Poirot a los presentes, y procedió a hacerles a todos las mismas preguntas.

¿Habían visto algo? ¿Algún pasajero había sido atacado o herido? ¿De dónde había salido la tela manchada de sangre?

Uno por uno, todos respondieron lo mismo. No habían visto nada alarmante ni digno de mención. Algunos se habían levantado y habían caminado un poco por el pasillo en diferentes momentos, para estirar las piernas sin tener que padecer el frío del exterior; pero no se había producido ningún acto de violencia, o al menos ninguno que hubieran presenciado. Todos coincidieron en que la señorita que tanto había insistido en intercambiar su asiento no había regresado al autobús desde que se había marchado.

Esa información, por sí sola, era tranquilizadora. Joan Blythe no parecía haber sufrido ningún daño. Me disponía a sugerir que fuéramos a mirar fuera del autobús, por si el ataque se hubiera producido en el exterior, cuando Poirot me agarró de la muñeca y susurró con firmeza:

—¡Catchpool!

—¿Qué?

—¡Mire! —Con la mano que no me sujetaba el brazo, hizo un amplio gesto dirigido al resto del autobús—. ¡Poirot ha sido tremendamente tonto! ¿No lo ve? ¡Vuelva a mirar! ¡Observe lo que falta, no lo que está aquí para ser observado!

—Pero ¿cómo podría...?

—*Elle aussi est disparue, notre tueuse.* Se encontraba detrás de nosotros, animándonos a proceder con la mayor urgencia, y ahora no está. ¡Por supuesto!

Poirot dejó escapar un gemido grave, mientras se dejaba caer en un asiento de la última fila.

—¿Ha dicho usted...? ¿Esa palabra que ha dicho, *tueuse*, no significa «asesina»?

—Así es, Catchpool.

—Entonces le he entendido bien. Ha dicho que nuestra asesina también ha desaparecido. ¿A quién se refiere? ¡Ah, ya veo! ¿Quiere decir que...?

Sólo entonces caí en la cuenta de que mi amigo estaba hablando de Voz de Diamante, que ya no estaba con nosotros. ¿Adónde habría ido?

—¿Todavía no comprende lo que ha pasado, Catchpool? Nos ha engañado. ¡Nunca dejaré de maldecir mi estupidez!

—¿Por qué la ha llamado *asesina*? —le pregunté—. ¿Era ella la que planeaba asesinar a Joan Blythe? ¿Cómo?

Poirot pareció desconcertado y enseguida levantó una mano para hacerme callar.

—Va usted por el camino equivocado, Catchpool, como tantas veces. No; ella no planeaba asesinar a la señorita Blythe, sino a otra persona. Y ya lo ha hecho.

Durante unos segundos me quedé sin habla. ¿Era ése el Misterio Número Tres que había mencionado Poirot? Ya estaban subiendo otros pasajeros y el autobús comenzaba a llenarse del rumor de sus conversaciones. Aun así, bajé la voz tanto como pude y susurré:

—¿Me está diciendo que la mujer que me ha tratado con tanta aspereza sólo por echar una mirada a su libro ha cometido un asesinato? ¿A quién ha matado? ¿Y cómo se ha enterado usted del crimen?

—Me lo ha dicho ella.

—¿Se lo ha dicho a usted?

Poirot hizo un gesto afirmativo.

—No sé el nombre de su víctima. Cuando ha empezado a contármelo, pensaba que no podía ser cierto. ¿Qué persona que le ha quitado la vida a un semejante pensaría en describirle su crimen con todo detalle nada menos que a Hércules Poirot, conocido por llevar a asesinos ante la justicia? Eso es lo que me he dicho, pero ¡mire lo que ha pasado ahora! ¡Se ha esfumado! No sé su nombre, ni dónde encontrarla. Esté donde esté, se estará riendo de mí, Catchpool. Me ha superado en ingenio.

—Discúlpenme, caballeros. —Una cabeza asomó por encima del respaldo del asiento delantero. Era un hombre joven, de cabello oscuro y acento de algún país europeo, quizá de Italia—. No he podido evitar oír lo que estaban diciendo, y... si me disculpan la intromisión, creo que tengo información que podría interesarles.

Le indicamos que continuara. En esa ocasión, los oídos indiscretos habían jugado en nuestro favor, pero me prometí bajar todavía más la voz en lo sucesivo, al menos hasta que volviera a resonar el estruendo del motor.

—¿Es usted monsieur Hércules Poirot? —preguntó el italiano.

—Así es —confirmó mi amigo.

—Una señorita le ha estado haciendo muchas preguntas sobre usted al señor Bixby, mientras estaban fuera. —El hombre señaló con un gesto la posada El Tártaro—. Una joven muy bella, de cabellos dorados. Ha preguntado adónde viajaba usted. —Después se volvió hacia mí—. También usted..., el inspector.

—¡Tal como pensaba! —murmuró Poirot—. ¿Qué le ha respondido monsieur Bixby?

—Le ha dicho que el inspector y usted viajaban hasta el final del recorrido: Kingfisher Hill.

—¿Han hablado de algo más?

—Sí. La señorita le ha preguntado si no estaría confundido y el señor Bixby le ha respondido que no y le ha enseñado la lista de pasajeros. Después de eso, la joven ha parecido creerle.

—Es una información de la mayor utilidad la que acaba de darnos —le dijo Poirot al hombre—. Y me da una idea. Ojalá que... ¡Monsieur Bixby!

—¿Sí, monsieur Poirot? —El transportista vino corriendo por el pasillo—. ¿Qué se le ofrece? ¡Nos pondremos en marcha en menos que canta un gallo!

—¿Tiene la lista de pasajeros? —le preguntó Poirot.

—Sí, por supuesto.

—¿Podría verla?

—No se lo creerá, monsieur Poirot, pero es la segunda persona que me la pide. Hace un momento, una señorita...

—Sí, sí. Por favor, le ruego que me la enseñe sin más demora.

—Desde luego. —Bixby se metió la mano en el bolsillo, parpadeó y después frunció el ceño—. ¡Qué curioso! Parece que... No, no está aquí. No lo entiendo. Sin embargo, la tenía cuando hemos parado.

—¿Estará en otro sitio, entre sus efectos personales? —le preguntó Poirot—. Si pudiera buscar con más detenimiento, se lo agradecería.

—Lo haré —dijo Bixby, con porte digno y expresión solemne, como si estuviera haciendo un juramento que fuera a vincularlo durante años.

Poirot y yo lo vimos ir y venir por el autobús, rebuscando en todos sus bolsillos y debajo de cada asiento. Por último, no tuvo más remedio que reconocer su fracaso.

—No lo entiendo —dijo—. Diría que la lista de pasajeros realmente se ha extraviado.

En lugar de desalentar a Poirot, la noticia pareció llenarlo de energía.

—Monsieur Bixby. ¿Le parece posible que la señorita que ha querido ver la lista cuando hemos parado en Cobham no se la haya devuelto?

—Bueno... No veo por qué iba a querer quedársela.

Miró a la izquierda y a la derecha, y después al suelo. Finalmente giró sobre sí mismo con la cabeza gacha, como si creyera posible encontrar la lista cerca de sus pies.

—Ahórrese el esfuerzo —le aconsejó Poirot—. No la encontrará. La señorita que se la ha pedido ha desaparecido y se la ha llevado. ¿Por casualidad no sabrá su nombre?

—Me temo que no —dijo Bixby—. Debe de estar en la lista.

—Sí, y por eso precisamente no la tenemos. ¿Conserva una copia en algún sitio? ¿Tal vez en sus oficinas de Londres?

—No. Todos los pasajeros han pagado en efectivo, por lo que sólo necesitaba traer la lista para comprobar que estuvieran todos antes de salir... y para entregársela al guardia de la entrada de Kingfisher Hill cuando lleguemos.

—Entonces supongo que no sabrá si la mujer que se la ha llevado pensaba bajarse en Cobham...

Alfred Bixby negó con la cabeza. Parecía afectado.

—Ojalá pudiera serle de más ayuda, monsieur Poirot. —De repente se le iluminó la cara—. Ahora que lo pienso, apostaría a que su idea original era seguir el viaje. ¡Sí, estoy seguro! Cuando hemos parado, se ha quedado sentada. Yo estaba de pie en la parte delantera, por lo que he podido ver quién se levantaba y quién se quedaba en su sitio, y le garantizo que ella no ha movido un músculo. No me importa confesarle, monsieur Poirot, que me he fijado en ella particularmente. —Bixby estrechó los ojos e hizo un gesto afirmativo, como para dar a entender el motivo de su interés—. Cualquier hombre que tenga sangre en las venas habría actuado igual que yo, se lo aseguro. ¡Ja, ja, ja!

—Desde luego —replicó Poirot.

—No tenía pensado bajar del autobús, pero ha debido de ver algo. Estaba mirando por la ventana y ha debido de descubrir alguna cosa... que ha alterado por completo su conducta. Sí, juraría que ha sido así. Ha pasado de parecer más bien lánguida (creo que es la mejor manera de describirla), a convertirse en un vendaval de actividad. Enseguida se ha acercado a preguntarme por el viaje de ustedes, y cuando le he dicho que el inspector Catchpool y usted harían todo el trayecto hasta Kingfisher Hill me ha pedido que le enseñara la lista de pasajeros, porque no me creía. Entonces le he mostrado la prueba irrefutable de que le estaba diciendo la verdad, y me ha respondido algo que no he entendido. Ha dicho: «¿De modo que su viejo amigo no vendrá a buscarlo?».

—Gracias, monsieur Bixby —dijo Poirot—. Todo es tal como había supuesto. Sólo entonces, después de hablar con usted, la señorita ha decidido quedarse en Cobham. Hasta ese momento pensaba continuar el viaje.

Una vez que Poirot y yo recuperamos nuestros asientos originales y el autobús emprendió la segunda etapa del viaje, empecé a acribillarlo a preguntas. Quería que me aclarara si nuestros tres misterios seguían en pie y sin resolver, o si ya había llegado a alguna conclusión. Y también quería saber qué había hecho con el trozo de tela blanca manchado de sangre.

—La tela no tiene ninguna importancia —me dijo—. Era un señuelo para desviar nuestra atención y nada más.

—¿Significa eso que ha resuelto uno de los misterios?

—Use la cabeza, Catchpool. ¿Cómo voy a avanzar en el caso del hermano asesinado de Richard Devonport si estoy atrapado en este carricoche, sin ninguna posibilidad de obtener información relevante?

—Muy bien, no se enfade. Hablaba como si hubiera averiguado algo.

—En cuanto al misterio de Joan Blythe, terriblemente asustada de quién sabe qué... ¿Cómo voy a resolverlo si gran parte de lo que me ha dicho ni siquiera es verdad?

—Estoy de acuerdo. No pretendía insinuar que...

Poirot siguió hablando, sin escucharme.

—En cuanto a la otra mujer, la que ha mostrado tanto interés por nuestro itinerario, no sé a quién ha asesinado, ni por qué ha decidido contárselo a Poirot, pero sí sé por qué ha cogido un alfiler o cualquier otro objeto punzante que llevara en el bolso y lo ha usado para pincharse el dedo pulgar. Supongo que habrá observado que cuando ha venido a buscarnos a la posada tenía sangre en un costado de la mano, ¿verdad? Por la manera en que ha dicho «¡Rápido! ¡Tienen que venir!», nos ha dado a entender que la sangre pertenecía a otra persona, alguien que necesitaba ayuda urgentemente, si es que no era ya demasiado tarde. *Mais non*, la sangre no era de una víctima que estuviera herida o muerta en este vehículo, como ella ha pretendido hacernos creer. Era su propia sangre, procedente de una herida que ella misma se había producido.

—¿Por qué iba a hacer algo así? —pregunté.

—Lo comprenderá cuando le refiera la alarmante

historia que ella me ha contado a mí. Ahora sólo intento transmitirle lo poco que sé y cómo he llegado a saberlo. —Hizo una pausa y reanudó su exposición—. Yo le había dicho que me dirigía a Cobham. Era la misma información incorrecta que le había proporcionado a mademoiselle Blythe y el instinto me ha advertido que no sería prudente contarle la verdad a La Escultura.

—¿La Escultura?

—Sí, así la llamo yo mentalmente, ya que no sé su nombre.

—Yo la llamo Voz de Diamante —repliqué.

—*Je comprends* —dijo—. ¿No se ha fijado en que su estructura ósea parece obra de un maestro escultor? Los pómulos, las líneas de la mandíbula y la frente parecen cincelados con el mayor esmero por una mano particularmente hábil, sobre el más delicado y fino de los materiales. Esa mujer es dueña de una poderosa belleza, ¿no cree?

—Quizá me habría fijado si me hubiera tratado con menos aspereza.

—En cuanto al material del que está hecho su carácter, prefiero no especular. También por esa razón mi instinto me ha aconsejado ocultarle nuestro verdadero destino. Ella, por su parte, me ha dicho que pensaba quedarse en Martyr's Green.

—¡Pero en cuanto nos viera volver al autobús, habría descubierto que usted le había mentido!

—En efecto. Cuando le he contado que teníamos intención de bajar en Cobham, mi propósito no era engañarla. Como usted bien dice, el engaño no habría funcionado. No. Solamente quería observar su reacción.

Fruncí el ceño.

—¿Por qué iba a reaccionar de diferente manera según se dirigiera usted a Cobham o a Kingfisher Hill?

Una leve sonrisa se dibujó en el rostro de Poirot.

—Seguro que usted lo sabe, Catchpool —dijo—. La respuesta no podría ser más obvia.

—Me temo que para mí no lo es. Pero es evidente que usted no piensa decírmela. Y bien, ¿cómo ha reaccionado ella a su mentira acerca de Cobham?

—De una manera que yo no había previsto. Y después ha sucedido algo todavía más inesperado: me ha contado la historia del asesinato que había cometido. No creo que tuviera pensado de antemano confesar. Solamente quería provocarme, para establecer su superioridad. No ha podido resistir la tentación de presumir de su... proeza.

Poirot suspiró.

—Entonces ¿no sólo es una asesina, sino que además está orgullosa de serlo?

—El orgullo es una emoción demasiado positiva para ella. Estaba... furiosa, con una ira ardiente, una furia que la quemaba lentamente, como el hielo quema la piel, aunque no sé cuál de mis contribuciones a nuestra conversación ha producido ese efecto en ella. Su jactancia me ha parecido un ataque contra mí y contra todo lo que yo simbolizaba para ella. Lo más interesante es que sólo me ha hablado del crimen que había cometido después de haberle dicho que pensaba bajarme del autobús en Cobham.

—¿Por qué le parece relevante ese dato? —pregunté.

—¿Todavía no ha visto algo tan evidente, *mon ami*? Le diré lo que ha pasado. Cuando hemos bajado del vehículo, La Escultura habrá supuesto que nuestro viaje había terminado y que nunca más volvería a ver a Hércules Poirot. Se ha quedado sentada. Lánguidamente, como ha señalado monsieur Bixby. Pero entonces mira por la ventana, ¿y qué ve? A usted y a mí, entrando en la posada El Tártaro para quedarnos allí un buen rato. ¿Dónde estaba mi viejo amigo, del que yo le había hablado con tanto afecto? ¿No venía a buscarnos para llevarnos de inmediato a su casa? La mujer deduce correctamente que algo no cuadra. Cuando Bixby y su lista de pasajeros se lo confirman, descubre que Poirot le ha mentido. Comprende que en cualquier momento Poirot volverá al autobús y se da cuenta de que le ha confesado un crimen. ¿Qué pasará si decide seguirla cuando baje en la siguiente parada, en Martyr's Green?

—Entonces se ha marchado con la lista de pasajeros donde figuraba su nombre, reduciendo así drásticamente las probabilidades de que lleguemos a identificarla y...

Me interrumpí con brusquedad.

—¿Catchpool? —Poirot me miró—. ¿Por qué se ha parado como un reloj sin cuerda?

—¡Ahora lo entiendo! —exclamé—. Ha decidido

huir en Cobham, pero ha comprendido que era arriesgado. Si se bajaba del autobús sin más, nada le aseguraba que no fuéramos a elegir precisamente ese momento para salir de la posada y sorprenderla en plena fuga. Quizá usted la habría seguido hasta su casa y, cuando hubiera tenido su dirección...

—*Précisément!* La historia habría terminado. Habría sido sólo cuestión de tiempo hasta que yo averiguara su nombre y el de su víctima. Es evidente que tuvo en cuenta todo eso. ¿Qué ha hecho entonces, *la bête ingénieuse*? Debía asegurarse una manera de marcharse sin que nadie reparara en ella, ¿no es así? Entonces se ha arrancado un trozo de enagua, se ha pinchado un dedo, ha manchado la tela con su propia sangre y la ha dejado en un asiento, al fondo del autobús. Después ha protagonizado su pequeño acto teatral en la posada El Tártaro y ha conseguido engañarnos. Hemos vuelto corriendo al vehículo. Y en cuanto ha visto que nuestra atención estaba plenamente concentrada en la pista falsa que nos había dejado, ha puesto pies en polvorosa...

—¡Sabiendo que cuando descubriéramos la verdad sería demasiado tarde para que pudiéramos seguirla!

—Nunca es demasiado tarde —replicó Poirot con sombría determinación—. La encontraré, se lo aseguro. Aunque dispongo de muy pocos datos, daré con ella. Alguien tiene que conocerla en Martyr's Green o en sus alrededores, esté donde esté ese pueblo.

—No vamos a quedarnos aquí, ¿verdad?

—No. Seguiremos el viaje hasta Kingfisher Hill,

tal como teníamos planeado —respondió Poirot—. El tiempo se agota para Helen Acton. Quedan solamente dieciséis días para el diez de marzo, la fecha prevista de su ejecución. Si es inocente, tenemos que establecer los hechos que le salvarán la vida. Después centraré mi atención en la búsqueda de La Escultura.

La mía, mientras tanto, estaba en otro sitio.

—¿Poirot?

—¿Sí, Catchpool?

—¿No le parece extraño que entre los pasajeros del autobús hubiera dos mujeres que nos han contado historias del todo improbables en torno al tema del asesinato, justamente cuando nos dirigíamos a investigar otra muerte violenta?

—Es un hecho que requiere explicación, *certainement.* Por fortuna, todo lo que requiere una explicación la tiene. Dígame, ¿cómo puede afirmar que la confesión de La Escultura es una historia del todo improbable? Ni siquiera la ha oído.

—Bueno, cuéntemela usted. Estoy seguro de que recuerda hasta el último detalle.

Poirot tenía los ojos fijos en el respaldo del asiento de delante. Lo observaba como si contemplara el horizonte lejano.

—Los detalles son numerosos, pero sumamente abstractos. Numerosos, pero insuficientes.

—Me encantaría oír esos detalles abstractos —dije, seguro de que me llevaría una decepción.

Poirot casi nunca responde de inmediato a mis preguntas más urgentes. Sin embargo, me sorprendió diciendo:

—Por supuesto, amigo mío. Le contaré sin más demora todo lo que sé sobre lo que hemos dado en llamar nuestro Misterio Número Tres.

Y procedió a contármelo. Lo que sigue es mi versión de la conversación mantenida por Hércules Poirot con la mujer a la que conocíamos por muy diversos nombres: la mujer del libro, Voz de Diamante, La Escultura y, el más escalofriante de todos, *la bête ingénieuse*.

Capítulo 5

Una confesión abstracta

—¿**D**iría usted que es actriz?

La conversación entre Poirot y La Escultura comenzó con una pregunta directa por parte de ella. Era evidente que se refería a Joan Blythe.

—¿Realmente es posible que sea tan tonta? —prosiguió ella—. Opino que lo de esa chica ha sido una actuación de principio a fin.

—¿No le han parecido auténticos su miedo y su desolación?

—No. Estaba interpretando un papel. En cuanto al motivo de que interpretara ese papel concreto..., es difícil saberlo. No creo que se lo haya pedido él, aunque puede que lo hiciera.

—¿«Él»? —preguntó Poirot.

—El señor Bixby. Estoy convencida de que varios de los pasajeros de este autobús son actores y no verdaderos clientes de su compañía de transportes.

—¿Puedo preguntarle por qué lo piensa, mademoiselle?

—¿Cuántas veces desde que ha llegado le ha repetido el señor Bixby que «todos los asientos están reservados» y que nadie que desee viajar con la Compañía de Autobuses Kingfisher puede dejarlo para el último minuto? ¿Cuántas veces le ha dicho que hay que reservar los billetes con mucha antelación para poder viajar en la fecha deseada?

—Muchas —reconoció Poirot.

—No ha dicho otra cosa desde que hemos llegado al punto de encuentro en Londres. Parece como si repitiera unas líneas previamente ensayadas. Piénselo, monsieur Poirot. ¿Por qué iba a molestarse en recalcarlo si fuera verdad? Hemos visto con nuestros ojos que el autobús está lleno, pero él no hace más que repetir la misma cantinela. Cuando un hecho es evidente y cierto, y nadie pretende negarlo, no hay ninguna necesidad de insistir machaconamente en lo mismo. Piense en lo molesto que llega a ser ese hombre y en lo mucho que importuna a sus clientes, que con toda probabilidad preferirían no tener que oír sus interminables peroratas. ¿Le parece que su forma de ser le asegura el éxito en los negocios? Seguro que no. Por eso creo que debe de haber ofrecido una retribución al menos a la mitad de los que viajan en este autobús, para que finjan ser pasajeros de pago. Así puede hacer ver que su empresa es mucho más próspera de lo que es en realidad.

—Ningún hecho objetivo confirma lo que usted dice —replicó Poirot—, pero me parece una posibilidad interesante.

—Cuando digo «actores», no pretendo insinuar que hayan interpretado al rey Lear en el teatro Fortune, ni nada por el estilo —añadió con impaciencia La Escultura—. Me refiero simplemente a unos cuantos chelines distribuidos por los bolsillos de algunos conocidos del señor Bixby. Después de todo, el papel no exige grandes dotes histriónicas. Sólo tienes que sentarte en un autobús y dejar que el resto de los pasajeros piensen que has pagado el billete igual que ellos.

—Si es cierto lo que dice, ¿por qué no hemos oído a ninguno de nuestros compañeros de viaje cantar las bondades de los autobuses Kingfisher y proclamar su intención de no viajar nunca más con ninguna otra compañía?

—Es difícil oír algo por encima del escándalo que mete ese condenado motor —respondió La Escultura—. Y es perfectamente posible que el señor Bixby ni siquiera haya pensado en hacerles esa demanda adicional. Le supone usted demasiada imaginación.

—Podría decir lo mismo de usted, mademoiselle. La organización de un grupo de pasajeros que en realidad no lo son requeriría una capacidad imaginativa que no parece estar al alcance de nuestro monsieur Bixby.

—Una vez más, discrepamos —repuso ella fríamente—. La desesperación alimenta la imaginación, incluso en las mentes más mediocres.

—¿Me permite que le haga una pregunta, mademoiselle? ¿He hecho algo para ofenderla?

La mujer se echó a reír.

—Al contrario, yo lo he ofendido a usted, monsieur Poirot, aunque no lo note. Desde que hemos empezado a hablar, analiza cada una de mis frases en busca de la ferviente admiración que habitualmente recibe, pero no la encuentra. Y eso lo desconcierta. Está tan acostumbrado a ser objeto de los más encendidos elogios que cuando alguien habla con usted de igual a igual lo interpreta como un acto hostil.

—¿No calificaría de hostil su actitud hacia mí? —preguntó Poirot en tono neutro.

La Escultura se volvió en su asiento para poder mirarlo más directamente, y Poirot tuvo la sensación de que la mujer estaba sopesando si era oportuno revelarle algo.

—El trabajo de su vida, la misión que se ha fijado, esa vocación que seguramente considera noble y sagrada, es llevar a asesinos ante la justicia. ¿Está de acuerdo?

Poirot reflexionó un momento.

—Nunca he creído tener una misión en la vida. Hay cosas que considero sagradas, como el derecho de todo hombre, mujer o criatura a vivir la vida que le ha sido concedida, y a que esa vida no acabe de forma prematura por causas violentas. Considero importante mantener a raya a los elementos incontrolados de la sociedad, para que todos aquellos que únicamente desean vivir en paz y de acuerdo con la ley puedan sentirse seguros. —Asintió, satisfecho con su respuesta—. Ése es el objetivo de Hércules Poirot. Llevar a los asesinos ante la justicia es parte necesaria de ese propósito, lo reconozco, pero todo lo que hago tiene por objeto preservar lo que más valoro. Sería una tragedia terrible fijarse como objetivo máximo en la vida una particular preocupación por lo que uno detesta.

Poirot notó que, mientras hablaba, la agitación de La Escultura iba en aumento. Cuando terminó, la mujer pareció aliviada y replicó en tono cortante:

—El mundo entero lo admira por sus éxitos, pero su arrogancia me parece bastante ingenua, como esa creencia suya de que puede proteger a los demás y de que es posible prevenir los asesinatos y meter a los asesinos en la cárcel. —Hizo con la mano un ademán desdeñoso—. El asesinato no es el único ni el peor mal que una persona puede causarle a otra y, además, es imposible evitarlo.

Poirot la miró con expresión grave.

—Empiezo a preguntarme si la actriz no será usted, mademoiselle. ¿De verdad sugiere que deberíamos permitir que los asesinos cometan sus crímenes con impunidad?

—No es cuestión de permitir —dijo ella, en un tono que a Poirot le hizo pensar en una maestra de escuela aleccionando al más torpe de sus alumnos—. Lo harán de todos modos, como siempre ha ocurrido. ¿Qué solución propone? ¿Matar a todos los asesinos? Si ésa es su respuesta, entonces también cree que en ocasiones está justificado arrebatar una vida. Muchos asesinos le darían la razón. Supongo que se dirige a Kingfisher Hill, ¿no?

—No, el inspector Catchpool y yo viajamos solamente hasta Cobham. —Entonces Poirot añadió un adorno—. Allí nos estará esperando un amigo muy querido, que conocí cuando todavía era un joven *policier*... —Se interrumpió y sonrió—. Pero no creo que le interese oírme hablar de mi viejo amigo. ¿Por qué me pregunta si voy a Kingfisher Hill? ¿Va usted allí?

—No —respondió secamente la mujer, como si le horrorizara la idea—. Yo me bajo en Martyr's Green. Pensaba que quizá tuviera usted una casa de campo en Kingfisher Hill. Le pegaría mucho.

—No, no la tengo.

—Todos los pomposos señores y las grandes damas que viven allí estarán de acuerdo sin duda en que los poderosos deben tener la potestad de matar a todo aquel que los disguste. Y a eso lo llamarán *justicia*.

—Supone de mí lo peor, mademoiselle. —Poirot se la quedó mirando pensativo—. Y al mismo tiempo..., sí..., se esfuerza por presentarse bajo la peor luz posible. ¿Por qué? No creo que en el fondo de su corazón apruebe de veras el asesinato.

—No soy imparcial en ese tema. —La mujer dudó un momento y por último dijo—: ¡Oh, al diablo las precauciones! Se lo diré; pero no podrá hacer nada porque ésta es una conversación entre desconocidos. —Bajó la voz y añadió—: Yo misma he asesinado a alguien.

—Por favor, dígame que no es cierto —replicó Poirot.

Deseaba haberla entendido mal, por encima del furioso retumbo del motor, pero sabía bien lo que había dicho su compañera de viaje, que además se apresuró a repetirlo:

—Es la pura verdad. —Se volvió hacia él y formó las palabras únicamente con los labios—: He matado a un hombre. —Luego, hablando a un volumen normal, añadió—: Nadie habría podido impedírmelo. Lo hice de forma deliberada y con toda la intención del mundo. Después no sentí ningún remordimiento. Me alegro de haberlo hecho. Ya está, ahora ya lo sabe. ¿Qué piensa responder a eso? —Sonrió con frialdad.

—¿A quién mató y por qué? —preguntó Poirot.

—Si se lo dijera, sería capaz de identificar el caso en cuestión. No puedo arriesgarme. Me he sincerado con usted tan sólo para que haga el esfuerzo de ver las cosas desde otro punto de vista: el del asesino y no sólo el de la víctima.

—El punto de vista del asesino —repitió Poirot lentamente.

Le resultaba difícil articular una respuesta a las extraordinarias afirmaciones de la mujer.

—¡Sí! —La actitud áspera de la joven había desaparecido. De pronto parecía exultante. Se inclinó hacia Poirot y le susurró, como si le estuviera revelando un secreto exquisito—: Cuando has matado a alguien, es exasperante ver a gente como Hércules Poirot, con su empeño en erradicar y castigar algo que es parte integrante de la vida y que siempre lo será, algo que en ciertas circunstancias puede resultar natural e incluso beneficioso. El deseo de matar simplemente forma parte de la naturaleza humana.

Poirot se sintió muy incómodo.

—Que Dios la perdone por esas palabras tan despiadadas —murmuró.

—Bueno, no es necesario caer en la histeria —repuso La Escultura—. Recuerde, además, que Dios debería perdonarme algo más que palabras. Por lo que veo, supone usted que el Altísimo comparte sus valores... Sí, claro que sí. ¿Qué me diría si le asegurara que Dios aprueba el asesinato y que por eso está tan extendido en todo el mundo?

Poirot dejó caer el peso del puño cerrado sobre su propia rodilla.

—¡Se está burlando de Poirot! Todo esto tiene que ser una broma de mal gusto. Nadie diría seriamente las cosas que usted acaba de decir.

La mujer pareció compadecerse del detective.

—Tiene razón. Me estoy burlando un poco de usted. El asesinato me parece condenable en todos los casos, o al menos en la mayoría. Ya está. ¿Mejor así? Sin embargo, me pregunto... si de verdad es necesario que usted y los de su clase hagan tanto alboroto cada vez que se comete uno.

—¡Ah, reconoce que estaba bromeando! —exclamó Poirot—. *Merci à Dieu!* Entonces no ha matado a nadie.

La mujer arrugó el entrecejo.

—No he dicho eso. He cometido un asesinato. No tuve alternativa, dadas las circunstancias. Desapruebo las matanzas indiscriminadas tanto como usted, pero en este caso era necesario y... sí, lo diré: me alegro de haberlo hecho.

Poirot empezaba a sentir cierto malestar en el estómago. Era evidente que la mujer estaba interpretando un papel en una especie de juego, pero Poirot temía que en lo esencial estuviera diciendo la verdad.

—Puedo contarle una pequeña historia, si le apetece oírla —le propuso ella—. Creo que seré capaz de exponerla en términos abstractos, para impedir que me localice usted en el futuro. De hecho, me gustaría conocer la opinión de un experto en asesinatos. Es algo que nunca he podido hablar con nadie..., y usted no es una persona cualquiera, monsieur Poirot. ¿Qué me dice? ¿Quiere que se lo cuente?

Poirot sintió un escalofrío y ella pareció entusiasmada al notarlo.

—¡Diga que sí, por favor! Estoy segura de que podríamos tener una conversación sumamente provechosa sobre un tema de gran importancia para ambos. No es frecuente tener la oportunidad de profundizar en este tipo de asuntos.

Para entonces, su actitud era la de una niña ansiosa de diversión, aunque Poirot estaba convencido de que su fría y presuntuosa superioridad volvería a manifestarse en cualquier momento.

Sintiéndose cómplice de algo monstruoso, pero diciéndose a modo de consuelo que toda la historia probablemente fuera una invención, o que tal vez era posible sonsacarle a ella información que pudiera resultar útil más adelante, Poirot contestó:

—Muy bien, cuéntemelo. Pero antes permítame

que le haga una pregunta. Lleva un libro en el bolso, *n'est-ce pas?* ¿Un libro titulado *Reunión a medianoche*?

—¡Ah! ¿Su amigo el inspector le ha presentado un informe sobre mí? ¿Por qué me pregunta por el libro?

—Tratándose de una aficionada al crimen, debo preguntárselo. ¿Lo ha robado?

—¿Si he robado *Reunión a medianoche*? ¡Qué pregunta tan extraña! Por supuesto que no.

—¿Y si no la creo?

La mujer estudió con detenimiento la expresión de Poirot y dejó escapar una risa confusa.

—Si de verdad quiere saberlo, el ejemplar que llevo en el bolsillo originalmente fue un regalo de... Bueno, no le diré nada más, porque no es asunto suyo. Si no tiene cuidado, cambiaré de idea acerca de contarle lo del asesinato. Le doy una última oportunidad, monsieur Poirot. No entiendo para qué quiere distraerme hablando de libros cuando estoy ansiosa por contarle... —Bajó la voz—. Acerca del hombre que maté. ¿Prefiere que renuncie a nuestra conversación por su insensatez, o que hablemos del asesinato?

Sin muchas ganas de escuchar lo que suponía que estaba a punto de oír, Poirot la invitó a contar su historia.

La Escultura tardó unos instantes en prepararse, pero, en cuanto empezó a hablar, las líneas de su rostro perdieron dureza y sus ojos se llenaron de lágrimas. Por primera vez desde que la había conocido, Poirot pudo ver en ella a una persona capaz de sentir dolor y no sólo de causarlo a los demás.

—Había un hombre —dijo—. Yo lo quería mucho, más de lo que he querido a nadie, antes o después. Y lo maté. —Extrajo un pañuelo del bolso y se enjugó las esquinas de los ojos—. Eso es lo esencial. Hay mucho más, desde luego; pero no olvide, cuando le cuente el resto de la historia, que mi amor por él era más intenso y profundo que nunca cuando lo maté. No había disminuido en lo más mínimo.

—Esa circunstancia no es tan inusual como quizá piense —dijo Poirot—. Muchos asesinos odian a sus víctimas, pero los que matan a un ser querido son igual de numerosos y sufren mucho más.

—Sí, lo entiendo.

—¿La traicionó ese hombre?

—Así es. O al menos eso creo. Él lo habría negado y probablemente usted se habría puesto de su parte. Creo que la mayoría de la gente le habría dado la razón. En todo caso, su traición no fue el motivo de que yo lo matara. Lo hice... por mi familia. Él había cometido un delito. Le robó a mi padre... muchísimo dinero. A partir de entonces mi padre me prohibió tener cualquier tipo de contacto con él. Era un ser malvado, un enemigo. No había lugar para él en nuestra casa. Mis padres no querían ni oír su nombre. Se negaron a escuchar su versión de la historia. ¡Y no me diga, monsieur Poirot, que un ladrón no puede tener una defensa digna de ser oída!

—No pensaba decírselo. Aun así, la ira de su padre

es comprensible, ¿verdad? Supongo que tendría confianza en ese joven.

—Sí. De hecho, antes del robo, le habría confiado incluso su vida. Pero él jamás le habría robado nada a nadie si las circunstancias no hubieran sido de extrema necesidad. No robó en su propio beneficio. Trabajaba para mi padre, ¿sabe? Y mi padre le pagaba generosamente. Sin embargo, aunque su posición económica era buena, tenía un amigo cuya familia lo había perdido todo dos años antes, cuando la Bolsa se desplomó. Todo. El padre de ese amigo era muy mayor y estaba enfermo... Nuestro ladrón, si es que podemos llamarlo así, sufría enormemente viendo a su amigo consumido por la angustia de acabar en la calle... y, como estaba a cargo de las inversiones y los negocios de mi padre, pensó que... Bueno, él sabía que mi padre no echaría de menos una determinada suma. Si se llevaba el dinero y se lo daba a su amigo, mi familia no sufriría ninguna estrechez. Ninguna en absoluto. Así que lo hizo. Pero no lo consideró como regalar el dinero, ni tampoco como un robo, a decir verdad. Para él era un préstamo, y así fue como lo aceptó su amigo. No como caridad, sino como un desafío.

—¿Qué tipo de desafío? —preguntó Poirot.

—El ladrón y su amigo estaban convencidos de la importancia del espíritu emprendedor. En ese sentido, eran exactamente como mi padre. Los tres creen, o mejor dicho creían, que cualquier persona puede construir imperios y crear riquezas inconcebibles para la mayoría partiendo de cero. El ladrón y su amigo llegaron al acuerdo de que éste tomaría el dinero prestado y lo utilizaría con habilidad para producir más dinero.

—Tal como estaba la Bolsa hace dos años, y como está todavía, no creo que le resultara fácil —observó Poirot.

—Es cierto —convino La Escultura—. Pero él siempre había creído que... que todo es posible, absolutamente todo, y que cuando alguien desea una cosa de verdad, siempre encuentra la manera de conseguirla. Y también lograba que los demás lo creyeran. Ojalá... —Bajó la vista hacia sus manos—. Ojalá lo hubiera conocido usted, monsieur Poirot.

—Ahora me dice esto, pero hace apenas unos minutos ha comentado que se alegraba de haberlo matado.

—Me refiero a que ojalá lo hubiera conocido usted antes..., cuando todavía éramos felices.

—Comprendo. Continúe, por favor —la instó Poirot.

La mujer lo miró un momento y prosiguió su historia.

—Juntos, el ladrón y su amigo hicieron varias inversiones extremadamente arriesgadas. La mayoría fue un fracaso, como suele suceder cuando el riesgo es elevado, pero una de ellas dio unos resultados muy superiores a lo esperado, y rindió lo suficiente para que el ladrón devolviera el dinero robado a mi familia y para que su amigo se asegurara una vida desahogada para él y su anciano padre. Incluso sobró dinero, y el ladrón y su amigo lo usaron para fundar varios excelentes colegios donde los alumnos son tratados con respeto, como personas importantes. Debería ser lo normal en las escuelas corrientes, pero por desgracia no es lo más habitual. Entonces...

Se le hizo un nudo en la garganta.

Poirot notó que no le resultaba fácil continuar su historia y se preguntó por qué se estaría obligando a pasar por esa prueba.

—Entonces el ladrón cometió un error terrible: les contó a mi padre y a mi madre lo que había hecho.

—¡Ah! Prefería la honestidad al ocultamiento.

—Era un hombre honorable, monsieur Poirot. Valoraba la integridad por encima de todo y desde el comienzo había planeado decir la verdad en cuanto pudiera devolver el dinero. Sabía que mi padre lo admiraba, y no podía tolerar que esa admiración estuviera basada en falsas premisas. Lógicamente, esperaba que mi padre se pusiera furioso al principio, pero confiaba en que unas disculpas y una explicación de las circunstancias precisas... —Ahora la mujer hablaba deprisa, casi sin aliento, como atrapada en una pesadilla de la que habría querido escapar cuanto antes. Parecía haber olvidado que se estaba refiriendo a sucesos del pasado—. Creía que si expresaba con claridad que no habría descansado hasta devolverle hasta el último penique... Pero mi padre es un hombre implacable y mi madre siempre le da la razón en todo. Ni siquiera se atreve a decir que una novela o una obra teatral que a él le gusta no es de su agrado, por temor a uno de sus tiránicos estallidos. Por eso el ladrón fue... —Se interrumpió y se tapó la boca con el pañuelo—. Expulsado. Le prohibieron pisar de nuevo nuestra casa.

—¿Sabían sus padres que usted amaba a ese hombre?

—Oh, sí, pero les dio igual. Mi padre me dijo que si alguna vez volvía a tener contacto con él, por muy lejano que fuera, me echaría de casa y me dejaría sin un chelín a mi nombre. En ese momento no tuve más remedio que obedecer, créame.

—¿Puedo preguntarle... si antes de esos acontecimientos estaba usted prometida con el ladrón?

—No. —Pareció divertida—. ¿Por qué lo ha pensado?

—He visto que lleva un anillo con un gran rubí...

—Ah, por eso. Sí... Ahora estoy prometida para casarme.

—¿Con otro?

La Escultura hizo un gesto de impaciencia.

—Me considero una persona de gran determinación e ingenio, pero ni siquiera yo encontraría la manera de casarme con un muerto.

—Y al hombre con el que piensa casarse... ¿lo quiere?

Su expresión se tornó solemne y aplicada, como si estuviera concentrada en algo importante.

—Sí, lo quiero. Si ahora me pregunta si quiero a mi prometido tanto como quise al ladrón (aunque no sé por qué podría interesarle ese detalle, que no tiene ninguna importancia para mi historia), entonces debería responderle que no. Espero no incomodarlo con esta realidad, monsieur Poirot. A mí no me plantea ningún problema. Mi amor por el ladrón era totalmente diferente y, además, el ladrón está muerto. —Al hacer hincapié en la última palabra, derramó algunas lágrimas más—. Hice lo posible para que mi padre lo perdonara, pero todo fue inútil. ¿Alguna vez ha intentado convencer a un hombre obstinado de que se equivoca, tratando al mismo tiempo de asegurarle que está de acuerdo con él?

—¿No es una contradicción lo que acaba de decir? —preguntó Poirot—. Nadie puede estar de acuerdo con una equivocación.

—Al contrario, es perfectamente posible. Era lo que yo sentía en aquel momento. Le dije a mi padre: «Todo el mundo sabe que eres un hombre justo y sensato. Y lo más justo y sensato que podías hacer hasta ahora es precisamente lo que has hecho, porque habría sido un error mostrarte demasiado indulgente cuando supiste lo sucedido. Pero, ahora, lo siguiente más correcto es concederle a él otra oportunidad, y estoy segura de que tú serás el primero en verlo. De hecho, estoy convencida de que tú mismo has tenido esa brillante idea y de que ni siquiera será preciso que yo te la sugiera». Pensé que si insistía con los halagos... —Suspiró—. A veces esa estrategia funciona con mi padre.

—Pero ¿esta vez no?

—No. Sólo se puso más furioso y subió el tono de sus amenazas. Me anunció que me dejaría sin un penique, sin casa y sin familia. Me dijo que si traicionaba a mi propia sangre para ponerme del lado de un ladrón, se vengaría de mí de una manera tan terrible que ni siquiera la podría imaginar.

—¿Le tenía miedo?

—Aún se lo tengo.

—No acabo de comprender la situación —dijo Poirot—. Usted amaba al ladrón y en cambio a su padre no lo quiere. Me pregunto si, desde su punto de vista, no se habrá equivocado de víctima cuando cometió ese asesinato.

—A mi padre lo quiero —aclaró La Escultura—. Le tengo miedo, me disgusta su forma de ser y no soporto su presencia, pero al mismo tiempo lo quiero. A mi madre también, aunque no reaccionara y se quedara muda cuando mi padre profirió esas viles amenazas contra mí.

—Aun así —dijo Poirot—, la historia que me ha contado no es la de una hija que ha asesinado a su padre. Cualquiera esperaría que el muerto hubiera sido él, *non?*, y no el ladrón al que usted tanto amaba y admiraba. ¿Qué pudo haberla llevado a matarlo? Me gustaría saberlo.

—¿Qué me llevó a matarlo? —repitió ella, como si los dos estuvieran tratando de resolver juntos el enigma—. Todos los acontecimientos que he descrito tuvieron lugar entre noviembre de 1929 y marzo del año pasado, cuando mis padres expulsaron al ladrón de nuestra casa. Estúpidamente, supuse que no tenía más alternativa que cortar yo también mis relaciones con él. Nadie me preguntó mi opinión. Mi padre eligió por mí y me obligó a aceptar su decisión. El ladrón era la personificación del mal y bajo ninguna circunstancia podíamos permitir que volviera a nuestras vidas. Era preciso que yo dejara de quererlo. Mi padre me lo dijo con esas palabras: «Ya no lo quieres. Debes verlo como el enemigo que es. Es peligroso y ruin. Es una amenaza para nuestra familia». Tuve que soportar horas enteras de ese discurso. Mi padre no me dejó en paz hasta convencerse de que había erradicado todos mis pensamientos y sentimientos para reemplazarlos por los suyos. Entonces, cinco meses después, en agosto del año pasado, los médicos le anunciaron a mi madre que padecía una enfermedad mortal.

—Lo siento mucho, mademoiselle.

—Aún vive, pero no le queda mucho tiempo —dijo La Escultura—. Se está consumiendo ante nuestros ojos. —En un tono falsamente animado y jovial, continuó—: Sea como sea, jamás adivinaría lo que sucedió dos semanas después de que mi madre recibiera su diagnóstico, monsieur Poirot. ¡Fue una sorpresa tan maravillosa! Mi padre me llamó a la habitación que de forma tan exasperante denomina... —Se interrumpió. Fuera cual fuese el nombre que su padre daba a la habitación, decidió no revelarlo—. Me llamó a su estudio —formuló en cambio—. Y me dijo que ahora que a mi madre le quedaba poco tiempo de vida íbamos a readmitir al ladrón en nuestra casa.

—*Quoi?*

Poirot no se esperaba que la historia diese ese giro.

—Una sorpresa maravillosa —repitió, con una voz que le temblaba de ira—. Por desgracia, no puedo decirle por qué la muerte inminente de mi madre requería con tanta urgencia que perdonáramos al ladrón y volviéramos a recibirlo en nuestras vidas. Para ello tendría que revelarle algunos detalles que prefiero no mencionar. Lo importante es que, de repente, tanto mi padre como mi madre estaban dispuestos a reanudar sus relaciones con él. Yo recibí instrucciones de hacer lo mismo. Así pues, el ladrón regresó para hacerse cargo otra vez de los negocios de mi padre. Y yo no sólo recibí la orden de perdonarlo (algo que ya de por sí habría sido suficientemente malo), sino que además me amenazaron con el ostracismo más absoluto si no me sumaba al fingimiento y me comportaba como si no hubiera pasado nada.

—*Incroyable* —comentó Poirot.

—En efecto —convino La Escultura—. Me alegro de que coincida conmigo.

—Continúe, por favor, mademoiselle.

—No hay mucho más que decir. El ladrón se alegró de regresar y se prestó con gusto a fomentar la ilusión de que nunca había pasado nada malo. Volvió a finales de agosto... y poco más de tres meses después, lo maté. Ya está. No hay nada más que contar. Aquí acaba la historia.

—¿Por qué lo mató? Cuando no se conoce el motivo, la historia siempre queda incompleta. Le falta lo más vital.

La Escultura se echó a reír.

—Perdóneme, pero ¿he estado equivocada todo este tiempo? ¿No es usted Hércules Poirot? Seguramente no necesitará que le explique por qué lo hice. Usted es el gran detective, ¿verdad? No querría privarlo de la oportunidad de descubrirlo por sí mismo. Le he contado todo lo que necesitaba saber. ¿Por qué cree usted que asesiné al hombre que tanto amaba?

—Antes ha dicho que lo hizo por su familia..., pero una vez más le repito que eso para mí no tiene sentido. Matar al hombre que amaba por el bien de... ¿de quién? ¿De sus padres? Asegura que les profesa un gran afecto, pero ¿no quería todavía más al ladrón?

—Sí. Mucho más.

—Entonces ¿por qué lo mató? ¿Y por qué insiste en que lo hizo por su familia? Dígamelo, por favor.

—No —dijo La Escultura—. Usted es famoso por su habilidad para explicar este tipo de situaciones. Y... ¿si no fuera verdad que lo hice por mis padres?

—Acaba de decirme que ése fue su motivo.

—Entonces tendrá que preguntarse por qué lo he dicho, si no era verdad.

—Mademoiselle, me desconcierta usted.

—Le aseguro que no es mi intención —respondió ella con solemnidad. Sus ojos se habían vuelto a llenar de lágrimas—. Me quedaré callada y no diré nada más.

Poirot se preguntó si alguna vez había mantenido un intercambio tan inquietante con otro ser humano. Intentó todas las tácticas concebibles para convencerla de que se explicara, pero el silencio de la mujer no se resquebrajó y, al final, Poirot llegó a Cobham con su confusión intacta.

Capítulo 6

La familia Devonport

Mi primera impresión de Kingfisher Hill fue la de un lugar bien protegido del mundo exterior. Aunque sabía que era un complejo privado, no me esperaba unos muros perimetrales tan altos, mucho más de lo que sería necesario en medio de la tranquila campiña inglesa.

Había dos verjas con aspecto de infranqueables, como si las hubieran diseñado para resistir un asedio. Era preciso atravesarlas para pasar del espacio común exterior al sagrado recinto privado. Le comenté a Poirot que era como si alguien temiera una inminente invasión.

—¡De Hércules Poirot nadie teme ninguna invasión! —replicó, riéndose él mismo de su respuesta—. ¡Soy un invitado! Aunque tal vez haya alguien en Kingfisher Hill con mucho que temer ahora que estoy aquí.

—¿Quiere decir...?

—Me refiero a quienquiera que haya matado a

Frank Devonport, si no fue Helen Acton. ¡Ah, todavía no lo entiende! Richard Devonport no me lo dijo con todas las letras, pero quiere que descubra qué miembro de su familia, o qué sirviente o amigo de su círculo, mató a su hermano.

—¿Ésas son las posibilidades? —pregunté—. ¿Sabemos quién estaba presente cuando se produjo la muerte?

—Aparte del propio Richard y de Helen Acton, había siete personas en la casa cuando Frank Devonport murió: Sidney Devonport, el cabeza de familia; su esposa Lilian; Daisy, la hija de ambos; Oliver Prowd, el prometido de Daisy; una criada llamada Winnifred Lord, y dos buenos amigos de la familia: los estadounidenses Godfrey y Verna Laviolette.

Habíamos atravesado las dos verjas, pero descubrimos que era preciso franquear otra más para considerar que finalmente habíamos llegado. El conductor estacionó el autobús en una explanada de grava, donde ya se encontraba aparcado otro vehículo azul y anaranjado de la Compañía Kingfisher junto a una impresionante fila de automóviles. Había personas que esperaban apoyadas contra los coches y algunas levantaron la mano para saludarnos. Varios de nuestros compañeros de viaje les devolvieron el saludo. Me pregunté si alguna de esas personas habría venido a recogernos a Poirot y a mí, y en caso contrario, cuánto tendríamos que caminar para llegar a casa de los Devonport. Alfred Bixby bajó de un salto del autobús para decirle algo al ocupante de una pequeña garita, un hombre de cara cuadrada con una tupida cabellera que le nacía directamente sobre las cejas. Por lo que pude ver, su trabajo consistía en interrogar a todos los que pretendían atravesar las fronteras de Kingfisher Hill.

—¿Cree Richard Devonport que uno de esos siete individuos mató a su hermano? —le pregunté a Poirot—. Supongo que tuvo que ser uno de ellos. ¿Le ha sugerido Devonport algún sospechoso en particular?

—No. Y supone mal, Catchpool. Es cierto que si Helen Acton no cometió el asesinato, ni tampoco lo hizo Richard Devonport, entonces debe haber sido uno de esos siete. Pero hay otras posibilidades.

—Que Richard haya matado a su hermano Frank, por supuesto.

—*Oui.* O que lo haya matado Helen Acton y Richard Devonport se niegue a aceptar la realidad, porque le resulta intolerable.

—Eso me parece más probable —dije—. Si el propio Devonport fuera el asesino, tendría que ser idiota para solicitar la presencia de una de las mentes más... —Al ver la mueca de Poirot, me apresuré a corregir mi error—. De la mente más ingeniosa de toda Inglaterra en la resolución de asesinatos.

—He conocido a muy pocos hombres o mujeres libres de caer en la estupidez cuando las circunstancias son propicias —replicó Poirot—. Quizá Richard Devonport no es tan listo como cree.

Después se inclinó hacia delante, para ver mejor lo que parecía un altercado entre el hombre hirsuto de la garita y Alfred Bixby.

—Le está pidiendo la lista de pasajeros, *mais c'est n'est pas possible.* Se la han robado. Por culpa de La Escultura tenemos que estar parados innecesariamente.

Dejé escapar un suspiro.

—¿No tiene la sensación de que este viaje está siendo el más largo de su vida? —dije.

—¡Ah, estamos salvados! *Le portier* se ha apiadado de nuestro amigo Bixby.

Al cabo de un momento pudimos bajar del autobús y recuperar nuestras maletas.

—¿Y ahora qué? —pregunté mientras todos los demás se encaminaban hacia los automóviles y sus conductores, y empezaban a intercambiar cordiales saludos.

—Alguien vendrá a recogernos —anunció Poirot—. La casa de los Devonport es una de las más alejadas de la entrada, y Richard Devonport me ha asegurado que nos vendrán a buscar.

—Espero que quien venga a recogernos llegue pronto —repuse—. El tiempo que una persona puede resistir a este frío despiadado antes de que se le declare una hipotermia tiene un límite.

—Si le consuela saberlo, yo lo paso aún peor que usted, *mon ami.* Mi constitución no está hecha para estas inclemencias. Ustedes los ingleses disfrutan cuando avanza la congelación y les parece heroico morir de frío.

—Eso no es cierto.

—¡No me diga que no ha oído hablar de Robert Falcon Scott y de su infausta expedición a la Antártida! ¿Acaso no era inglés?

—Poirot..., acerca del libro *Reunión a Medianoche*...

—¿Sí? ¿Qué quiere saber?

—¿Por qué se lo ha mencionado a La Escultura? ¿Y por qué le ha preguntado si lo había robado?

—No lo robó. Aunque si lo hubiera robado, entenderíamos por qué le ha molestado tanto que un inspector de Scotland Yard se fijara en él. Pero no. Fue un regalo. ¿De quién? No sé decírselo. Ha estado a punto de revelarme el nombre de la persona en cuestión, pero se ha interrumpido. No quería que Poirot lo supiera. El libro me interesa mucho, Catchpool. No su contenido, como podrá suponer. Me es indiferente que sea una historia de aventuras, una novela romántica o *un policier*. La irritación de La Escultura cuando usted se ha fijado en la portada... no creo que tuviera nada que ver con *Reunión a medianoche* en sí mismo. Lo importante era lo que significaba el libro en su mente, y no las palabras que hubiera en sus páginas.

—Entonces ¿la importancia del libro radica en quien se lo ha regalado? ¿La relación entre esa persona y ella?

Poirot meneó la cabeza y dijo:

—Tengo una deuda de gratitud con nuestro viejo amigo Reynard Meddelnotch. Si no fuera por las iniciales de su nombre, usted no se habría fijado en ese libro. Pero gracias a sus iniciales y a la similitud de las palabras, *c'est parfait*.

Pareció botar un poco sobre los talones.

—¿Qué es perfecto? —pregunté.

—La manera precisa en que los acontecimientos se

desarrollan y nos proporcionan la más espléndida oportunidad —fue la enigmática respuesta de Poirot.

En ese momento, una voz con acento americano dijo:

—Discúlpenme, caballeros. ¿Son ustedes los señores *Poiró* y Catchpool?

Al volverme, vi detrás de mí a un hombre alto y delgado, con abrigo largo hasta las rodillas. Era difícil calcularle la edad. Podía ser un anciano o no pasar de los cuarenta años. Tenía la piel tersa y sin arrugas, como si se la hubieran planchado al vapor, y una espesa cabellera blanca con mechones rebeldes que se proyectaban en todas direcciones. Me recordó a un erizo, aunque era todo lo contrario de pequeño y redondeado. Era un erizo flaco y larguirucho. Cualquiera que dibujara su caricatura le habría puesto una nariz acabada en punta, aunque en realidad no la tuviera.

Nos estrechamos las manos.

—Es un placer conocerlos, señores. Yo soy Godfrey Laviolette. No imaginan cuánto nos entusiasma a Sidney y a mí que hayan venido. Estamos exultantes, se lo puedo asegurar. Síganme, por favor. El coche está por aquí. Supongo que los dos estarán hambrientos. ¡Nada como el viento frío para despertar el apetito! Bueno, primero cenaremos, y después... —Se interrumpió y se echó a reír—. Le he dicho a Sidney que las señoras tendrán que perdonarnos esta noche después de la cena. Nuestra conversación las dormirá de aburrimiento. No entienden la pasión que sentimos por nuestra pequeña criatura. Nos dicen: «¡Pero si no es más que un juego!». Pero para nosotros es mucho más, ¿verdad, caballeros? Ustedes dos, Sidney y yo... ¡Todos estamos absolutamente locos por el juego de los Vigilantes! ¡Lo vamos a pasar genial!

¿Entonces la «pequeña criatura» que había mencionado Laviolette era el condenado jueguecito? Sentí que un gruñido me nacía de la garganta, pero conseguí reprimirlo antes de que echara abajo nuestra tapadera. ¿Mi supuesto interés comercial por los Vigilantes significaba de forma necesaria que tenía que estar «absolutamente loco» por el invento de esos señores? De repente comprendí que me habría resultado muy útil disponer de instrucciones más precisas acerca del papel que debía interpretar.

Laviolette nos llevó por una serie de anchos caminos. Estaba oscuro y había árboles por todas partes, por lo que no podíamos distinguir bien las mansiones de Kingfisher Hill. Sin embargo, la distribución de ventanas iluminadas me hizo pensar que cada uno de los edificios era mucho más grande que las casas que solía ver en Londres. El efecto, mientras circulábamos, era agradable de una manera un poco irreal: rectángulos grandes y pequeños de luz dorada, que parecían colgar de las ramas de los árboles o aguantarse en equilibrio en lo alto de las copas.

Godfrey Laviolette había empezado a contarnos la historia de su larga relación con Sidney Devonport. Como preámbulo de su narración, dijo que cuando los Vigilantes superaran al ajedrez como el juego de mesa más prestigioso del mundo, todos clamarían por saber cómo se habían conocido sus inventores. La historia era bastante complicada, pero básicamente giraba en torno a un metal llamado *vanadio*, abundante en el sur de África, que veinte años atrás había hecho posible la fortuna de Sidney Devonport y Godfrey Laviolette. Este último nos explicó —y consiguió hacerlo sin parecer presuntuoso— que Sidney Devonport y él habían conseguido multiplicar su patrimonio desde sus tiempos de buscadores de vanadio sin tener que trabajar ni un solo día.

—¿No los ha afectado el reciente hundimiento del mercado bursátil?

—No, monsieur *Poiró*, hemos tenido suerte. También hay que decir que Sidney y yo somos hombres precavidos. Compartimos un sano interés no sólo por los juegos de mesa, sino también por los riesgos pequeños y asumibles. Nunca nos hemos vuelto locos, como les ha pasado a otros. Preferimos ir lentos pero seguros. Y hay algo más, que les parecerá gracioso: ¡Sidney y yo tenemos los mismos gustos en materia de casas! Su mansión aquí en Kingfisher Hill, el sitio adonde nos dirigimos, fue nuestra, de mi esposa Verna y mía. Se la vendimos a Sidney y a Lilian. Habían visto otra casa y estaban a punto de estampar la firma al pie del contrato cuando les dijimos: «¿Por qué no compráis la nuestra? Pensamos venderla». Y fue lo que hicieron.

—¿No les gustaba vivir aquí? —le preguntó Poirot.

—Oh, al principio nos encantaba —dijo Laviolette—. Díganme, caballeros, ¿qué les está pareciendo

Kingfisher Hill hasta ahora? Ya sé que está oscuro y que no se ve mucho, pero ¿qué sensación les transmite el lugar? Paradisíaco, ¿verdad? Ahora no la pueden ver, pero por allí está la piscina de Victor Marklew. ¡Realmente sublime! Esto es el paraíso, lo digo en serio. Y, precisamente por eso, Verna y yo decidimos vender y mudarnos a otro sitio. No hay nada más triste que vivir en el paraíso y saber que está condenado a cambiar a peor. De hecho, lo he convertido en mi lema: «Nunca dejes que nadie arruine tu paraíso». Mientras sea posible, hay que evitarlo. Por desgracia, mucha gente no puede evitarlo. ¡Pero a veces sí que es posible!

Parecía como si no se decidiera entre transmitir un mensaje de esperanza o de desaliento.

—¿Ha empeorado Kingfisher Hill desde que vendió su casa? —quiso saber Poirot.

—Una pregunta fascinante, *moisier Poiró*. ¡Sí, señor, fascinante! Bueno, digamos que yo creo que ha empeorado, que mi esposa Verna coincide conmigo y que nos alegramos de no tener más propiedades en este lugar. Pero no se lo digan a Sidney ni a Lilian, ¿de acuerdo? No querría que pensaran que han salido perdiendo con nuestro pequeño trato. —Se echó a reír—. En todo caso, jamás me darían la razón. Sidney y yo somos muy puntillosos, pero nos fijamos en cosas diferentes, del todo diferentes. A él le encantan algunas cosas que yo detesto y a mí me encantan cosas que él aborrece. Por eso fue tan buena nuestra colaboración cuando inventamos los Vigilantes, porque nuestras mentes funcionan de manera completamente distinta. Y eso es positivo, ya que entre los dos cubrimos todos los frentes, ¿me entiende?

Recé en silencio para que no entrara en detalles sobre la participación de cada uno en la creación del juego.

—Lo gracioso es que ahora Verna y yo pasamos todo el tiempo aquí, ¡como invitados en nuestra antigua casa, gracias a la hospitalidad de nuestros buenos amigos! ¿Y saben otra cosa que me resulta divertida? Que ahora he vuelto a disfrutar de Kingfisher Hill como no podía hacerlo en los meses anteriores a la venta. Ahora que soy un simple huésped y nada de lo que me rodea es mío, no me preocupa que el paraíso se estropee. Puedo disfrutar de todo lo disfrutable sin la menor angustia.

—¿Qué temía que sucediera? —pregunté—. ¿Había empezado a venir gente indeseable a comprar las propiedades?

Godfrey Laviolette rio de manera estentórea.

—¿Qué gente considera usted «indeseable», señor Catchpool?

—¿Desde mi punto de vista? Bueno..., los delincuentes y otras personas de carácter violento. He supuesto que ése sería el problema, dada la naturaleza exclusiva del complejo, los muros, las verjas...

—¿Cree usted que clasifico a la gente en «deseable» e «indeseable»? ¡Se equivoca! No soy partidario de dividir a las personas en categorías. Lo hacemos todo el tiempo, es verdad, pero esa manera de pensar favorece la pereza mental. Si quiere hacer algo productivo en la vida, tendrá que prestar atención a cada individuo y atender sobre todo a lo que cada persona ambiciona ser en el futuro y no a lo que ha sido en el pasado. Ni siquiera los criminales deben meterse todos en un mismo saco. —Godfrey Laviolette parecía entusiasmado con el tema—. Algunos niegan sus crímenes hasta el día de su muerte, mientras que otros los confiesan e intentan reparar el mal causado.

Pensé que si Godfrey Laviolette había decidido creer únicamente en el individuo y no en categorías ni en clases de personas, entonces no era extraño que hubiera vendido su casa. Me dije que convivir con vecinos en un lugar como Kingfisher Hill debía de ser bastante diferente de la vida en una calle corriente. Cuando uno está confinado entre altos muros con un grupo de personas, compartiendo con ellas la misma piscina, las pistas de tenis y el campo de golf... Bueno, incluso disponiendo de trescientas sesenta hectáreas para dispersarse, el sentimiento de comunidad puede llegar a ser bastante opresivo para algunos. Yo sabía que a mí personalmente me disgustaría el ambiente de «club» de ese tipo de fincas privadas y la consiguiente sensación de identidad compartida.

Al cabo de unos diez minutos de recorrido en coche con Godfrey Laviolette al volante, atravesamos una última verja. Al otro lado, una mansión cuadrada y de aspecto achaparrado, sin ningún elemento grácil en su diseño, se erguía al final de un sendero recto flanqueado por dos robustas farolas. La imagen resultaba vagamente amenazadora, como si las farolas fueran esbirros dispuestos a salir en defensa de la casa, si fuera preciso.

A medida que nos acercábamos, pude ver que el edificio no era un gran bloque cuadrado de piedra, como me había parecido al principio, sino que presentaba una estructura más escalonada, algo así como un cuadrado con un rectángulo más ancho detrás, delante de un rectángulo más ancho todavía.

—¡No hay nada como volver al hogar! —exclamó nuestro conductor—. ¡Bienvenidos a *La Pequeña Llave*! Aunque probablemente debería haber dicho: «¡No hay nada como volver a mi antiguo hogar!».

Solté la risita de rigor, mientras Poirot no hacía el menor esfuerzo siquiera para sonreír.

—Tengo que admitir que siempre hago la misma broma cada vez que llego, ya sea solo o acompañado. Debería ir buscando material nuevo y más original, ¿no cree, *moisier Poiró*?

—¿*La Pequeña Llave* es el nombre de la casa? —preguntó Poirot—. Me parece un nombre muy curioso.

—Lo es, pero el mérito no es mío. Cuando Verna y yo vivíamos aquí, la casa se llamaba *El Reposo de Kingfisher*. El nuevo nombre llama más la atención, ¿verdad? *La Pequeña Llave*... es un nombre que le da ambiente a una casa.

—Entonces, *la famille* Devonport...

—Está inspirado en una cita de Charles Dickens, o

114

al menos eso me han dicho: «Una llave muy pequeña puede abrir puertas muy pesadas», ¡y no me importa reconocer, *moisier Poiró*, que la puerta de esta casa realmente es pesadísima! Pero háganme un favor, caballeros. No le mencionen a Sidney el cambio de nombre. Ni tampoco a Lilian.

—¿Sugiere acaso que monsieur y madame Devonport no conocen el nombre de su propia casa? —preguntó Poirot reaccionando—. Debieron de ser ellos quienes decidieron cambiarle el nombre después de comprársela a usted, ¿no?

La observación eminentemente razonable de mi amigo no recibió respuesta alguna. En ese momento se abrió la puerta y un hombre orondo, con una ancha sonrisa pintada en el rostro, salió a grandes zancadas a nuestro encuentro.

—¡Ah, aquí viene Sidney! —exclamó Godfrey Laviolette.

No sé si serían imaginaciones mías, pero tuve la impresión de que sintió alivio al ver interrumpida nuestra conversación sobre el nombre de la casa.

Observé que justo a la derecha de la puerta principal había una gran placa con unas palabras grabadas: LA PEQUEÑA LLAVE. La piedra era de un tono gris pálido y los surcos de las letras cinceladas estaban pintados de negro. Era imposible que Sidney y Lilian Devonport no hubieran reparado en el nombre de la casa tan prominentemente expuesto. Intenté encontrar una razón para que Godfrey Laviolette considerara impropio mencionarlo, pero no se me ocurrió ninguna teoría.

Una de las primeras cosas que me llamó la atención de Sidney Devonport, mientras me palmoteaba enérgicamente la espalda a modo de bienvenida, fue que cuanto más observaba su sonrisa, más inquietante parecía. Tenía algo de máscara, con la boca semiabierta y las comisuras levantadas, como congeladas en un momento pasado de desenfrenada jovialidad que ya no tenía sentido en el presente. Cuando no llevaba ni tres minutos en su compañía, pensé que iba a resultarme difícil seguir mirando aquella sonrisa fosilizada durante mucho tiempo más.

—¡Bienvenidos! ¡Bienvenidos! —exclamó, mientras aporreaba la espalda de Poirot tal como había hecho antes con la mía.

—Ha sido muy amable al invitarnos a Kingfisher Hill... y a *La Pequeña Llave* —dijo Poirot, indicando la placa de piedra.

Miré a Godfrey Laviolette, que se sobresaltó levemente. Sidney Devonport no manifestó ningún signo de incomodidad mientras nos hacía pasar a su casa y nos decía que debíamos de estar deseando tomar una copa o un plato caliente. Al entrar en la casa, sin embargo, el orden de sus prioridades se alteró y la conversación pasó directamente a los Vigilantes.

De hecho, lo que sucedió me dejó estupefacto, aunque supongo que Poirot lo entendería mejor que yo, al tener él también una personalidad obsesiva. Cuando aún nos encontrábamos en el resplandeciente vestíbulo circular de la mansión —dominado por la balconada del piso de arriba, que comenzaba en lo alto de la escalinata y describía una curva de casi trescientos sesenta grados en torno a una araña de cristal excesivamente alargada, semejante a una avalancha de dagas de vidrio que se desprendieran del techo—, tanto Sidney Devonport como Godfrey Laviolette empezaron a hablar con rapidez y casi al mismo tiempo (de manera que a veces era imposible entender lo que decían) sobre el juego de los Vigilantes y el que consideraban su rival más directo: el Monopoly. Devonport sostenía que su juego era muy superior y acabaría triunfando, mientras que Laviolette temía que fuera desplazado por la creciente popularidad de su competidor. Siguieron hablando del tema como si no fueran a terminar nunca y tuve la clara sensación de que solían mantener a menudo la misma conversación. De vez en cuando uno de ellos nos miraba a Poirot o a mí, como esperando que nos pusiéramos de su parte, pero el resto del tiempo se comportaban como si hubieran olvidado completamente nuestra presencia. Poirot se limitaba a proferir una serie de monosílabos que le parecían apropiados, sin comprometerse con ninguna de las dos posiciones, mientras que yo hacía lo posible por hacer ver que estaba de acuerdo con el último que hubiera hablado. El intercambio continuó durante un buen rato, con Devonport proclamando que los creadores del otro juego deberían empezar a considerar modificaciones antes de que fuera demasiado tarde, porque de lo contrario los jugadores no sabrían si estaban proponiendo la acumulación ilimitada de propiedades como una aspiración legítima o si promovían una postura crítica ante los monopolios.

Laviolette replicó que ya había muchos creadores y recreadores de diferentes versiones del Monopoly, o del Palé, como también lo llamaban algunos, y que todos asignaban al juego un mensaje moral diferente, acorde con sus puntos de vista. Esa complicación, según apuntó Laviolette, no había disminuido ni un ápice su popularidad. Entonces Devonport observó que eso no significaba que fuera preciso complicar el concepto de los Vigilantes para conseguir el favor del público, sobre todo teniendo en cuenta que el innegable atractivo del juego rival no se debía a la escasa claridad de su mensaje moral, sino que subsistía a pesar de esa falta de claridad.

Y así siguieron durante mucho tiempo. Antes de conocer a esos dos hombres, jamás se me habría ocurrido que pudiera haber tanto que decir acerca de un juego de mesa. Varias veces me pregunté si la escena no sería una especie de prueba o de broma para nosotros, pero duró demasiado tiempo para ser un montaje, y tanto Devonport como Laviolette presentaban sus argumentos con demasiada pasión para estar fingiendo.

Estuve a punto de llorar de gratitud cuando la conversación fue interrumpida por la llegada de una mujer huesuda y encorvada. La pálida piel de su cara y manos, de apariencia seca y fina como el papel, estaba recorrida por infinidad de líneas y surcos, como si cada centímetro cuadrado de su superficie hubiera sido doblado y desdoblado un centenar de veces. La mujer tenía grandes ojos grises y su pelo era de un tono más oscuro de gris, que recordaba el color de las limaduras de hierro. Lo llevaba recogido en un complicado rodete en lo alto de la cabeza. Venía del brazo de un hombre joven, de unos treinta años, en quien se apoyaba con todo el peso de su cuerpo mientras los dos avanzaban despacio hacia nosotros. Sidney Devonport fue rápidamente hacia ellos y se puso al otro lado de la mujer, para ofrecerle el apoyo de su brazo.

—Poirot, Catchpool —nos dijo—, permítanme que les presente a mi esposa, Lilian, y a mi hijo Richard.

Quedé atónito al enterarme de que era su esposa. Por su aspecto, habría podido ser su abuela. La mujer nos observó con ojos opacos y cara inexpresiva, y apenas nos saludó.

En cuanto al joven, teníamos ante nosotros a Richard Devonport. Era bajo de estatura, compacto y de cabello claro, con una cara ancha donde parecían perderse unos rasgos pequeños y poco llamativos. Cuando le estreché la mano, me dedicó una mirada cargada de intención, que me transmitió a la vez miedo y una advertencia. Si hubiese podido hacerlo sin delatarlo, habría aliviado su angustia prometiéndole en ese mismo instante que no diría ni una palabra de la carta que le había escrito a Poirot.

—¡Ah! ¿Ya están aquí? —Una voz con acento americano, que hablaba en tono seco y altanero, nos llegó desde lo alto.

Levantamos la vista hacia la balconada y vimos a una señora esbelta, de melena cobriza, que debía de tener unos sesenta años. Los labios pintados de rojo

119

brillante, los zapatos dorados de tacón, el vestido verde de seda y el collar de perlas de varias vueltas la convertían fácilmente en la persona más glamurosa de las allí reunidas. Su postura parecía ensayada, como si hubiera estado practicando durante horas delante del espejo la manera de ser el culmen de la elegancia.

—¡Verna! —exclamó Godfrey Laviolette, abriendo los brazos como si la estuviera invitando a saltar desde el piso superior—. Sí, ya están aquí. ¡*Moisier Poiró* y el señor Catchpool!

Estuve a punto de corregirlo y decirle que no debía referirse a mí como «señor», sino como «inspector Catchpool», pero enseguida recordé que me presentaba en el papel de hombre de negocios y no de policía.

—Señores, les presento a Verna, ¡el amor de mi vida! ¡Mi amada, mi adorada esposa!

Al pie de la escalera, Godfrey Laviolette hizo un amplio y complicado gesto con el brazo derecho, que probablemente era de bienvenida y celebración, como si el hecho de que Verna bajara la escalinata fuera motivo de especial regocijo.

—Godfrey, no abochornes a estos pobres caballeros —dijo ella, mientras venía hacia nosotros como si flotara, con su largo vestido de seda que ondeaba en torno a sus pies como las verdes olas del mar—. Entonces ¿estamos todos? ¿Soy la última?

—En realidad, no —replicó su marido—. Oliver ha cogido el automóvil para ir a buscar a Daisy, que ha telefoneado por algún tipo de urgencia. Por lo visto ha tenido un contratiempo. Antes de salir, Oliver ha dicho que probablemente tardarían bastante.

—No, no creo que tarden mucho —intervino Sidney—. Llegarán a tiempo para la cena, que en todo caso se tendrá que retrasar por...

Se interrumpió, miró de reojo a su esposa y se vio con claridad que decidía no continuar.

—¿Por *qué*?

Verna Laviolette parecía dispuesta a enfadarse, fuera cual fuese la respuesta, pero Sidney Devonport ignoró su acritud. Luciendo aún una sonrisa osificada semejante a una máscara, se volvió para mirar a su hijo Richard, que hizo un fugaz gesto afirmativo. Debió de establecerse entre los dos hombres alguna forma de comunicación, porque Richard se colocó de inmediato delante de Lilian, bloqueándole la vista en la dirección de su marido.

—¿Cómo te encuentras, mamá? —dijo—. ¿Quieres que te traiga una silla?

Ante la pregunta, los ojos opacos y desenfocados de la mujer cobraron vida, como si de repente hubieran despertado de un largo sueño.

—No me provoques, Richard —soltó Lilian Devonport—. ¿Para qué iba a querer una silla aquí cuando puedo sentarme en el salón? Estoy muy bien, gracias.

Su voz me pareció asombrosamente firme y más grave de lo habitual en una mujer.

Mientras Lilian centraba toda su atención en Richard, Sidney se volvió hacia Verna Laviolette y le dijo por lo bajo algo que a mí me sonó como «Es por Winnie». Puede que entendiera mal esa frase, pero oí con claridad lo que dijo a continuación:

—No nos ha traído más que problemas y su regreso queda del todo descartado. Está muy disgustada.

Por el movimiento de su cabeza comprendí que quien estaba «muy disgustada» era su esposa. Por lo visto Lilian estaba contrariada por algo relacionado con una persona llamada Winnie.

Pero, de ser así, ¿por qué le había pedido Sidney a Richard por señas que la distrajera, antes de explicárselo a Verna? Presumiblemente, Lilian debía de ser consciente de su propia aflicción. ¿Por qué no podía Sidney mencionarla sin reparos delante de ella? La pregunta tenía mucho en común con otra que me había planteado un momento antes: ¿por qué teníamos que abstenernos de mencionar el nombre de *La Pequeña Llave* delante de Sidney y Lilian Devonport, siendo así que el nombre de la casa estaba claramente a la vista, inscrito en una placa, al lado de la puerta principal?

Verna pareció muy interesada en conocer la naturaleza del problema. Con los ojos brillantes, dijo:

—Bueno, bueno... O sea ¿que se ha acabado Winnie? ¿Qué vais a hacer sin ella? ¡Qué desgracia!

El tono de esta última exclamación habría sido más apropiado para decir «¡qué maravilla!».

Pensé que Winnie podía ser la cocinera, ya que su ausencia justificaba el posible retraso de la cena.

Sidney Devonport rechazó con un gesto vago las preguntas de Verna y después anunció con voz estentórea que estaba «más que dispuesto a tomar una copa». Observé que era su manera de indicarle a su hijo que ya podía abandonar la misión de distracción. De inmediato, Richard pareció perder el interés en proseguir la conversación con su madre.

Todo era muy extraño. Lo más desconcertante, sin embargo —y tenía que recordármelo yo mismo todo el tiempo, porque no había ningún indicio externo que lo sugiriera—, era que una mujer llamada Helen Acton, prometida de Richard, iba a ser ahorcada de manera inminente por el asesinato de Frank Devonport, hermano de Richard e hijo de Sidney y Lilian. No obstante, todos se comportaban como si esa triste circunstancia no existiera. No había ni rastro de congoja o solemnidad en el ambiente, ni discretas alusiones al hecho de que la familia Devonport estuviera viviendo una situación particularmente trágica. Es verdad que Lilian Devonport no parecía atravesar su mejor momento, ya que tal vez fuera capaz de caminar sin ayuda antes de la muerte de Frank. Pero, aparte de eso, todo hacía pensar en una reunión social cordial y despreocupada.

¿De dónde sacaba Sidney Devonport la fuerza y el entusiasmo para recibir en su casa a dos desconocidos y hablar con ellos de un juego de mesa cuando la prometida de uno de sus hijos estaba a punto de ser ahorcada por el asesinato del otro?

De pronto estalló una discusión sobre el lugar donde debían servirse las copas. Richard Devonport y Verna Laviolette eran partidarios del salón, mientras que Godfrey y Sidney insistían en que tomáramos el aperitivo en un lugar que ambos denominaban «el cuartel general de los Vigilantes».

—¡Ah, *oui*! —exclamó Poirot—. El cuartel general de mi juego favorito es algo que ansío ver desde hace muchos... ¡desde hace mucho tiempo!

Sonreí para mis adentros porque comprendí que había estado a punto de decir «muchos años», pero enseguida cayó en la cuenta de que no sabía cuánto tiempo hacía que se había inventado el juego.

Richard recibió órdenes de su padre de enseñarnos nuestras habitaciones, ayudarnos a quedar bien instalados y traernos después de vuelta a la planta baja. Lo hizo con rígida diligencia, rehuyendo nuestras miradas y empleando solamente un mínimo de palabras, en tono seco y entrecortado.

Poirot no pareció afectado por la aspereza del hombre que nos había invitado a la casa. Estaba muy ocupado tarareando entre dientes una alegre melodía y ajustándose las puntas de los lustrosos bigotes, convencido quizá de que ya tendría tiempo de interrogar a Richard Devonport más adelante. Sin embargo, con mi habitual pesimismo, yo empezaba a temer que Devonport no estuviera dispuesto a contestar nunca sus preguntas. ¿Acaso no le había pedido a Poirot que resolviera el misterio del asesinato de su hermano y salvara de la horca a su prometida sin decirle a nadie ni una sola palabra al respecto? Todo eso ya era extraño de por sí, pero mi experiencia de la vida me ha enseñado que, donde hay cosas extrañas, suele ser posible encontrar otras todavía más extrañas si se mira con suficiente atención.

Me parecía sumamente probable que Richard Devonport se hubiera incluido a sí mismo en la categoría de personas que Poirot no podía interrogar sin rodeos para investigar la muerte de Frank. ¿Cómo íbamos a llegar al fondo del asunto si nuestra única vía de acción era beber cócteles y hablar de juegos de mesa?

Tras dejar nuestros efectos personales en las habitaciones y después de refrescarnos un poco la cara, regresamos con Richard al piso de abajo.

—¡Y ahora, al cuartel general del mejor juego del mundo! —exclamó Poirot, trotando delante de mí—. ¡Ah! ¡Esto es un sueño hecho realidad!

Pensé que estaba sobreactuando, especialmente teniendo en cuenta que en ese instante el único que podía oírlo aparte de mí era Richard Devonport.

Cuando llegamos al pie de la escalera, la puerta principal empezó a abrirse con un chirrido y Richard se detuvo.

—Deben de ser Oliver y Daisy —dijo sin entusiasmo.

En eso entró un hombre, trayendo consigo una ráfaga de aire frío, y se quitó el sombrero al entrar. Era alto y pálido como un espectro, con el pelo negro, corto y brillante. Aunque vestía formalmente y con elegancia, tenía cierto aire de vagabundo. Me hizo pensar en un bandolero de ascendencia aristocrática. Richard Devonport comenzó a hacer las presentaciones: el recién llegado era Oliver Prowd, un buen amigo de la familia y prometido de Daisy Devonport, que era...

En ese momento no entendí bien quién era Daisy, aunque estoy seguro de que Richard nos dijo que era su hermana. No pude oír el final de su frase, por la llegada de la propia Daisy, que entró en la casa unos segundos después que Oliver.

Ya la había visto antes. También Poirot. Nos quedamos igual de boquiabiertos e idénticamente incapaces de disimular nuestra incredulidad.

Daisy era La Escultura, la mujer del libro en el autobús, la que había confesado ser la autora de un asesinato, antes de despistarnos y desaparecer en la parada de Cobham.

¿Cómo era posible que estuviera en *La Pequeña Llave*? Y, sin embargo, allí estaba *la bête ingénieuse*, mirándonos fijamente, como si acabara de entrar en una trampa de la que deseara escapar a cualquier precio.

Capítulo 7

Confesiones para cenar

—¿Qué ocurre, cariño?

Oliver Prowd se acercó a su prometida y le pasó un brazo protector por los hombros. «Resguarda su botín», pensé, sin poder apartar de mi mente la asociación con el bandolero.

—¡Daisy, parece que te hayas llevado un susto! —le dijo su hermano Richard—. ¿Ha pasado algo?

Los dos hombres estaban tan asombrados con el repentino cambio de expresión de la joven que no notaron la conmoción que su entrada había producido en Poirot y en mí.

Daisy abrió la boca, pero no consiguió articular palabra. Miró a Poirot, como si esperara una señal.

Mi amigo se apresuró a ir a su encuentro, con la mano tendida.

—¡Mademoiselle Daisy! —exclamó—. Es un gran placer conocerla. Soy Hércules Poirot. Probablemente habrá oído hablar de mí y tal vez incluso haya visto alguna fotografía mía en los periódicos. ¡Qué enorme sorpresa se habrá llevado al encontrarme aquí, en su casa familiar! Permítame que le presente a mi amigo, monsieur Edward Catchpool.

¿De modo que así pretendía jugar Poirot? Le seguí la corriente, suponiendo que su plan tendría una base sólida, y esperé a ver si Daisy participaba en la simulación. La mujer me estrechó la mano sin mirarme, con la vista fija en Poirot.

—Entonces ¿es usted Hércules Poirot? —dijo Oliver Prowd, dando un paso al frente para saludarlo. Enseguida se volvió para decirle a Daisy—: Es tremendamente famoso, cariño.

—Lo sé —replicó ella en tono disgustado—. He oído hablar de sus muchos éxitos.

—*Merci bien.* Es verdad que han sido muchos —repuso Poirot, haciendo una leve reverencia.

—Supongo que su visita no será por motivos profesionales... —dijo Prowd.

—¿Por qué iba a serlo? —intervino enseguida Richard Devonport.

—Eso mismo pretendía decir. Debe de haber venido con fines puramente recreativos.

Los dos hombres intercambiaron una mirada que me pareció cargada de intención.

Fingiendo no haberlo notado, Poirot terció:

—Acierta en su suposición, monsieur Prowd. Poirot se ha tomado un descanso del trabajo para venir a este lugar de gran relevancia.

—¿Relevancia?

Daisy Devonport combinó su pregunta con una mueca de fastidio, mientras su hermano y su prometido volvían a intercambiar una mirada llena de significado.

—*Oui*. ¡Mi amigo Catchpool y yo somos grandes aficionados al juego de los Vigilantes!

Quizá para entonces Poirot había olvidado que en principio mi único interés eran las perspectivas comerciales. ¿O tal vez tenía que interpretar los dos papeles a la vez: el de hombre de negocios deseoso de estudiar el potencial comercial del juego y el de aficionado entusiasta? Me habría resultado útil que Poirot me lo aclarara.

—¡Es un placer enorme para nosotros haber podido conocer a los dos inventores de ese gran juego! —dijo mi amigo—. Esperamos averiguar mucho más en los próximos días acerca de todo lo que les ha servido de inspiración.

Destacó particularmente la referencia a la duración de nuestra estancia en la casa y observé que Daisy había recibido el mensaje. Poirot tendría tiempo de sobra para sonsacarle la verdad acerca del asesinato que decía haber cometido. La mujer frunció los labios en una mueca de desprecio.

—¿No te sientes bien, cariño? —le preguntó solícito su prometido.

—Cállate, Oliver —respondió ella secamente.

Era una joven con muchas pasiones, como quedaba claro contemplando su rostro, pero no parecía que su novio fuera una de ellas.

—Vayamos a reunirnos con los demás —propuso Richard, abriendo la marcha.

Detrás de él, pero delante de Poirot y de mí, Oliver Prowd trataba de caminar junto a Daisy. Para impedírselo, o al menos eso pensé, la joven se retrasó deliberadamente hasta situarse a mi lado.

Podía comprender su amargura, aunque no simpatizara con ella. Si la mujer hubiese sabido ya en el autobús que Poirot se dirigía a su casa, no habría abierto la boca. ¿Sería su hermano Frank la víctima del asesinato que había confesado?

Cuanto más lo pensaba, más posible me parecía. Después de todo, Richard Devonport creía en la inocencia de Helen, su prometida, y me parecía muy poco probable que Daisy Devonport estuviera directamente involucrada en dos asesinatos. Además, repasando lo que Poirot me había contado de su conversación en el autobús, descubrí que le había dado infinidad de pistas. Daisy le había dicho que amaba a su víctima, pero que su amor por esa persona era del todo diferente del que sentía por su prometido. ¿Y acaso no es diferente el amor fraternal del amor romántico?

Todo encajaba. Richard Devonport, en su carta a Poirot, había afirmado que en otra época había trabajado en la Hacienda Pública, pero que en los últimos tiempos había tenido que dejar ese empleo para hacerse cargo de las inversiones y los negocios de su padre. Y Daisy le había contado a Poirot que el ladrón del dinero de Sidney Devonport había desempeñado esa misma función. En primer lugar, Sidney había confiado la gestión de su patrimonio a uno de sus hijos —el que traicionó su confianza y le robó—, y después, tras la muerte de Frank, al hijo que le quedaba con vida: Richard.

Si mi teoría era correcta, entonces Lilian Devonport se estaba muriendo de una enfermedad que la consumía lentamente. Eso explicaba su visible debilidad.

No me podía creer que hubiéramos tenido tanta suerte, gracias a la simple coincidencia de viajar en el mismo autobús que Daisy Devonport. Pero la casualidad no residía en la presencia de Daisy en el autobús, ya que nosotros nos dirigíamos a Kingfisher Hill por invitación de su hermano y ella iba al mismo destino que nosotros, porque era allí donde tenía su casa. La coincidencia radicaba más bien en el hecho de que Daisy hubiera viajado a Londres en esa fecha concreta, en el momento exacto de nuestro viaje.

Otra circunstancia afortunada para nosotros —seguí reflexionando, mientras doblábamos una esquina más, hacia otro pasillo más ancho que el anterior, con espejos, cuadros y tapices en las paredes— era el carácter de Daisy. Muy pocas personas sentadas al lado de Hércules Poirot en un autobús aprovecharían la oportunidad para confesarle un asesinato, confiando en que su crimen quedara impune. Pensé que Daisy debía de ser una mujer desusadamente audaz y segura de sí misma. Su estado emocional en ese momento parecía confirmar mi valoración: su expresión no era de terror abyecto, sino de rabia. Sus rasgos fríos y hermosos transmitían firmeza. Había resentimiento en su rostro, pero también una gran determinación. Intuí que estaría pensando: «Si estoy en esta situación, tendré que aceptarla». También me fascinaba su enfado con Oliver Prowd. Me hacía pensar que Daisy no pretendía regodearse en su desgracia, ni recibir protección de nadie. Solamente quería que la dejaran en paz para poder urdir una estrategia que la favoreciera.

Debía de estar preguntándose, lo mismo que yo, cuánto tiempo tardaría Poirot en revelarle a su familia la confesión que le había hecho en el autobús, para demostrar la inocencia de Helen Acton. Podía hacerlo en cualquier momento, a partir del instante en que llegáramos al denominado «cuartel general de los Vigilantes».

¡Claro! De pronto recordé que Daisy había estado a punto de referirse al tonto nombre que recibía esa estancia de la casa en su conversación con Poirot. ¿Acaso no le había dicho que su padre la había convocado a la habitación «que de forma tan exasperante» denominaba... con algún nombre que no había revelado? Enseguida, para no delatarse, se había corregido y la habitación había pasado a ser, en su narración, «el estudio» de su padre. Por supuesto, si hubiera mencionado el juego de los Vigilantes, Poirot la habría identificado enseguida, sólo con ese dato.

Pensé que si yo hubiera sido Daisy Devonport, estaría furiosa sobre todo conmigo misma. Guardar silencio habría sido lo más fácil del mundo para ella. Sin embargo, gracias a su irreprimible locuacidad, lo sabíamos prácticamente todo. Aún no había revelado el móvil de su asesinato, y me era imposible imaginar qué razón podía haber llevado a la desdichada Helen

Acton a confesarse autora de un crimen que no había cometido; pero tal como se estaba desarrollando la situación, y teniendo en cuenta además el excelente humor de Poirot (que para entonces iba casi dando saltos por el pasillo delante de mí y al lado de Oliver Prowd), confiaba en que todas las preguntas restantes encontraran respuesta muy pronto y que el caso del asesinato de Frank Devonport quedara resuelto antes del final de la velada.

¡Qué suerte habíamos tenido! Si Poirot no le hubiera mentido a Daisy acerca de nuestra intención de bajar en Cobham, ella jamás le habría dicho ni una palabra del asesinato. Si le hubiera anunciado que íbamos a Kingfisher Hill, ella probablemente se habría quedado callada. No se habría sentido segura, aunque sólo pensara que íbamos a la localidad de Kingfisher Hill en general, y no en concreto a *La Pequeña Llave*.

Tras recorrer varios pasillos, llegamos al cuartel general de los Vigilantes, donde encontramos a los demás, con las copas ya en la mano. Componían una escena bastante curiosa. Godfrey y Verna Laviolette estaban de pie junto a Sidney Devonport, hablando y riendo delante de un ventanal, en el extremo más alejado del salón. Lilian Devonport se hallaba a varios metros de distancia de los anteriores, de cara a la puerta. Era como si se hubiera desplomado en su silla, y estaba medio dormida. Cuando entramos, enderezó la espalda y pareció despertar. Dirigió la vista hacia nosotros, o al menos eso pensé al principio. Después me di cuenta de que habría sido más exacto decir que estaba mirando a través de nosotros, como si fuéramos transparentes. No nos sonrió, ni nos habló. Tampoco saludó a su hija, ni a Oliver Prowd. Quizá lo avanzado de su enfermedad le impedía cuidar las formalidades.

La estancia donde nos encontrábamos no era tanto el cuartel general del juego como su santuario. Tres diseños diferentes de tablero colgaban de las paredes, primorosamente enmarcados, y un ejemplar de grandes dimensiones de un cuarto diseño reposaba sobre una mesa en el centro de la habitación, rodeado de montones desiguales de fichas con ojos pintados que producían en el visitante el efecto de estar siendo observado. En el interior de un armario acristalado estaban expuestas las reglas del juego, escritas en azul con cuidada caligrafía, sobre una serie de paneles rígidos.

Me acerqué al armario y traté de concentrarme en la lectura, por si más tarde me veía en la necesidad de demostrar un nivel mínimo de familiaridad con el juego. Por desgracia, las palabras no dejaban de bailar en mi campo visual y no fui capaz de extraerles ningún sentido. Estoy seguro de que no era culpa del autor del reglamento, ni de quien lo pintó en los paneles, pero no lograba fijar la atención en los Vigilantes por mucho que lo intentara. Mis pensamientos no dejaban de regresar al enigma de Joan Blythe, la atormentada mujer del autobús. Seguía sin creerme su historia, pero no me cabía ninguna duda de que el miedo de la señorita Blythe era auténtico, y no descartaba la posibilidad de que realmente temiera ser asesinada.

Aun así, la imposible coincidencia de la historia que se había inventado aún me intrigaba... El hecho de que el asiento contra el cual la habían prevenido estuviera casualmente al lado del de Daisy Devonport, una asesina confesa...

No había llegado mucho más lejos con mis cavilaciones cuando Richard Devonport me puso una copa en la mano. Se lo agradecí en un tono que pretendía desalentar cualquier intento de proseguir la conversación. Cada vez me resultaba más difícil soportar la situación social en que me encontraba, pues mi único deseo era sentarme con lápiz y papel para hacer una lista de todos los interrogantes que me obsesionaban.

Richard fijó en mí una mirada inquisitiva, como si buscara algo que yo no podía ofrecerle, y finalmente se apartó. Junto al ventanal, Oliver Prowd y Verna Laviolette se quejaban de Alfred Bixby: sus vulgares autobuses naranja y azules; su carácter pomposo; su fortuna, que en opinión de ambos debía de proceder de algún negocio oscuro; y la arrogancia de bautizar su empresa con el nombre de Kingfisher, como si tuviera derecho a usarlo a voluntad, sin preocuparse por las consecuencias negativas que su abuso pudiera traer a las personas que vivían en la comunidad. Después se pusieron a hablar animadamente sobre «el comité» y la posibilidad de obligar a Bixby a cambiar el nombre de su empresa.

Durante toda la conversación, Lilian Devonport permaneció sentada en su silla, de cara a la puerta, sin mirarnos a los demás. Habría dado lo mismo que no estuviera presente. Daisy Devonport fue a sentarse sola en un rincón y empezó a beber a largos sorbos de la copa que sostenía con las dos manos. Por momentos parecía asustada, pero enseguida la cara se le recomponía en la expresión más abiertamente asesina que he visto en mi vida.

Poirot no se acercó a ella en ningún momento. Se quedó de pie entre Godfrey Laviolette y Oliver Prowd, insertando de vez en cuando en la conversación general comentarios ocurrentes que hacían reír a todos. Verna Laviolette cambiaba de posición cada pocos segundos, como si un fotógrafo le hubiera dado instrucciones de probar una serie de poses diferentes delante de la cámara. Me miraba a mí, después a Daisy, a continuación a Lilian, luego reía una de las ocurrencias de Poirot y vuelta a empezar.

Tuve la clara sensación de que Verna no participaba plenamente en los acontecimientos como el resto de nosotros, aunque me habría resultado difícil explicar con exactitud lo que podía significar esa falta de participación. Incluso Lilian y Daisy, cada una en su rincón apartado, parecían más inmersas en la escena, aunque estuvieran aisladas. Había en las dos una autenticidad fuera del alcance de Verna, a la que se veía constantemente alerta y en modo de vigilancia, con evidentes deseos de acaparar la atención del resto de nosotros. Observó con gran atención cuando Oliver Prowd y Richard Devonport se acercaron a Daisy e hicieron un esfuerzo por averiguar por qué parecía tan alterada. Daisy los rechazó a los dos con un amplio ademán, como si fueran fastidiosas moscas que estuvieran volando a su alrededor. Richard pareció molesto, pero Oliver no se inmutó. Se limitó a encogerse de hombros e ir en busca de compañía más amable. Era evidente que estaba habituado a los cambios de humor de su prometida.

Verna siguió con la mirada a Richard mientras éste se acercaba a su madre e iniciaba con ella una breve conversación que, por lo que pude oír, versaba sobre la hora de la cena.

Me entretuve imaginando que Verna era una espía enviada por la competencia para infiltrarse en el cuartel general de los Vigilantes. Me pregunté si los creadores del Monopoly tendrían la más remota idea de la existencia del nuevo juego, o si por el contrario la gran rivalidad entre los dos sería una percepción puramente unilateral.

En ese momento entró en la sala una criada de aspecto esquelético, con un uniforme que debía de ser dos tallas más grande que la adecuada, y anunció que la cena estaba servida. Cuando estuvimos sentados frente a frente en torno a la amplia mesa ovalada del comedor, la extrañeza de la situación se volvió todavía más pronunciada. Allí era más difícil hacer caso omiso de la expresión vacía de Lilian o de la ferocidad con que Daisy miraba a Poirot. Richard Devonport, sentado a mi lado, no paraba de moverse en la silla.

La conversación habría decaído de no haber sido por Oliver Prowd, que mientras se servía el primer plato, consistente en sopa de tomate, apuntó:

—El otro día oí algo que podría interesarte, Sidney. Y a ti también, Godfrey. En Londres se habla mucho del escándalo del Monopoly, que al parecer es un plagio.

—¿Un plagio? —exclamaron al unísono los dos inventores del juego de los Vigilantes.

Prowd asintió.

—Los detalles eran complicados y yo tenía prisa, de modo que no me enteré muy bien de toda la historia; pero parece ser que los supuestos inventores del Monopoly le robaron la idea al inventor del juego original, sea quien sea. Por lo visto, estamos a las puertas de un escándalo. Es lo que he oído.

—¡Entonces el éxito de los Vigilantes está asegurado! —exclamó Sidney Devonport.

Me volví para comprobar si su sonrisa se expandía ante una noticia tan favorable para sus intereses, pero vi que no se ensanchaba ni se reducía. Nuestro anfitrión tenía la expresión realmente congelada. ¿Habría una explicación médica? ¿Tal vez un ictus o una parálisis?

—No debemos depender de la desgracia de nuestros rivales... —había empezado a decir Godfrey Laviolette cuando su mujer lo interrumpió.

—Esta sopa está más fría que la tierra del cementerio —dijo, mirando a su alrededor para asegurarse de que todos la hubieran oído—. No sé en qué estaría pensando Winnie para... —Se detuvo bruscamente, se tapó la boca con una mano y siguió hablando a través de los dedos—: ¡Oh, siento mucho haber mencionado

138

a Winnie! Ya no está, ¿verdad? No ha podido hacer la sopa. ¡Vaya descuido el mío! ¿Cómo se me ocurre hablar de cementerios? Oliver..., Lilian..., por favor, disculpadme por haber usado esa palabra.

Durante unos segundos nadie dijo nada. La atmósfera del comedor se había vuelto tensa. De repente tuve la sensación de que todos nos sentíamos mucho más próximos y unidos que antes. Ni por un momento creí que Verna se arrepintiera de haber mencionado a Winnie o el cementerio. Aunque acababa de conocerla, me habría jugado la paga de un mes a que era el tipo de mujer que hace comentarios molestos o poco diplomáticos a propósito, precisamente para fastidiar a los demás, y que después se disculpa para eximirse de toda responsabilidad por el daño causado. Sabía reconocer a ese tipo de mujeres porque mi madre era una de ellas.

Poirot quebró el silencio. Se aclaró la garganta y dijo:

—Coincido con usted, monsieur Laviolette. El éxito de los Vigilantes no puede depender del infortunio del rival. ¡Nada de eso! Sólo con nuestro esfuerzo conseguiremos...

—¡Es usted un farsante, monsieur Poirot! —gritó Daisy Devonport, levantándose del asiento.

Su hermano Richard sofocó una exclamación y después se encogió en su silla. Verna Laviolette intentó reprimir una sonrisa, pero no lo consiguió.

—Daisy, cariño, ¿qué quieres decir? —preguntó Oliver Prowd.

La joven dirigió su respuesta a Lilian Devonport:

—Mamá, el señor Poirot os ha mentido a papá y a ti. Os ha engañado. Su amigo no es «el señor» Catchpool, sino el inspector de policía Edward Catchpool, de Scotland Yard. A los dos les importa un comino vuestro juego. ¿De veras creéis que un detective famoso, con la demanda que tendrán sus servicios, desperdiciaría su tiempo charlando con unos desconocidos acerca de un juego de mesa?

Un ruido extraño salió de la boca de Sidney Devonport.

—Es la verdad, papá —prosiguió Daisy—. El señor Poirot no ha venido porque admire la maravilla que habéis inventado Godfrey y tú, sino por un crimen sin resolver: el asesinato de tu hijo Frank, mi hermano.

Se volvió hacia Poirot y añadió lentamente y con calma:

—Pero ya está resuelto, ¿verdad, monsieur Poirot? Tal como le he dicho antes en el autobús: yo maté a Frank. Soy la única culpable de su muerte.

El alboroto que se produjo a continuación fue diferente de todo lo que había oído antes. Sidney Devonport se puso de pie como movido por un resorte y derribó la silla en la que estaba sentado, al tiempo que emitía una serie de gemidos, como los de una bestia salvaje que estuviera siendo despedazada, que me hicieron desear huir de aquella habitación. Lilian al fin había vuelto a la vida y sollozaba audiblemente, cubriéndose la cara con las manos. Richard se volvió hacia mí y exclamó:

—¡Entonces Helen es inocente! ¡Ya sabía yo que no podía haber matado a Frank!

—Pero piensas que yo sí he podido matarlo, ¿verdad? —Daisy le sonrió. Su furia se había esfumado. Parecía más tranquila y dueña de sí misma—. ¿Por qué iba a hacer algo semejante, Richard? Sabes cuánto quería a Frank.

Su hermano la miró.

—Tú misma has dicho que lo mataste. ¿No acabas de decirlo?

—Sí, lo maté. Pero ¿por qué? —El tono burlón de Daisy parecía más adecuado para un juego de sociedad—. ¿Y tú, papá? ¿Por qué crees tú que maté a Frank?

La cara de Sidney era un monstruoso mosaico de manchas moradas y blancas. Tenía todo el aspecto de estar atragantándose con algo y de necesitar un gran esfuerzo para respirar. Godfrey Laviolette lo condujo otra vez hasta la mesa, levantó su silla del suelo y lo ayudó a sentarse.

—Deja que te sirva un poco de agua, Sidney —dijo.

Observé que Verna hacía una mueca de disgusto al oír esa frase y meneaba lentamente la cabeza. Era evidente que no aprobaba la actitud solícita de su marido.

Oliver estaba sentado al lado de Daisy. La cogió de un brazo y le dijo:

—Pero ¿qué estás diciendo, cariño? ¡Por supuesto

que no mataste a Frank! Todos saben quién lo hizo. No hace falta ni que mencionemos su nombre.

—Todos creen saberlo —replicó Daisy en tono ligero—. Pero se equivocan, como sucede a menudo.

Oliver le soltó el brazo. Se había puesto pálido y le temblaba el labio superior.

—Daisy, ¿qué significa esta pantomima? ¿Por qué dices esto? Sabes que no es verdad.

—Pobre Oliver —replicó ella—. ¿Vas a llorar? ¿Tienes miedo de que me ahorquen?

—¿Por qué, amor? —susurró—. ¿Por qué ahora, por qué esta noche?

Verna se echó a reír.

—Entonces ¿es cierto? ¿Y tú lo sabías, Oliver?

—¿Qué? ¡N-no! —tartamudeó Prowd—. ¡No es verdad! No puede ser cierto. Yo... ¡yo vi a Helen empujar a Frank y matarlo!

Richard Devonport intervino.

—¡Debemos llamar de inmediato a la policía! Es preciso que se sepa que Helen no es la asesina. ¡Sería imperdonable permitir la ejecución de una mujer inocente, ahora que conocemos la verdad! Inspector Catchpool, ¿podría telefonear ahora mismo a Londres y...?

—¿La verdad? —lo interrumpió Daisy—. Entonces ¿estás dispuesto a aceptar mi historia sin más, aunque no puedas imaginar ni una sola razón que me haya hecho desear la muerte de Frank?

—Yo... En realidad...

Richard tragó saliva y se puso a boquear como un

pez fuera del agua. Poirot no se había movido de su silla. Observaba y escuchaba con la mayor atención.

—Espera un segundo —dijo Verna Laviolette, sin dirigirse a nadie en particular—. Helen confesó ser la asesina. ¿Por qué iba a decir que mató a Frank si no lo hizo?

—¿La convenciste para que mintiera por ti? —le preguntó Richard a Daisy.

—No.

—¿Estás segura? Eres capaz de persuadir a cualquiera de hacer cualquier cosa.

Daisy se volvió hacia Sidney.

—¿Es eso cierto, papá? ¿Soy tan persuasiva como afirma Richard? ¿Mamá? —Se acercó a Lilian y le apoyó una mano sobre el hombro—. ¿Sabes por qué maté a Frank, mamá?

En ese momento vi que a Lilian se le derramaba un hilillo de un líquido rojo por la comisura de la boca hacia la barbilla. En un principio pensé que sería sangre, pero enseguida comprendí que era sopa de tomate. Sentí que me subía la bilis a la garganta y tuve que desviar la vista.

—¡Basta ya! —aulló Sidney Devonport.

Su cara ya no era un laberinto de manchas moradas y blancas, y se había vuelto de un uniforme tono purpúreo. Pese a la ira que trasuntaban su voz y sus ojos, su rígida sonrisa de labios entreabiertos permanecía intacta, como si su propia cara le estuviera jugando una grotesca mala pasada.

—Monsieur Poirot, ¿es cierto lo que dice Daisy? ¿Es

usted un farsante y un embustero? Señor Catchpool...
¿o debo decir «inspector Catchpool»? ¿Su interés por
el juego de los Vigilantes realmente es la razón que lo
ha traído a mi casa, o se ha granjeado mi hospitalidad
con fingimiento y engaños?

Parecía una persona totalmente diferente del anfitrión jovial que nos había recibido con tanta amabilidad un momento antes. Tuve miedo, aunque no daba la impresión de que fuera a recurrir a la violencia física contra mí. Aun así, recé para que Poirot encontrara la manera de salvarnos, antes de que Sidney Devonport desencadenara contra nosotros toda la ira del infierno y nos destruyera, una previsión que en ese momento resultaba bastante probable.

Por fortuna, mi amigo salió en mi defensa.

—Monsieur Devonport, tengo que disculparme. Sí, mademoiselle Daisy está en lo cierto. No he sido totalmente sincero en mi trato con usted. Le ruego que no culpe al inspector Catchpool, porque el único responsable soy yo. Él no conocía nuestro destino ni el propósito de nuestro viaje cuando esta tarde nos hemos puesto en marcha en dirección a Kingfisher Hill. Yo había sido extremadamente discreto. Pero permítame decirle que si bien ha habido cierto grado de artificio por mi parte, también es verdad que siento gran aprecio y admiración por ese juego maravilloso que monsieur Laviolette y usted...

—¡Silencio! —rugió Sidney Devonport.

Todos agachamos la cabeza mientras nuestro anfitrión dejaba caer sobre nosotros una avalancha de preguntas y le exigía a Poirot que le refiriera el contenido exacto de la confesión de Daisy en el autobús. Mi amigo se permitió entonces un poco más de «artificio», como él mismo había dicho, y respondió que Daisy había reconocido durante el viaje ser la asesina de «un hombre muy querido para ella», pero no le había revelado nada más. Observé con interés que Daisy no corregía la versión de Poirot. De ese modo, los dos —el detective y la asesina confesa— se confabularon en la práctica para engañar a Sidney Devonport. Y yo también pasé a ser un encubridor.

A continuación Sidney insistió en que Poirot le aclarara si Daisy nos había convocado a mi amigo y a mí en La Pequeña Llave para ser testigos de su confesión pública delante de su familia. ¿Era así como Poirot se había interesado en el asesinato de Frank? ¿Por qué otro motivo iba a prestarle atención cuando se trataba de un caso oficialmente cerrado, con una culpable que estaba a punto de pagar el terrible precio de su crimen?

Richard Devonport estaba cada vez más tenso, sentado a mi lado. Podía sentir su pánico con tanta claridad como si fuera un gas tóxico que flotara entre nosotros y me penetrara en el torrente sanguíneo. Nunca debía llegar a conocimiento de su padre que él nos había invitado. La importancia de ese punto era tan evidente para mí como para él. Yo ya había comprendido por qué el pobre muchacho le tenía tanto miedo a su progenitor. Si la versión de Sidney Devonport que estaba presenciando me resultaba tan infernal y espeluznante, podía imaginar que para alguien que hubiera vivido desde el nacimiento en el seno de esa familia el espanto debía de ser aún peor.

Daisy ni siquiera se inmutó mientras su padre vociferaba. Al contrario, permaneció tranquila, con cierto aire de dirigir la escena, como si todos estuviéramos haciendo y diciendo justo lo que ella esperaba. Lilian, Godfrey y Verna parecían congelados y unidos en la resolución común de no mover un músculo hasta que hubiera pasado el peligro.

Poirot explicó que su encuentro con Daisy en el autobús de Londres había sido puramente casual. Dijo que se había enterado del asesinato de Frank Devonport y de la confesión e inminente ejecución de Helen Acton a través de «un conocido de Catchpool y mío en el ámbito policial». Oí claramente el suspiro de alivio de Richard Devonport.

Sidney se volvió hacia Daisy y le preguntó por qué no se había quedado en el autobús si el trayecto llegaba hasta Kingfisher Hill. ¿Por qué se había bajado en Cobham y había obligado a Oliver a coger el coche para ir a buscarla?

—¿Es ésa la primera pregunta que me haces después de lo que acabo de decir? ¿Te interesan más los detalles de mis desplazamientos que las razones por las que maté a tu hijo?

—¡Tú no has hecho nada de eso! —rugió Sidney, y enseguida se volvió hacia Poirot—. ¡No tiene sentido nada de lo que dice! Dígame si usted lo ve con tanta claridad como yo. No sé por qué ha decidido atormentarnos a su madre y a mí con una mentira tan perversa, pero eso es lo que es: ¡una mentira! Helen Acton asesinó a Frank ¡y lo pagará con la horca! En cuanto a la policía... nadie la informará de nada, ni le pedirá que venga.

Dirigió hacia mí una mirada hostil y yo me esforcé por hacer ver que nada de lo que estaba ocurriendo iba conmigo. No sé si conseguí adoptar la expresión facial más adecuada para disuadir a Sidney Devonport de acosarme con sus gritos, pero estoy seguro de que hice cuanto pude.

—¿Me oye? ¡Nadie llamará a la policía! —ladró como un perro salvaje, escupiendo gotas de saliva en mi dirección. Por fortuna, me encontraba a cierta distancia y sus babas no podían alcanzarme. Después se volvió una vez más hacia Poirot—. Olvide las mentiras de Daisy y márchese de inmediato de esta casa. Richard los llevará de vuelta a Londres a usted y a su... a ese pelotillero afeminado que ha traído. Richard, haz ahora mismo lo que te ordeno. ¡Quiero a estos dos sinvergüenzas fuera de mi casa!

De ese modo, veinte minutos después, Poirot y yo circulábamos en automóvil por los caminos oscuros de Kingfisher Hill, con Richard Devonport al volante, tras cargar precipitadamente nuestras maletas en el coche.

Las palabras *pelotillero afeminado*, la manera más ofensiva de referirse a mí que había oído nunca, me seguían resonando en la cabeza mientras esperaba a que Poirot comenzara a interrogar a nuestro conductor. Sin embargo, mi amigo parecía a gusto con el silencio, de modo que Richard fue el primero en hablar.

—No puede impedir que actúen.

—*Pardon, monsieur?* —dijo Poirot reaccionando.

—Mi padre. Yo estoy obligado a obedecer sus órdenes, pero a ustedes no puede dominarlos. ¡Es preciso que consigan la libertad de Helen! ¡Inspector Catchpool, se lo suplico!

No respondí. En ese instante no sentía ningún deseo de conseguir nada ventajoso para ningún miembro, amigo o conocido de la familia Devonport. Estaba agotado, volvía a estar muerto de frío y el vacío que sentía en el estómago empezaba a ser doloroso. Lo único que había comido desde la posada El Tártaro eran unas pocas cucharadas de sopa de tomate, que encima estaba tibia. Opté por guardar silencio e imaginar una pierna de cordero caliente recién salida del horno, condimentada con abundante salsa de menta. Era el plato que le pediría a mi casera, la señora Unsworth, en cuanto llegara a casa.

—No es tan sencillo, *mon ami* —le dijo Poirot a Richard Devonport, al ver que yo no hablaba—. Su Helen se ha confesado autora del asesinato, ¿no es así? Ha sido juzgada y condenada. No es fácil dar marcha atrás.

—¿Me está diciendo que piensa...?

—Pienso hablar con las personas adecuadas, para poner en su conocimiento la nueva circunstancia de una segunda confesión relacionada con el asesinato de Frank Devonport. También hablaré con mademoiselle Helen en cuanto sea posible. Dígame, ¿cree usted que ella podría avenirse a reconocer su inocencia, tras enterarse de que mademoiselle Daisy ha confesado?

—No lo sé —replicó Richard con expresión grave—. Espero que sí. Pero ¿qué pasará si...?

Dejó la pregunta inconclusa.

—¿Qué pasará si no se retracta de la historia original en la que ella es culpable? *Eh bien*, entonces todo se complica. Con suerte y con mi intervención, se podría aplazar la ejecución de la sentencia. Por supuesto, sería necesario abrir una investigación para establecer la verdad de los hechos. ¿Me permite que le haga una pregunta, monsieur Devonport?

—Desde luego.

—¿Cree usted que su hermana Daisy es una asesina, como ella afirma?

Richard no respondió de inmediato. Tras casi un minuto de pausa, dijo:

—Jamás lo habría pensado, pero tampoco diría que es imposible. Daisy hace muchas cosas que la gente corriente y decente no haría. Si quiere que le sea sincero, la encuentro totalmente incomprensible. Con Oliver, que es su perrito faldero, y conmigo, puede ser la dulzura personificada en un momento y la persona más desagradable y fría del mundo al minuto siguiente, porque sabe que sus acciones no tendrán consecuencias. Pero la manera en que les ha hablado a nuestros padres en el comedor... Si no lo hubiera visto con mis propios ojos... —Meneó la cabeza con expresión de incredulidad—. Siempre los había tratado con deferencia y con el mayor de los respetos, incluso cuando no lo merecían. ¡No había más remedio! Temía tanto como yo su desaprobación, sus amenazas y sus castigos. Hasta ahora mis padres eran las únicas personas del mundo que podían controlarla. Pero después de su conducta de esta noche... De repente mi hermana era la poderosa y ellos, sus víctimas. Ha sido extraordinario. —Su voz transmitía una mezcla de admiración y rencor. Tras una pausa, añadió—: Aunque supongo que tiene sentido, cuando te paras a pensarlo.

—¿Qué es lo que tiene sentido? —preguntó Poirot.

—Ha confesado ser la asesina cuando por casualidad se ha encontrado sentada a su lado en un autobús, sin saber que usted venía a Kingfisher Hill. Seguramente lo haya hecho para escandalizarlo. Le encanta conmocionar a la gente y ser el centro de la atención. Debía de estar convencida de que su confesión no tendría para ella ninguna consecuencia. Pero cuando ha llegado a casa y se lo ha encontrado a usted, ha comprendido que nada podía impedirle que nos revelara a todos su confesión. Se ha dado cuenta de que muy probablemente nuestro padre estaba a punto de descubrir que era ella, y no Helen, la asesina de su hijo favorito. Eso la ha vuelto más audaz, o más temeraria que nunca, según la perspectiva de cada uno. No ha querido sufrir la humillación de parecer débil y vencida delante de todos nosotros. Mi hermana es muy orgullosa, ya ven. Por eso ha confesado antes de darle a usted la oportunidad de incriminarla.

—Puede que tenga razón —replicó Poirot—. A veces, cuando lo que hemos temido durante mucho tiempo se vuelve inevitable, encontramos en nuestro interior una reserva de coraje que no creíamos poseer.

—Yo no la he encontrado nunca —masculló Richard Devonport—. Daisy se ha declarado culpable del asesinato de nuestro hermano y yo estoy temblando ante la idea de que mi padre descubra que fui yo quien los invitó a ustedes a *La Pequeña Llave*.

—No hay necesidad de que lo averigüe —lo tranquilizó Poirot.

—Gracias. No sabe cuánto le agradezco su ayuda. También la suya, inspector Catchpool. Pese a todo lo que les he dicho acerca de Daisy, les aseguro que no puedo imaginarla matando a nadie. Debe de haber alguna extraña y complicada razón para que se comporte de esa manera tan inexplicable. Nada en ella es sencillo.

—Y sin embargo ¿me pide que use su confesión para poner en libertad a mademoiselle Helen? —preguntó Poirot.

—Estoy absolutamente seguro de que Helen es inocente —replicó Richard.

—¿Cómo puede saberlo?

—Hable con ella y usted también se convencerá. No tenía ningún motivo para desear la muerte de Frank. Ninguno en absoluto. Ella... le profesaba mucho afecto.

—Supongamos que las dos mujeres son inocentes:

su hermana y Helen Acton. Eso significa que una tercera persona mató a Frank, ¿no es así? ¿Quién cree que pudo ser? ¿Quién tenía razones para querer matarlo?

—¡No lo sé! ¡Nadie! —Su respuesta fue quizá demasiado rápida y enfática—. Me preocupan las personas inocentes. No quiero que ahorquen a Helen ni a Daisy, pero no creo que ninguna de las dos acabe siendo ajusticiada.

—¿Qué quiere decir? —le pregunté.

—Si dos personas se confiesan autoras de un mismo asesinato y las dos aseguran haberlo hecho solas y sin ayuda de nadie, en un caso sin testigos directos, entonces es evidente que no es posible ejecutar a ninguna de las dos —explicó Richard Devonport. El alivio en su tono de voz hacía pensar que estaba describiendo su desenlace preferido, independientemente de que la víctima del asesinato hubiera sido su propio hermano—. Cada confesión anula la otra y no hay modo de descubrir lo que sucedió en realidad. No hay ninguna manera de averiguarlo.

Capítulo 8

La cronología

Dos días después, Poirot y yo nos encontrábamos en la localidad de Chiddingfold, tomando el té en casa del inspector Marcus Capeling, de la policía de Surrey. Nuestras indagaciones nos habían llevado hasta él como la persona encargada de investigar el asesinato de Frank Devonport. Por fortuna para nosotros, expresó de inmediato su buena disposición a recibirnos y, cuando llegamos, comprobamos que era sumamente amable y cordial, aunque parecía demasiado joven para ser inspector de policía.

Su esposa nos había recibido en la puerta con un entusiasmo que me había parecido excesivo, aunque pronto averiguamos la razón. Era una de esas mujeres que ponen delante de sus invitados bandejas atestadas de toda clase de exquisiteces recién horneadas y después los engatusan para que coman hasta que les estalle el estómago. Más que alegrarse por nuestra visita, se regocijaba al tener alguien en quien depositar su descontrolada producción de dulces y pasteles.

Por suerte, justo cuando mi anfitriona me estaba insistiendo para que me sirviera mi tercer pastelito de frutas, una vecina irrumpió en el salón de los Capeling con la noticia de que el bebé de los Dunbar —«un auténtico querubín»— ya podía recibir visitas, y la señora Capeling salió precipitadamente, cargada con una cantidad de trozos de pastel suficiente para alarmar a cualquier recién nacido en sus cabales.

Cuando las dos mujeres se hubieron marchado, Poirot le dijo a Capeling:

—Cuéntenos lo que sabe del asesinato de Frank Devonport. Sin omitir ningún detalle, por favor.

Ya le habíamos referido todo lo sucedido en el autobús y durante nuestra breve estancia en Kingfisher Hill, y había exclamado tantas veces «¡Increíble!» que yo ya había perdido la cuenta.

—¿Sabe que Helen Acton confesó de inmediato ser la autora del crimen? —observó Capeling.

—Sabía que había confesado —replicó Poirot—, pero no que lo había hecho de inmediato.

—¡Oh, sí! Como dijo entonces uno de mis hombres: «Cuando el cadáver del pobre Frank todavía estaba caliente, ella ya estaba confesando». Desde entonces no se ha desviado de su versión de los hechos. Y pronto pagará por lo que hizo. —Frunció el ceño y se frotó la barbilla—. Eso si de verdad es la asesina. Ahora que Daisy Devonport ha confesado, empiezo a preguntarme si no estaría yo en lo cierto desde el principio. Aunque Daisy... —Meneó la cabeza—. Me resulta difícil creer que haya matado a su hermano. Sin embargo, no es una persona fácil de entender. Debe de ser el miembro más interesante de la familia Devonport. Todo un personaje. Pero ya me he equivocado otras veces, monsieur Poirot. Muchísimas veces. En mi vida diaria y en el trabajo. —Lo dijo en tono jovial, aparentemente despreocupado por los numerosos errores cometidos tanto en su vida privada como en el ámbito profesional.

—Mis más sinceras condolencias, *mon ami*. La suya no puede ser una experiencia agradable.

—Bueno, así están las cosas. —Capeling se encogió de hombros—. ¿Ha dicho que ha informado al ministerio de los últimos acontecimientos? Me refiero a la confesión de Daisy Devonport.

—Sí, he hablado con unos amigos que tengo allí —respondió Poirot—. Fue la primera visita que hice cuando regresé a Londres.

—Ah. Se lo pregunto sólo porque... Bueno, nadie me ha dicho nada...

—Todo está controlado —repuso Poirot—. La ejecución de Helen Acton se aplazará y se reabrirá la investigación del asesinato de Frank Devonport. Me temo que por razones que seguramente comprenderá...

Discretamente, dejo la frase inconclusa.

—Oh, sí, desde luego. —Capeling pareció aliviado—. Supongo que el ministerio enviará el caso a Scotland Yard. La familia Devonport..., bueno, son gente importante. La investigación nos fue asignada a nosotros, la policía local, sólo porque parecía muy sencilla... Hasta que conocías a las personas involucradas... Habrán pensado que mantener el caso dentro de la esfera de la policía de Surrey era una manera de limitar las consecuencias negativas para el nombre de la familia. Y de que el escándalo no llegara a la prensa de Londres, ya se lo imaginan.

—Desde luego —convino Poirot—. Sin embargo, ahora que el caso se vuelve a abrir, Scotland Yard tomará las riendas de la investigación. —Hizo un extravagante gesto en mi dirección, como cuando un mago celebra la reaparición de un objeto que se había esfumado—. El inspector Catchpool dirigirá las pesquisas y yo le proporcionaré toda la asistencia que esté en mi mano ofrecerle, *n'est-ce pas*, Catchpool?

—Algo así —dije.

Los dos sabíamos que sería más bien al revés. A decir verdad, habría preferido que Poirot condujera oficialmente la investigación y que todos los implicados lo consideraran la persona responsable. Me preocupaba nuestro regreso a *La Pequeña Llave*. Me inquietaba en particular la perspectiva de enseñar a los Devonport mi placa de Scotland Yard y de anunciarles que, apenas unos días después de echarme de su casa con cajas destempladas, tendrían que recibirme y responder a mis preguntas, muchas de las cuales serían tan indiscretas como perturbadoras. Y el hecho de llegar acompañado de Poirot, con quien me había asociado para engañarlos, tampoco iba a facilitarme la bienvenida. Le había expuesto todas estas inquietudes a Poirot en el camino hacia Chiddingfold, pero él les había quitado importancia y me había acusado de ser injustificadamente pesimista.

—Todo irá bien, *mon cher*. Confíe en Poirot, que nunca lo ha defraudado —me había dicho.

Ahora se estaba dirigiendo a Marcus Capeling:

—Inspector, hace un momento ha dicho que quizá estuviera usted en lo cierto desde el principio. ¿A qué se refería? ¿No creía en la culpabilidad de Helen Acton, a pesar de su confesión?

—No, al principio no. Pero ella insistió y al final pensé: «¿Por qué iba a arriesgar el cuello si fuera inocente?».

—Aun así, ¿su primera impresión fue que ella era inocente?

—Sí, me temo que sí.

—¿Qué le hizo pensarlo?

—Para empezar, su aflicción después de la tragedia. Si la hubiera visto, monsieur Poirot, estoy seguro de que habría pensado lo mismo que yo. Nunca he visto un caso más claro de mujer destrozada por la muerte del hombre que amaba. Era evidente que habría deseado con todo su corazón verlo con vida.

—¿El hombre que amaba? —se apresuró a preguntar Poirot, inclinándose hacia delante en la silla—. ¿No habrá querido decir «el hermano del hombre que amaba»? Helen Acton es la prometida de Richard Devonport, ¿no es así? Y Richard está vivo.

Capeling abrió mucho los ojos.

—No, no, monsieur Poirot. Helen Acton es la prometida de Richard Devonport ahora, no se lo niego.

Pero su noviazgo con Richard es posterior a la muerte de Frank.

Poirot y yo intercambiamos una mirada, incapaces de dar crédito a nuestros oídos. Los ojos de mi amigo parecían más verdes y brillantes que de costumbre, como dos esmeraldas bajo un foco de luz intensa, aunque la iluminación en el pequeño salón de los Capeling era más bien tenue. Mucha gente no me cree cuando describo la transformación de los ojos de Poirot en los momentos más cruciales de la resolución de un enigma, pero puedo asegurar que es auténtica. La he visto muchas veces. Sus ojos verdes adquieren un fulgor peculiar, como iluminados por una luz interior.

Me aclaré la garganta y le pregunté a Capeling:

—Nos está diciendo que Helen Acton y Frank Devonport eran... ¿qué eran exactamente?

—Eran novios. Cuando Frank murió, estaban prometidos para casarse —contestó Capeling—. Por lo que hemos podido averiguar, eran inseparables y estaban locamente enamorados. Toda la familia lo ha confirmado.

—Pero entonces ¿cómo encaja Richard Devonport en esta historia? —quise saber.

Capeling meneó la cabeza.

—Eso es lo más raro de todo. Antes de que Frank muriera, Helen Acton no conocía a Richard Devonport, ni él la conocía a ella.

—¿Y aun así acabaron prometidos? —Poirot parecía tan desconcertado como yo—. ¿Después de que ella confesara ser la asesina de su hermano?

—Es más extraño todavía, monsieur Poirot. La situación tiene tantos aspectos que desafían el sentido común que no sé por dónde empezar. Verá, antes de llevar a Helen a conocer a su familia y presentarla como su prometida, Frank había pasado cierto tiempo enemistado con los Devonport, como le ha contado Daisy. Ya conoce la historia. Había robado dinero de la familia para ayudar a un amigo en apuros. Supongo que Daisy le habrá dicho quién era ese amigo: Oliver Prowd, el hombre con quien piensa casarse.

Yo seguía añadiendo en mi cabeza líneas de conexión entre los Devonport y los diferentes miembros de su círculo. Ya había trazado la que unía a Helen con Frank y lo convertía a él no sólo en el asesinado «casi cuñado» de la joven, sino también en su asesinado «casi marido». A continuación, agregué a mi diagrama imaginario otra línea que unía directamente a Oliver Prowd con Frank Devonport. Prowd ya no era tan sólo el prometido de Daisy, sino también el buen amigo de Frank Devonport, receptor del dinero robado. Eso significaba que...

Se me nubló la mente y me quedé en blanco. El exceso de pastelitos me había deteriorado las funciones deductivas, pero al final llegué a una conclusión. Eso significaba que Daisy Devonport, según su propia confesión, no sólo había asesinado a su hermano Frank, el ladrón, sino que había aceptado casarse con quien había sido su cómplice y beneficiario de su crimen.

¿Por qué razón mataría Daisy a una de las personas

implicadas en el robo y aceptaría casarse con la otra? ¿Sería tal vez que su móvil para matar a Frank no guardaba ninguna relación con el dinero sustraído? Igualmente probable, me dije, era que Daisy no hubiera matado a Frank y que su confesión fuera una mentira.

—Ah, entonces ¿no sabían ustedes que Oliver Prowd era el amigo que se había beneficiado del robo de Frank Devonport? —preguntó Capeling.

—*Non*. Ahora veo que Richard Devonport nos ha revelado muy poco. No nos dijo que Helen Acton era la prometida de su hermano en el momento de la muerte de Frank. —Poirot meneó la cabeza—. Además, aunque invitó a Hércules Poirot a su casa y solicitó con urgencia su auxilio, monsieur Richard ya no cree necesitar mi ayuda. Está seguro de que nadie morirá en la horca por el asesinato de su hermano, ahora que hay dos confesiones contradictorias. *Alors*, no se ve en la obligación de proporcionarme más información. Afirma no conocer ninguna razón para que nadie quisiera matar a Frank, pero aun así ¡alguien lo ha matado!

—La reacción de las autoridades, hasta este momento, indica que Richard Devonport podría haber acertado en sus previsiones —le dije a Capeling—. La ejecución de Helen Acton ha sido pospuesta, y si tanto ella como Daisy Devonport siguen reafirmándose en sus diferentes versiones de los hechos, es muy probable que la cancelación sea definitiva... —Me volví hacia Poirot—. ¿Se imagina que las dos hubieran querido matar a Frank y hubieran tramado esta estrategia de antemano, sabiendo que si ambas confesaban ninguna de ellas tendría que cargar con la culpa?

—¡Por favor, Catchpool! Piense un poco antes de proponer teorías absurdas. Cualquiera diría que se ha incorporado hoy mismo al cuerpo policial y no ha recibido la formación más básica. ¿Olvida que Daisy Devonport hizo todo lo posible para ocultarme su nombre e identidad, así como el destino de su viaje, la primera vez que nos vimos? No era su intención que su confesión llegara a oídos de la policía o del Ministerio del Interior a tiempo para salvar la vida de Helen Acton.

«¿Y si Daisy es mucho más lista de lo que pensamos?», reflexioné. Pero no lo dije en voz alta.

—¿Qué clase de hombre le propone matrimonio a la asesina de su hermano? —le pregunté a Marcus Capeling.

—Un hombre que cree en la inocencia de la joven, supongo —fue su respuesta.

Me volví hacia Poirot.

—Es evidente que Sidney Devonport considera culpable a Helen Acton y también que Richard siente terror de su padre. Se encoge de miedo cada vez que Sidney abre la boca, se apresura a satisfacer todos sus caprichos...

—¿Adónde quiere llegar, *mon ami*?

—¿Debemos suponer que Sidney no se opone al compromiso de Richard con Helen Acton? ¿O que Richard está dispuesto a desafiar a su padre en ese aspecto, mientras se somete a su voluntad en todo lo demás?

—Aún no tenemos suficientes datos sobre los miembros de la familia Devonport, ni sobre las relaciones que los unen —repuso Poirot—. Es demasiado pronto para hacer suposiciones.

—¿Han oído hablar del padre de Oliver Prowd? —preguntó Capeling—. Se llamaba Otto.

—Mademoiselle Daisy lo mencionó, pero no dijo su nombre. Tenía un papel en la historia que me contó.

—El dinero que robó Frank Devonport no era solamente para Oliver Prowd —explicó Capeling—. También estaba destinado al anciano padre de Oliver, Otto, que estaba enfermo. Padre e hijo habían perdido toda su fortuna tras el colapso de la Bolsa, y Frank quiso ayudarlos. Cuando Otto Prowd murió, el joven Oliver volvió a ser un hombre de gran fortuna. Y todo gracias a Frank Devonport. Oliver y Frank hicieron inversiones muy rentables con el dinero sustraído. Otto había vivido confortablemente sus últimos días y murió sabiendo que Oliver estaría libre de preocupaciones económicas durante el resto de su vida..., a menos que tomara decisiones muy insensatas, claro. —Enseguida, con expresión pesarosa, el inspector añadió—: Y eso siempre es posible, tratándose de dinero.

Parecía que hablara por experiencia propia.

—¿Daisy Devonport ya era novia de Oliver Prowd cuando su hermano Frank murió? —preguntó Poirot.

Capeling asintió.

—Así es. Pero no creo que llevaran mucho tiempo prometidos. Quizá solamente unas semanas.

—Ya veo. Entonces ¿el proyecto de casarse no se planteó después del asesinato?

—No, nada de eso. Pero ¿por qué lo pregunta? —dijo Capeling.

—Siempre es útil conocer la cronología de las relaciones humanas —contestó Poirot—. Y ver cómo encajan las piezas. Hay muchas preguntas que me habría encantado hacerle a Richard Devonport y otras muchas que le formulé durante el trayecto entre Kingfisher Hill y Londres, y que él no quiso responder, ¿verdad, Catchpool?

—Así es, se cerró como una almeja —confirmé—. En cuanto se convenció de que Helen Acton y Daisy estaban a salvo de ser ejecutadas por el asesinato de Frank...

—No creo que pueda estar tan seguro —me interrumpió Capeling.

—Estoy de acuerdo con usted —repuse—. No hay ninguna garantía de que la suspensión de la pena sea definitiva. La situación es muy irregular. Sin embargo, es lo que cree Richard Devonport. Por eso le dijo a Poirot que no podía responder a un interrogatorio sobre su familia y concentrarse al mismo tiempo en la conducción.

—Una excusa —apuntó Poirot.

—Probó algunas más —añadí—. En un momento dado, dijo estar agotado por los sucesos del día y aseguró que le resultaba imposible seguir hablando. Personalmente, creo que tiene una teoría sobre quién mató a su hermano, pero por alguna razón no nos la ha querido revelar. Pero no piensa que hayan sido Helen ni Daisy, de eso estoy seguro.

—Sí, es interesante —intervino Poirot—. ¿A quién más de su familia deseará proteger? A su madre, quizá...

Se me ocurrió una idea que me pareció más interesante.

—O a su padre. Cuando alguien teme a su padre tanto como Richard Devonport a Sidney, es poco probable que esté dispuesto a acusarlo de asesinato, por miedo a que salga absuelto y vuelva a casa con ánimo de venganza.

—Una idea muy interesante, Catchpool —me felicitó Poirot, con una sonrisa que me produjo un placer desmesurado—. Inspector Capeling, he hecho arreglos para entrevistarme con Helen Acton mañana a primera hora. Hasta entonces, sin embargo, me cuesta reprimir la curiosidad. ¿Mencionó ella algún motivo en su confesión? Supongo que le habrá preguntado usted por qué mató al hombre del que estaba enamorada y con quien pensaba casarse.

—Sí, expresó muy claramente la razón —respondió Capeling—. Dijo, y lo mantiene hasta hoy, que lo hizo porque quería más a Richard, el hermano del difunto. Sin embargo, si me permite que se lo diga, me resulta muy difícil creerlo. En parte, porque como ya le he dicho, Helen y Richard no se conocían antes de la muerte de Frank. Y..., bueno, no es que sea un experto en el gusto femenino, pero cualquiera habría visto que Frank Devonport era un hombre atractivo: alto, bien parecido... «Guapo como un actor de cine», dijo mi mujer cuando le enseñé la fotografía. No imagino que ninguna mujer pudiera preferir a su hermano, que es bajo de estatura y tiene rasgos más bien corrientes. Y no se trataba sólo del aspecto físico. Según todos los testimonios, Frank era un hombre de temperamento firme, un líder nato. Todas las personas con las que he hablado coinciden en describirlo como una persona carismática. Por otro lado, ya han conocido a Richard: tímido como un ratoncito, ¿verdad? Siempre en segundo plano, tratando de pasar inadvertido. No, no me imagino a la futura esposa de Frank Devonport perdiendo la cabeza por el hermano de su prometido. Pero puedo equivocarme. La gente elige todo tipo de cosas por las razones más diversas, ¿no es así?

—En cualquier caso, nadie creería que el camino más directo hacia el corazón de un hombre sea asesinar a su hermano —comenté.

Poirot negó con la cabeza.

—Recuerde, Catchpool, que no sabemos nada de la fortaleza o la debilidad del vínculo fraternal que unía a los hermanos Devonport. ¿Le ha parecido que Richard estaba ansioso por identificar y llevar ante la justicia al asesino de Frank? A mí no. —Se volvió hacia Marcus Capeling—. Inspector, nos ha dicho dos veces que Helen Acton y Richard Devonport no se conocían. Le ruego que sea un poco más preciso. ¿Ha querido decir que su relación era meramente superficial, o que...?

—¡Oh, sí, puedo ser muy preciso! —respondió Capeling riendo entre dientes—. Puedo decirle la hora exacta. Incluso los minutos y segundos, si me apura.

—¿Minutos... y segundos?

Poirot se alisó los bigotes y yo me preparé para oír lo que iba a revelarnos Capeling. Esperaba que fuera tan desconcertante como todo lo que nos había ocurrido desde nuestra llegada a Buckingham Palace Road, con la intención de embarcarnos en aquel infernal autobús azul y naranja.

—Así es, monsieur Poirot. Se conocieron pocas horas antes de la muerte de Frank.

—*Mon ami*, ¿quiere decir que...?

—Sí —confirmó Capeling—. Richard Devonport y Helen Acton se vieron por primera vez el mismo día del asesinato de Frank Devonport.

Poirot se levantó de su silla y se dirigió a la ventana, donde se quedó un momento contemplando la hilera de casitas de la acera de enfrente. Transcurrió cierto tiempo antes de que volviera a hablar. Un murmullo grave surgía de las profundidades de su garganta, jalonado de vez en cuando por sofocadas exclamaciones. Mientras yo contemplaba por detrás su singular cabeza ovoide, imaginé que crecía ante mis ojos, a medida que el mejor cerebro del país bullía con nuevos pensamientos, deducciones y preguntas.

Finalmente mi amigo le planteó a Capeling uno de esos interrogantes:

—¿Le dijo a Helen Acton que no se creía su historia cuando ella le reveló que hacía solamente un día que conocía a Richard Devonport?

—Menos de un día —lo corrigió Capeling—. Cuestión de horas. Una pequeña parte de un día.

—Y, aun así, ¿mademoiselle Helen afirmó que había matado por él?

—No exactamente por él, monsieur Poirot. Sólo dijo que lo amaba y... que le había hecho a Frank... lo que le había hecho... para estar libre y poder casarse con Richard.

Dejé escapar un resoplido de incredulidad.

—¿No era más sencillo romper el compromiso con Frank Devonport, si estaba enamorada de Richard? ¡No era necesario que lo matara! Helen Acton es una mentirosa. No me cabe ninguna duda. Es posible que haya matado a Frank, pero por un motivo completamente distinto.

—Sólo puedo decirle lo que ella confesó, inspector —replicó Capeling—. Y lo que repitió en varias ocasiones, cada vez que hablamos: «Lo hice porque ya no quería a Frank. Amaba a Richard. Para mí no había nadie más». Me lo dijo mil veces, con esas mismas palabras. Cuando a través de otras personas me enteré de que hacía apenas unas horas que conocía a Richard Devonport, volví a hablar con ella... y se lo conté. Le hice ver que sabía que había conocido a Richard el mismo día del asesinato de Frank.

—¿Y ella qué le respondió? —preguntó Poirot.

—No lo negó. Pero tampoco quiso confirmarlo. Y

obtuve la misma respuesta de Richard Devonport cuando lo interrogué al respecto.

—¿Sobre el momento en que se conocieron?

Capeling asintió.

—Ninguno de los dos quiso pronunciarse sobre la cuestión de si fue aquel día cuando se vieron por primera vez. Lo único que puedo decirles es que los otros testigos aseguran que fue así.

—Dentro de un momento analizaremos los detalles de aquel día —anunció Poirot—. Pero ahora dígame, inspector: ¿ha afirmado alguna vez Helen Acton que lo suyo con monsieur Richard fue amor a primera vista?

Marcus Capeling sonrió.

—«¿Por ventura amó hasta ahora mi corazón? ¡Ojos, desmentidlo! ¡Porque hasta esta noche no conocí jamás la verdadera hermosura!»

—*Romeo y Julieta* —dije en tono pensativo.

Había estudiado la obra en el colegio y sus enseñanzas no me habían pasado inadvertidas: obedece a tus impulsos románticos sin preocuparte por las normas sociales, y es muy probable que acabes en una situación bastante desfavorable.

—No, Helen nunca me ha mencionado el amor a primera vista —explicó Capeling, respondiendo a la pregunta de Poirot—. Ni le ha dicho nada al respecto a nadie más, que yo sepa. Si tuviera que arriesgar una suposición..., diría que Richard y ella ya se conocían antes de la muerte de Frank, pero por alguna razón no han querido admitirlo.

—¿Cuánto tiempo transcurrió entre el asesinato de Frank y el compromiso de Helen con su hermano? —preguntó Poirot.

—Dos semanas. Richard la visitó dos veces en la cárcel. Estaba ansioso por verla desde que se enteró de que ella había aducido su amor por él como el motivo de todo lo sucedido. De hecho... —Capeling se interrumpió.

—¿Qué? —quiso saber Poirot.

—Acabo de recordar una cosa. Yo estaba presente cuando Richard fue informado de la... pretendida razón de Helen para cometer el crimen. Nunca había visto a un hombre más perplejo y horrorizado.

—¿Horrorizado? —repetí.

—Sí, claro —repuso Capeling—. Imagine cómo se sentiría usted si descubriera que la razón del asesinato de su hermano es usted mismo. Yo me habría sentido terriblemente culpable de haber estado en el lugar de Richard.

—¿Y habría accedido usted a casarse con la asesina de su hermano dos semanas más tarde? —le pregunté.

—Mi amigo Catchpool es conocido por no acceder jamás a casarse con nadie —le comentó Poirot a Capeling—. Su madre ya no sabe qué hacer.

—¡Oh, debería casarse, inspector! —Capeling echó una mirada a los pocos pastelitos que quedaban sobre la mesa y sonrió—. Usted también, monsieur Poirot. Como hombre casado, soy el primero en recomendarlo.

—Entonces, Richard Devonport se horroriza cuando se entera de que la asesina de su hermano lo ama —dijo Poirot, hablando lentamente—. Sin embargo, poco después, le pone un anillo en el dedo a esa misma mujer...

—Un anillo en el dedo —repitió Capeling—. Es gracioso que diga eso, monsieur Poirot.

—¿Dónde está la gracia? —preguntó mi amigo.

—En el momento de su detención, Helen Acton lucía el anillo que Frank le había regalado: un solitario con un rubí bastante impresionante.

—¿Un rubí? —Miré a Poirot—. Inspector, acaba de describir el anillo de compromiso de Daisy Devonport. ¿Lo recuerda, Poirot? Lo llevaba puesto cuando viajamos juntos en el autobús.

Mi amigo asintió.

—Es lo que intento decirles —prosiguió Capeling—. La primera vez que la vi, Daisy Devonport lucía el anillo de compromiso que le había regalado Oliver Prowd: una esmeralda con una orla de brillantes. Helen Acton, por su parte, llevaba el anillo de Frank: el solitario del rubí. Pero después de la primera visita de Richard a la cárcel de Holloway, Helen les pidió a los guardias que buscaran su anillo entre sus efectos personales y se lo enviaran a Richard a Kingfisher Hill. Cuando unos días más tarde fui a ver a la familia Devonport, Daisy ya no lucía el anillo de esmeraldas y brillantes, ¡sino el rubí que Frank le había regalado a Helen!

—Sin embargo, mademoiselle Daisy sigue siendo la prometida de Oliver Prowd —dijo Poirot—. Todo esto es extraordinario. *C'est merveilleux!* —exclamó aplaudiendo.

—¿Por qué es maravilloso? —quise saber—. A mí no me lo parece. De hecho, Poirot, no sé para qué se molesta con este caso.

—¿No lo sabe? —Sus ojos volvieron a emitir el fulgor verde tan característico—. Me produce un gran placer tomarme la molestia, Catchpool.

—¡Pero nunca sacará nada en limpio! Es imposible. Es un enigma sin respuesta. Helen Acton miente y Daisy Devonport también miente. Richard Devonport nos ha revelado tan poco que quizá también estuviera mintiendo; de hecho, es lo más probable. Y ahora toda esta historia de anillos y de personas que apenas se conocen y deciden casarse, ¡por no mencionar que una de ellas ha sido condenada a muerte, lo que por lo general suele ser un obstáculo insuperable para el matrimonio! En cuanto a Joan Blythe... —Dejé escapar un gruñido de disgusto.

—¡Ajá! Me preguntaba cuánto tardaría en nombrarla —dijo Poirot, y se volvió para sonreírle a Capeling, como si acabara de hacer una broma compartida por ambos—. Siempre regresa a sus pensamientos, *n'est-ce pas?* Está convencido de que tiene alguna relación con el resto de nuestros misterios.

—Lo único que sé es que ella ha sido el inicio de todo. Desde que apareció, las cosas han dejado de tener sentido. ¡Todo lo que ha pasado desde que la conocimos, todo lo que hemos visto y oído, todo, sin excepción, ha sido desconcertante!

—Y ese sinsentido lo irrita y enfada —dijo suavemente Poirot—. *Je comprends bien*. Pero se equivoca, amigo mío, de muchas maneras distintas. Más adelante le explicaré por qué y se sentirá mucho mejor. —Se volvió hacia Capeling—. Inspector, hablemos de los hechos objetivos de la muerte de Frank Devonport. Empiece por el principio, por favor, y cuénteme lo que haya podido averiguar.

—Muy bien —respondió Capeling—. Comenzaré por la mañana del día del asesinato. Probablemente conoce ya la fecha: fue el seis de diciembre del año pasado. Antes de eso, Frank había sido condenado al ostracismo por su familia como consecuencia del robo. Eso ya lo sabe. Había sido expulsado de la casa familiar, sin esperanzas de redención. Pero entonces a Lilian, su madre, le fue diagnosticada una enfermedad incurable. Cuando supo que le quedaba poco tiempo de vida, el corazón de la señora se ablandó, lo mismo que el de Sidney Devonport, y los dos decidieron que había llegado el momento de volver a recibir a su hijo. En ese momento Frank estaba dirigiendo un colegio en Lincolnshire. Oliver Prowd y él habían utilizado el capital que en realidad no les correspondía tener, porque eran los beneficios del dinero robado, para la fundación de una serie de escuelas. ¿Lo sabían?

—No —dije yo, pero enseguida Poirot me corrigió y le aclaró a Capeling que sí, que Daisy Devonport se lo había mencionado en el autobús y que él a su vez me lo había contado a mí.

Debí de olvidar el detalle.

—Las escuelas también han tenido mucho éxito —prosiguió Capeling—. Tras la muerte de Frank, se las vendieron al filántropo Josiah Blantyre por una suma bastante considerable.

—Acaba de plantear una cuestión importante —observó Poirot—. ¿Quién se ha beneficiado económicamente de la muerte de Frank Devonport?

—Sidney y Lilian Devonport, por ser sus parientes más directos.

—¿Han investigado ustedes la situación financiera de Sidney y Lilian Devonport? —pregunté, pensando en que algunos colegas míos de Scotland Yard ni siquiera se habrían molestado, tras la inmediata confesión de Helen Acton.

—Sí, por supuesto —replicó Capeling con orgullo—. Y todavía no salgo de mi asombro, no me importa reconocerlo. Los Devonport, tanto los mayores como los más jóvenes, tienen tanto dinero entre todos que si alguien se llevara las tres cuartas partes de su fortuna ni siquiera lo notarían. Bueno..., es probable que lo notaran —se corrigió—. Estoy seguro de que ahora vigilan más que antes, después de lo que hizo Frank. Pero lo que quiero decir es que seguirían siendo inmensamente ricos. Ningún miembro de la familia Devonport tiene problemas económicos que puedan inducir a matar a nadie, se lo puedo garantizar.

—Volvamos al año pasado, por favor, al seis de diciembre —dijo Poirot—. Le ruego que empiece por el principio.

—Frank llegó a *La Pequeña Llave* con su prometida,

Helen Acton, sobre las diez de la mañana —contó Capeling—. Cuando posteriormente los interrogué, Sidney y Lilian Devonport reconocieron que la reunión les producía cierta inquietud y emoción. Después de todo, se trataba del regreso de su hijo al hogar familiar. Habían intercambiado cartas y hablado por teléfono; pero, como seguramente supondrán, la perspectiva de ver de nuevo a su hijo en persona era bastante trascendente para ellos. Una vez restablecida la comunicación por carta, Frank les había dado la noticia de que pensaba casarse con una mujer que no conocían. Más aún, anunció que llevaría consigo a su prometida cuando fuera a visitarlos. ¡Una desconocida! Lilian me aclaró que no tenía nada en contra de la joven, al menos antes de aquel día trágico, pero que tanto ella como Sidney habrían preferido que Frank acudiera solo, al ser su primera visita después del alejamiento.

—¿Se lo comentaron a Frank? —preguntó Poirot.

—No —respondió Capeling—. Me aseguraron que le dieron a Helen la más cálida bienvenida y que se reservaron sus preferencias.

—No querían poner en peligro el *rapprochement*.

—Así es, monsieur Poirot. Pero ¿sabe quiénes sintieron aquel día que no eran bienvenidos? Todos los demás. En ese momento vivían en casa de los Devonport unos amigos de la familia: Godfrey y Verna Laviolette. Creo que ya los conocen. Pues bien, Sidney y Lilian les dijeron a los Laviolette y al resto de la familia Devonport que querían estar solos cuando llegaran Frank y Helen, y tengo la impresión de que nadie se atreve a contrariar a Sidney Devonport cuando se le mete algo en la cabeza. Así pues, todos fueron expulsados de la casa.

—Expulsados —repitió Poirot en tono neutro.

—En efecto. Se fueron a casa de un vecino, pero no del vecino más próximo, sino de uno cuya casa se encuentra en la otra punta de Kingfisher Hill. *El Mirador de Kingfisher*, se llama la casa. Cuando la interrogué, Daisy Devonport se quejó de haber tardado siglos en ir y volver caminando.

—¿*El Mirador de Kingfisher?* —Miré a Poirot—. ¿No se llamaba así *La Pequeña Llave* cuando pertenecía a los Laviolette, antes de que los Devonport le cambiaran el nombre?

—*Non. La Pequeña Llave* se llamaba originalmente *El Reposo de Kingfisher.*

—Ah, sí, es verdad. ¿Por qué será que todos los que viven en ese lugar sienten la compulsión de bautizar todo lo que poseen con el nombre de Kingfisher? *El Reposo de Kingfisher*, *El Mirador de Kingfisher*, la Compañía de Autobuses Kingfisher... Es demasiado. Los Devonport deben de ser los únicos residentes con un poco de imaginación.

—*Mon ami*, ¡hace tan sólo un momento se quejaba de su exceso de imaginación! Continúe, por favor, inspector Capeling.

—Sidney y Lilian tuvieron su reunión con Frank y conocieron a Helen. Todo salió bien, hasta donde yo sé. La única persona presente en la casa en ese momento, aparte de ellos, era Winnifred Lord, una criada. Richard y Daisy Devonport estaban en *El Mirador de Kingfisher* con el matrimonio Laviolette, y se suponía que Winnifred (o Winnie, como creo que suelen llamarla) iría a buscarlos cuando Sidney diera su permiso para que regresaran. Así lo hizo la criada hacia las dos de la tarde. Antes de eso, a las dos menos cuarto, Oliver Prowd había regresado de Londres y había ido directamente al *Mirador de Kingfisher*, tal como le habían indicado. Todos permanecieron allí (Richard, Daisy, Oliver y el matrimonio Laviolette), a la espera de que los llamaran.

—Entonces, para resumir: Frank Devonport y Helen Acton llegaron a *La Pequeña Llave* hacia las diez. Más tarde, poco después de las dos, Richard y Daisy Devonport, los Laviolette y Oliver Prowd regresaron a la casa. ¿Es así?

—Creo que Oliver se quedó un poco más que el resto en *El Mirador de Kingfisher* —respondió Marcus Capeling—. Pero él también llegó a *La Pequeña Llave* al cabo de un momento. Después de eso, no sucedió nada digno de mención hasta el asesinato propiamente dicho, si he de dar crédito a lo que me han contado. Frank, Richard y Daisy se alegraron muchísimo de volver a verse, según han afirmado todos los testigos, y pasaron buena parte de la tarde charlando animadamente y poniéndose al día de las novedades de cada uno. Los Laviolette, que eran los padrinos de Frank, también parecían encantados con el reencuentro. Fue una ocasión dichosa, en opinión de todos los presentes. Pero entonces, a las seis menos veinte de la tarde...

Marcus Capeling se interrumpió. Su expresión se había vuelto más solemne.

—Continúe —lo apremió Poirot.

—A las seis menos veinte Frank Devonport se precipitó desde la balconada del piso superior, en el enorme vestíbulo de la entrada. Lo habían empujado por encima de la balaustrada de hojas de banano. Cayó y se abrió el cráneo al golpearse la cabeza contra el suelo.

—¿Hojas de banano? —pregunté.

Poirot me miró con impaciencia.

—¿No ve lo que tiene delante de los ojos, Catchpool? El hierro forjado de la balaustrada tiene un motivo de hojas.

—No me había fijado.

—Son hojas de banano —repitió Capel—. Me lo dijo Verna Laviolette. Lo diseñaron su marido y un amigo suyo. La balaustrada es un añadido que ellos mismos mandaron instalar después de comprar la casa. Por lo visto, la barandilla original era fea. No la interrogué acerca de la balconada, como podrán imaginar, pero ella se empeñó en hablar al respecto. Yo únicamente quería averiguar si una mujer de la altura y constitución de Helen Acton había podido empujar a Frank Devonport por encima de la balaustrada. Pronto mis hombres y yo determinamos que era factible. Frank era un hombre de considerable estatura y la balaustrada no era muy alta. Helen sólo habría necesitado darle un buen empujón por la espalda, como de hecho fue lo que sucedió.

»Nunca olvidaré la sangre —prosiguió Capeling—. Cuando llegué al lugar del crimen, por un instante fugaz me pareció estar viendo una espesa alfombra de color rojo oscuro con un hombre tendido encima.

Meneó la cabeza, como para apartar la imagen de su mente.

—Entonces ¿lograron establecer que Helen Acton también estaba en la balconada cuando Frank cayó? —preguntó Poirot.

—Sí, sin ninguna duda —respondió Capeling—. Helen se encontraba arriba, con él. Pero no era la única. También estaban Sidney y Lilian, Daisy, y Verna Laviolette. En cuanto Frank cayó y se estrelló contra el suelo, Helen bajó corriendo la escalera, como un cohete con la mecha encendida, y anunció que lo había hecho ella. Pregúntenle a Oliver Prowd y él se lo confirmará. Todos les repetirán lo mismo. Casi todos la oyeron, aunque Oliver Prowd fue el primero con el que se topó Helen al bajar la escalera. Lo agarró por los brazos y le dijo: «Yo lo he matado, Oliver, que Dios me perdone. Frank está muerto y yo lo he matado».

Capítulo 9

El entrenamiento
del cerebro

Antes de marcharnos de casa de Marcus Capeling, Poirot pidió lápiz y papel, que el inspector le proporcionó. Cuando estuvimos a solas, ya de camino a Londres, mi amigo me los dio a mí.

—¿Qué quiere que haga con esto? —dije secamente. Enseguida me pareció que había sido demasiado brusco y traté de suavizar mi reacción con una broma—. Si me está proponiendo que inventemos juntos un juego de mesa, creo que tendrá que buscarse otro socio.

—Ya podemos olvidarnos de los juegos de mesa, amigo mío. Nunca más volveré a pedirle que se ocupe de los Vigilantes, ni siquiera cuando regresemos a Kingfisher Hill. Ahora nos encontramos en una posición ventajosa respecto a la familia Devonport. Ya conocen la verdad sobre nosotros y no tenemos que fingir. —Después, como si se le acabara de ocurrir, añadió—: El juego de los Vigilantes necesita mucho trabajo y revisión, si quieren que triunfe algún día como proyecto comercial. Pero no creo que vaya a ocurrir. La vanidad de sus creadores lo impedirá. Incluso cuando hablan de introducir mejoras, sus propuestas son superficiales. No pueden ver que es preciso cambiar toda la estructura del juego.

—¿Por qué no les ofrece sus servicios? —le sugerí—. Probablemente ganarían más dinero si usted los ayudara, aunque tuvieran que dividir las ganancias entre tres.

—No me cabe la menor duda de que tendrían más beneficios, porque sin mi intervención no ganarán ni un penique. Claro que los dos son muy ricos y no necesitan más dinero del que ya tienen. Es posible que ahí resida parte del problema. Si les dijera lo que he pensado para los Vigilantes, los dos ganarían una segunda fortuna. Sin embargo, la invención de juegos de mesa no interesa particularmente a Hércules Poirot. Ahora coja el papel y el lápiz, por favor.

—¿Para qué?

—Antes ha dicho que no sabe para qué me molesto con el caso de Frank Devonport. Si por usted fuera, preferiría no molestarse, *n'est-ce pas?* Lo veo desinteresado.

—No es desinterés, sino frustración. Creo que no hay ninguna probabilidad de que le encontremos sentido a este caos. Sí, ya sé que usted no se rinde nunca. Pero si quiere que le dé mi sincera opinión, esta vez estamos condenados al fracaso.

—¡Pero Hércules Poirot no fracasa nunca! Ya lo sabe, Catchpool. Cada vez que me propongo resolver un enigma, automáticamente queda fuera de toda duda que el enigma será resuelto.

—Está presuponiendo que siempre podemos predecir el futuro con exactitud basándonos en el pasado —dije.

—Nada de eso —replicó Poirot—. Parto de una premisa muy diferente, según la cual los resultados que he obtenido en el pasado han sido posibles gracias a haber abordado los problemas con un elevado grado de conocimiento, experiencia y capacidad de deducción, así como con una firme determinación. Por eso, a lo largo de toda mi trayectoria profesional, no ha habido más que éxitos. Sé, por lo tanto, que si sigo poniendo en juego todos esos elementos (y tenga en cuenta, Catchpool, que todos dependen únicamente de mí y no de las circunstancias del caso en cuestión), entonces puedo estar seguro de que seguiré cosechando éxitos en el futuro. —Terminó con una sonrisa.

—Espero que tenga razón —dije.

Me miró radiante de felicidad.

—Usted no me entenderá, Catchpool, pero en mi corazón ya siento el placer y la satisfacción de haber respondido a todos los interrogantes y de haber resuelto el misterio de la muerte de Frank Devonport de manera decisiva.

—¿Qué? —Su anuncio me sorprendió, incluso conociendo a Poirot como yo lo conocía—. ¿Me está diciendo que ya sabe...?

—No, no. No me ha entendido bien. Todavía no

dispongo de todas las respuestas. Lo mismo que usted, tengo sobre todo preguntas. Pero cuando Marcus Capeling nos ha hablado de los dos anillos de compromiso de Daisy Devonport (primero el de la esmeralda con orla de brillantes que le regaló Oliver Prowd y después el del rubí que antes había sido de Helen Acton), una sensación de abrumadora confianza se ha adueñado de mí. En ese momento he sabido que todo saldría bien.

—¡Qué coincidencia! —exclamé—. A mí esos malditos anillos me han catapultado en la dirección opuesta. Me han convencido de que nunca sacaremos nada en limpio de la familia Devonport, más allá de una gran confusión.

Poirot se alisó los bigotes con los dedos índice y corazón de las dos manos.

—Hay un momento en cada caso (siempre lo ha habido, desde el comienzo de mi carrera en el cuerpo de policía belga) cuando de repente, antes de la resolución del misterio, veo ante mí una parte lo bastante amplia del panorama para saber que el caso será resuelto. ¡En ese momento, Catchpool, la sensación es gloriosa! En ese preciso instante experimento exactamente las mismas emociones que sentiría si ya conociera todas las respuestas.

—Entiendo —dije sin mucho convencimiento.

—Cuando he experimentado la sensación de triunfo que acompaña la resolución perfecta de un enigma, me veo obligado a justificarla, ¿comprende? Siento el deber conmigo mismo de crear en mi mente la solución que confirme que el sentimiento ha sido correcto. Espero que algún día usted también llegue a experimentarlo, amigo mío. ¡Es el único camino al éxito!

—Quizá me ayude a acercarme un poco más al estado de exaltación que describe si me explica qué le sugieren los anillos. ¿Cómo es posible que un aluvión de nuevos y confusos detalles sobre piezas de joyería haya podido inspirarle tanto deleite? ¿Por qué lo ha calificado de «*merveilleux*»?

Mi amigo hizo una involuntaria pero comprensible mueca de disgusto ante mi nefasto acento francés.

—Podría plantearle la misma pregunta pero a la inversa —dijo—. ¿Por qué no se ha alegrado usted al ver que se añadían tantos detalles sorprendentes al panorama incompleto que estamos tratando de reconstruir? Todo está en la actitud que uno adopta, amigo mío. Para usted, la historia de los anillos es una complicación más, un nuevo obstáculo para llegar a la verdad, un desvío que nos aleja de la resolución del enigma.

—Exactamente —respondí con sinceridad.

—Pero, *mon ami*, hay una verdad a la espera de ser hallada. ¡Esa verdad existe! No hay nada humano que resulte incomprensible, una vez conocidos todos los detalles relevantes. *Alors*, cada vez que descubrimos un nuevo hecho, debemos sentirnos agradecidos. ¡Hemos de celebrar cada nuevo fragmento de información! Y más aún cuando la información es tan sorprendente e interesante como la historia de los anillos. En este caso tenemos motivos adicionales de celebración, puesto que se trata de unos detalles tan llamativos que se convierten en punto focal del panorama en reconstrucción. Son elementos que llaman la atención desde el primer vistazo. Cuando tenemos un punto focal, el resto de los detalles comienzan a disponerse a su alrededor.

Masculló algo referente a que aún no había pasado nada de eso y, por supuesto, Poirot tenía una respuesta preparada:

—Si se exaspera porque no ocurre nada antes de que sea posible que ocurra, está alejando todavía más la solución. Yo prefiero confiar en que llegará el momento. Mañana, cuando hablemos con Helen Acton, añadiremos más detalles a nuestro panorama.

—¿Mañana? Mañana me esperan en Scotland Yard.

—Entonces confío en que sepa corregir esas expectativas —replicó Poirot con firmeza—. Vendrá conmigo a la prisión de Holloway a primera hora. Ya está todo dispuesto.

—Aún no me ha explicado qué se supone que debo hacer con el lápiz y el papel —dije.

—Tiene que escribir su lista —me indicó Poirot—. Suele ser el mejor remedio para su estado de ánimo petulante.

—Mi estado de ánimo no es en absoluto petulante —repliqué—. ¿Qué lista?

—La de todas las cosas que no entiende.

—No quiero hacerla. No entiendo nada de este último embrollo. ¡Sería una lista interminable!

—Si no se siente mejor después de hacer la lista, me

disculparé por haberle obligado a perder el tiempo —dijo Poirot—. A menos que me resulte útil para mis reflexiones. En ese caso no me disculparé, pero dudo que ocurra. Sus listas no suelen ser exhaustivas. Ni tampoco es usted particularmente metódico en su confección.

—¿Eso piensa? Bueno, en esta ocasión seré metódico en mi determinación de no hacer ninguna lista.

—Definitivamente, está de pésimo humor —murmuró Poirot entre dientes.

Después de eso, casi no hablamos durante el resto del trayecto de vuelta a Londres. Esa tarde, cuando estuve solo en mis habitaciones, partí en dos el lápiz que me había dado mi amigo y desgarré la hoja de papel. Cené un delicioso lomo de cerdo que mi casera, Blanche Unsworth, había preparado especialmente para mí, y luego me senté delante del fuego con una buena copa de brandy en la mano, decidido a resolver el crucigrama del periódico. Pronto me di por vencido, porque las pistas resultaron ser más crípticas que de costumbre.

Más tarde, lleno de admiración por mi amigo belga e intrigado por la influencia que tiene sobre mí, cogí una hoja de mis reservas de papel y usé mi propio lápiz para hacer lo que me había pedido. «Lista», escribí en lo alto de la página, y mientras lo hacía me vino a la mente la cara inconclusa de Joan Blythe y supe que ella tenía que ser el punto número uno.

1. ¿Cómo se explica el incidente de Joan Blythe? ¿Es verdad que alguien planeaba matarla? De

ser así, ¿quién y por qué? ¿Cuál era la intención del hombre que la advirtió de que no se sentara en aquel asiento concreto del autobús? ¿Lo hizo para ayudarla y salvarle la vida o para intimidarla con sus amenazas? ¿Quién era? ¿Por qué subió ella de todos modos al autobús, sabiendo que su vida corría peligro? Y si había decidido viajar a pesar de todo, ¿por qué no se apresuró a subir antes que los demás, para poder escoger otro asiento? Y cuando por fin subió y vio que el único asiento libre era justamente el de la advertencia, ¿por qué no huyó?

Con un profundo suspiro, apoyé el lápiz sobre la mesa y consideré la posibilidad de darme por vencido. La primera pregunta no era una, sino muchas. Poirot se burlaría de mí por mi torpeza para confeccionar listas.

Seguí escribiendo.

2. ¿Hay alguna relación entre el enigma de Joan Blythe y el asesinato de Frank Devonport?

3. ¿Por qué se asustó tanto Joan Blythe cuando mencioné las palabras *reunión a medianoche*, y por qué se le pasó el miedo cuando le expliqué que eran el título del libro que Daisy Devonport estaba leyendo?

4. ¿Por qué le preguntó Poirot a Daisy por el libro? ¿Por qué lo considera importante?

5. ¿Quién mató a Frank Devonport? ¿Daisy Devonport, Helen Acton o una tercera persona?

6. Si ni Helen ni Daisy mataron a Frank, ¿por qué aseguran ambas que lo hicieron?

7. ¿Cómo pudo Helen enamorarse de Richard Devonport en unas pocas horas hasta tal punto que su repentina pasión la impulsó a matar a Frank (si de verdad lo hizo)? ¿Es factible algo así? (Probablemente no. Quizá conocía a Richard desde hacía mucho más tiempo, sin que nadie lo supiera.)

8. ¿Por qué creía Helen que la única forma de librarse de Frank y casarse con Richard era matando al primero? ¿Lo creía sinceramente o deseaba la muerte de Frank por otro motivo (suponiendo que ella lo haya matado)?

9. ¿Por qué cambió Daisy el anillo de esmeralda y brillantes por el de rubí de Helen, y por qué Oliver Prowd no se opuso? (Richard Devonport ha dicho que Oliver suele tolerarle cualquier comportamiento a Daisy.)

10. ¿Cómo es posible que Richard quiera casarse con Helen si ésta es la asesina de su hermano? (Respuesta obvia: porque no cree que sea culpable.)

11. ¿Por qué ha permitido Sidney Devonport que Richard le proponga matrimonio a la mujer que ha matado a su otro hijo? (¿Será que también cree en la inocencia de Helen Acton? ¿O tal vez Richard le es totalmente indiferente, o Frank, o los dos? Tal vez piense que no hace falta oponerse, porque de todos modos Helen morirá en la horca de forma inminente; pero resulta ex-

traña esa actitud en un hombre acostumbrado a ejercer un control férreo sobre su familia en otros aspectos.)

12. ¿Por qué le pidió Sidney Devonport a Richard que distrajera a Lilian antes de hablarle a Verna Laviolette acerca de Winnie? ¿Por qué quedó establecido que Winnie no regresaría nunca más a *La Pequeña Llave*? ¿Cuál era su función en la casa de los Devonport antes de marcharse? ¿Ama de llaves? ¿Cocinera?

13. ¿Por qué nos rogó Godfrey Laviolette que no mencionáramos a los Devonport el cambio de nombre de la casa, de *El Reposo de Kingfisher* a *La Pequeña Llave*?

14. ¿Por qué se disculpó Verna Laviolette con Oliver Prowd y Lilian Devonport por haber utilizado la palabra *cementerio* durante la cena? (Posiblemente porque Lilian se está muriendo y el padre de Oliver murió hace poco.)

15. ¿Por qué se comportan los Devonport como si no pasara nada y siguen desarrollando su vida social habitual, como si su hijo no hubiera sido asesinado recientemente y su antigua prometida no fuera a ser ejecutada por dicho asesinato (o al menos eso parecía, antes de la confesión de Daisy Devonport)?

16. ¿A qué se refería Godfrey Laviolette cuando dijo que el «paraíso» de Kingfisher Hill iba a arruinarse? ¿Por qué decidieron Verna y él vender su casa a los Devonport?

17. ¿Cómo se explica la extraña conducta de Verna Laviolette? ¿De verdad es rara o son manías mías?

No se me ocurrió ninguna pregunta más que añadir a la lista, de modo que doblé el papel y me lo guardé en el bolsillo. Mientras lo hacía oí que llamaban a la puerta, y mi casera, Blanche Unsworth, entró en el cuarto de estar.

—¡Cielo santo, qué frío hace aquí! —exclamó frotándose los brazos.

Estuve a punto de decirle: «No diga tonterías. ¡Hay un fuego estupendo rugiendo en la chimenea!», pero enseguida me di cuenta de que se había apagado. Estaba tan absorto en la confección de mi lista que no lo había notado.

—Siento molestarlo, Edward. Ha llamado por teléfono un caballero de Scotland Yard preguntando por usted. Ha dicho que trabajan juntos. El sargento Giddy, creo que ha dicho.

—¿No será Gidley?

—Sí, eso es. Sargento Gidley.

—Voy ahora mismo —dije incorporándome.

—Oh, no. Ya no está al teléfono. Solamente quería dejarle un mensaje, pero... —Su rostro adquirió una expresión de orgullo herido—. ¿Por qué no me ha contado que le han asignado un caso de asesinato? Ya sabe que me gusta oír sus historias.

—Ninguna historia lo es de verdad si no tiene un final —repliqué—. Y ésta todavía no lo tiene. Me han asignado el caso hace muy poco.

—Bueno, de eso quería hablar el sargento Giddy..., de ese nuevo caso que le han asignado, el caso Devonshire.

—Devonport.

—Sí, eso mismo. Una señora ha preguntado por usted en las oficinas de Scotland Yard, para hablar al respecto. Una tal Winnifred Lord.

¡Ajá! Había aparecido Winnie, la sirvienta que no debía regresar nunca más a la casa de los Devonport.

—Quiere verlo lo antes posible —prosiguió la señora Unsworth—. Sabe quién mató a Frank Devonshire y también por qué, y no es por el motivo que todos ustedes creen. Ha dejado su número y lo he apuntado. Lo encontrará al lado del teléfono.

—Pero... —Mi mente empezaba a funcionar a marchas forzadas—. ¿Por qué no le ha dado esa información al sargento Gidley? ¿Por qué la ha dejado marchar el sargento?

—Por lo visto, la señora Lord quería hablar con usted y con nadie más. No la culpo. Si yo tuviera una información importante sobre un caso de asesinato, tampoco querría hablar con la primera persona que me saliera al paso. —Fijó en mí una mirada intensa—. Yo querría hablar con usted, Edward, y con nadie más.

Tuve un terrible presentimiento en relación con la pobre Winnie. ¿Quién más sabría que estaba al tanto de los hechos en torno al asesinato de Frank Devonport, si era cierto que lo estaba, aparte del sargento Gidley, Blanche Unsworth y yo? ¿Correría peligro? Debía localizarla cuanto antes.

«Sabe quién mató a Frank Devonport y también por qué, y no es por el motivo que todos ustedes creen.»

¿Significaría eso lo que yo estaba pensando?

Fui corriendo al teléfono y marqué el número que la señora Unsworth había apuntado. Respondió una mujer: la madre de Winnifred Lord. La conversación no me convenció de que mis temores fueran infundados, sino todo lo contrario. Supe que Winnie había salido en dirección a Scotland Yard hacía horas y no había regresado, pese a haber prometido que volvería pronto. Su madre no había vuelto a tener noticias suyas.

A la mañana siguiente me aseé rápidamente, me vestí y tomé un desayuno ligero, todo en el espacio de veinte minutos, para gran disgusto de la señora Unsworth. Desde hace tiempo sospecho que se inventa las historias más rocambolescas para retenerme tanto como sea posible en la mesa del desayuno. En esta ocasión fracasó.

Había solicitado que un chófer de la policía viniera a las nueve y media para llevarme a la prisión de Holloway y recoger de camino a Poirot. Después de Holloway, seguiríamos hasta Kingfisher Hill y, más concretamente, hasta *La Pequeña Llave*. Todavía no sabía cómo iba a conseguir que me respetaran como una figura de autoridad, después de nuestro intento fallido de engañarlos a todos. Pensaba que todo resultaría mucho más sencillo si nadie mencionaba el juego de los Vigilantes, pero no creía que fuéramos a tener tanta suerte.

Poirot nos estaba esperando en la acera cuando llegamos, hecho un pincel, como siempre. Al verlo tuve que hacer un esfuerzo para recordar que no íbamos a pasar un día agradable en el elegante hipódromo de Ascot, sino que nos dirigíamos a la cárcel que más detesto. He visitado muchas prisiones a causa de mi trabajo en Scotland Yard y sé que ninguna es agradable, pero Holloway es la peor. Nunca he sido capaz de tolerar con facilidad el sufrimiento de las mujeres, pero dentro de esos muros prácticamente no hay otra cosa. Aborrezco todo lo relacionado con ese lugar, empezando por su aspecto. Desenfocando un poco la vista al contemplarlo, el exterior del edificio puede parecer una masa indiferenciada de personas con las bocas abiertas y los brazos levantados en furiosa protesta.

El interior no es mucho mejor. Lo más extraño al entrar en una cárcel es que uno espera encontrarse cara a cara con el mal, pero en realidad hay muy poca maldad en estado puro, tanto en esa prisión como en cualquier otra. Lo que abunda en todas las cárceles es la desesperanza y el remordimiento, fruto de antiguas traiciones, de fugaces momentos de ira irreprimible o de decisiones nefastas en situaciones imposibles.

Le comenté algo de eso a Poirot, que replicó:

—Hoy todo será diferente, porque le traemos esperanza a Helen Acton. Le daremos la noticia de que su vida está temporalmente a salvo, gracias a Daisy Devonport.

—Ya debe de saberlo.

—Es cierto. —Se le volvió a iluminar el rostro—. ¡Entonces le daremos una noticia aún mejor! Si nos dice la verdad, ya nunca tendrá que pagar con su vida por ese asesinato.

—A menos que realmente sea la asesina de Frank. Además... —Me interrumpí.

—¿Qué iba a decir, Catchpool? Hable, por favor. Me gustaría oír todas y cada una de sus reservas.

Pareció decirlo sinceramente, sin la menor insinuación de ironía.

—Sólo estaba pensando que si Helen Acton confesó haber asesinado a Frank Devonport, quizá desee pagarlo con su vida, independientemente de que lo haya matado o no.

—¿Suicidio por condena a muerte? Sí, es posible. A su debido tiempo lo averiguaremos. —Lo dijo con el tono rápido y enérgico que suele utilizar cuando está ansioso por pasar a otro tema—. Y ahora veamos, *mon ami*... Esas palabras de Winnifred Lord que le refirió Blanche Unsworth, tras oírselas al sargento Gidley: «Sé quién se deshizo de Frank Devonport y también por qué, y no es por el motivo que todos ustedes piensan»...

—¿«Se deshizo»? —repetí.

—Así es. Ésas fueron las palabras exactas de Winnifred Lord. He hablado con el sargento Gidley en persona esta mañana. ¿No se ha preguntado por qué lo estaba esperando en la acera? Había salido muy temprano, no sólo para visitar al sargento Gidley, sino también para hablar con la madre de Winnifred Lord, en Kennington.

—¿Todo eso antes de las diez de la mañana? —pregunté arqueando una ceja.

—Detesto madrugar en exceso, Catchpool, pero a veces es necesario, *oui*. Winnie Lord no ha regresado aún. Su madre está muy preocupada. No ha vuelto a saber de ella desde que salió ayer de su casa para ir a Scotland Yard. He intentado calmarla, sin éxito. Al final, lo más que he podido hacer ha sido prometerle que pondría en conocimiento de la policía la desaparición de su hija. Y así lo he hecho en mi conversación con el sargento Gidley, que me ha repetido con exactitud las palabras de Winnifred Lord. No le reveló nada más porque ella lo buscaba a usted para contarle toda la historia. Pero al sargento Gidley le dijo exactamente: «Sé quién se deshizo de Frank Devonport y también por qué, y no es por el motivo que todos ustedes piensan». Ahora bien, cuando usted y yo hablamos por teléfono anoche, tuve la sensación de que atribuía a esas últimas palabras («no es por el motivo que todos ustedes piensan») una particular importancia; ¿es así?

—Bueno, sí. Hasta donde yo sé, nadie tiene ni la más remota idea del motivo que pudo haber detrás del asesinato de Frank Devonport. La única razón que se ha puesto sobre la mesa es la mencionada por Helen Acton, que supuestamente quería eliminar a

Frank para poder casarse con Richard. Por lo tanto, «el motivo que todos ustedes piensan» debe de ser ése, lo que significa, a menos que me esté confundiendo, que Winnie Lord cree en la culpabilidad de Helen Acton pero piensa que miente en lo referente al móvil del crimen.

—¡Lo sabía! —exclamó Poirot triunfalmente—. *Mon ami*, se equivoca usted. ¡Lo conozco tan bien que percibo sus conclusiones incorrectas antes de que las formule en voz alta! Piense un segundo, se lo ruego. «Sé quién se deshizo de Frank Devonport y también por qué, y no es por el motivo que todos ustedes piensan.» Ésas fueron las palabras de Winnie Lord, ¿verdad? Ahora imagine, solamente a efectos de nuestro pequeño experimento, que el asesino fue Alfred Bixby, el empresario de los carricoches. No es fácil, ya lo sé, pero hágalo por mí. Monsieur Bixby entró en secreto en la casa, se escondió en algún lugar del entresuelo y empujó a Frank Devonport, causándole la muerte. Imagine que Winnie Lord lo sabe y que conoce además el motivo: la venganza. Suponga, por ejemplo, que Frank Devonport insultó en algún momento a la Compañía de Autobuses Kingfisher.

—De acuerdo —dije, ansioso por ver adónde quería llegar.

—Ahora piense en las palabras de Winnie Lord: «Sé quién se deshizo de Frank Devonport» significa que sabe que fue Alfred Bixby. «Y también por qué»: porque calumnió a la Compañía de Autobuses. «Y no es por el motivo que todos ustedes piensan» podría fácilmente querer decir que «todos ustedes» o, mejor dicho, «todos nosotros» cometemos un error cuando pensamos que el motivo del asesinato fue el deseo de casarse con Richard Devonport, porque nos equivocamos de culpable. ¡De hecho, el motivo de Alfred Bixby fue del todo diferente! ¿Lo ve, Catchpool?

—Sí, pero no me convence. Filosóficamente, su explicación funciona, pero si la asesina de Frank no fuera Helen Acton, sino cualquier otra persona, no creo que Winnie hubiera dicho «No es por el motivo que todos ustedes piensan». Tan sólo habría dicho: «Sé quién mató a Frank y no es quien todos ustedes piensan» o «Sé quién mató a Frank y también por qué».

—*Non, non* —insistió Poirot con gentileza—. No podemos saberlo, amigo mío. Considere, por favor, lo siguiente: si Helen Acton es en efecto la culpable y Winnie Lord lo sabe, ¿por qué iba a decirle al sargento Gidley «Sé quién lo hizo»? ¿No sería más probable que dijera: «Tienen ustedes a la culpable, pero está mintiendo sobre el motivo»? Reconozco que «Sé quién lo hizo» hace pensar en la inocencia de Helen Acton (o al menos en el convencimiento que pueda tener Winnie Lord de que es inocente) tanto como la otra frase («No es por el motivo que ustedes creen») hace pensar en su culpabilidad.

Me resultaba cada vez más difícil, cuanto más pensaba al respecto, extraer algún significado de aquellas palabras. Llevaba tanto tiempo dándoles vueltas en la cabeza que estaban perdiendo toda la resonancia y la utilidad que hubieran podido tener en un principio.

—Dígame, ¿ha confeccionado la lista que le pedí? —preguntó Poirot.

Sin una palabra, la saqué del bolsillo y se la entregué.

Seguimos circulando en silencio mientras él la leía. Yo estaba preparado para sus críticas, de modo que me sorprendió gratamente cuando empezó:

—No está mal, Catchpool, nada mal. Ha escrito muchas preguntas interesantes y tan sólo ha omitido mencionar tres o cuatro de las más importantes. Lo ha hecho mucho mejor de lo que esperaba. Una persona más ordenada le habría asignado a cada pregunta un número propio, desde luego, y aquí ha puesto al principio de la lista muchas preguntas diferentes sobre Joan Blythe agrupadas en un mismo apartado...

La satisfacción que había sentido un momento antes se había esfumado.

—¿Qué preguntas importantes he omitido?

—Bueno, para empezar, hay una pregunta esencial acerca de Winnie Lord y lo que le dijo al sargento Gidley. Aunque ¿quizá confeccionó usted la lista antes de recibir el mensaje del sargento, ayer por la noche?

—Así es. La lista necesita un añadido: «¿Qué sabe Winnie Lord? ¿A quién considera culpable del asesinato y por qué razón cree que se cometió el crimen?».

—*Non, mon ami.* Tiene razón, es preciso añadir esos interrogantes, pero no es lo que yo tenía en mente. ¡Ah, si pudiera reconocer cuál es la pregunta más importante...! —exclamó tristemente.

—¡Sí, imagine que fuera capaz! —Fingí un suspiro melancólico—. ¡Ojalá se me abrieran los ojos y pudiera reconocer esa pregunta tan esquiva, para analizarla ahora mismo!

—¡Oh, se burla de mí! —replicó Poirot con una risita—. También veo que ha omitido preguntas importantes sobre *El Mirador de Kingfisher* y sobre el libro *Reunión a medianoche.*

—El libro ocupa un lugar destacado en la lista —objeté.

—Pero faltan las dos preguntas más importantes al respecto, así como sus obvias y fascinantes respuestas —dijo Poirot—. También falta un elemento que estaba seguro de que usted no pasaría por alto: la actitud y el temperamento de Daisy Devonport.

—¿A qué actitud se refiere? ¿La del autobús o la que tenía cuando nos la encontramos en Kingfisher Hill?

—La suya de siempre —respondió Poirot—. La personalidad y la psicología de Daisy Devonport. Para mí, es lo más profundamente interesante de todo este caso.

—Yo la encuentro sosa y repelente —repliqué—. Creo que es una niña malcriada, una persona manipuladora y desagradable en todos los sentidos, y me sentiría muy feliz si no tuviera que verla nunca más. En cuanto a la pregunta esencial sobre *El Mirador de Kingfisher* que he omitido..., ¿se refiere a *El Reposo de Kingfisher*, el nombre original de *La Pequeña Llave*? Si es así, ya figura en la lista. En el número trece, creo.

—Sé muy bien lo que figura en su lista. Tengo el papel delante de mí y lo estoy viendo en este instante. ¿Por qué presupone que mis palabras no reflejan con exactitud lo que pretendo expresar? He dicho «*El Mirador de Kingfisher*» porque es lo que quiero decir. *El Mirador de Kingfisher*: la casa adonde fueron enviados los Laviolette con Richard y Daisy Devonport el día de la muerte de Frank, para que Sidney y Lilian pudieran pasar un rato a solas con su hijo. El inspector Capeling nos dijo que estaba lejos de *La Pequeña Llave*, ¿recuerda? «A casa de un vecino, pero no del vecino más próximo.» ¿Y no mencionó también que Daisy se había quejado de la distancia entre las dos casas? Por lo tanto...

Poirot me hizo un gesto con la mano, como si esperara de mí la respuesta correcta.

Por una vez, creí tenerla.

—Por lo tanto, la pregunta ha de ser: ¿quién eligió esa casa en particular y por qué? ¿Quién decidió enviar a Richard, Daisy y los Laviolette a *El Mirador de Kingfisher* y por qué razón? ¿Tal vez los dueños de la casa son amigos de Sidney Devonport?

Poirot aplaudió complacido.

—¡Justamente, Catchpool! ¡Ha dado en el clavo!

Experimenté un breve instante de júbilo, hasta que mi amigo añadió:

—El entrenamiento de su cerebro avanza de manera muy satisfactoria.

Capítulo 10

Helen Acton

Encontré Holloway tan deprimente como siempre. La ventaja de visitar la prisión con Poirot fue que nos trataron como si fuéramos de la realeza y nos hicieron pasar de inmediato a una sala confortable y bien acondicionada, en la que nos sirvieron un café asombrosamente bueno, junto con una bandeja de galletas de calidad desigual. Algunas eran simétricas y de un color normal, mientras que otras eran deformes y de tono grisáceo. Poirot y yo evitamos servirnos una que presentaba en un borde la huella de un voluminoso dedo pulgar. Pensé con nostalgia en los pastelitos de la esposa de Marcus Capeling y en lo tonto que había sido el día anterior, cuando pensé que ya había comido suficientes y no me serví más.

Dos guardias de la prisión nos trajeron a Helen Acton. Observé enseguida que no estaba esposada ni tenía restringidos de ninguna manera los movimientos. Al entrar en la sala nos sonrió con recatada moderación, en señal de prudente bienvenida, y se sentó en la silla que le habíamos preparado. Antes de dejarnos solos con ella uno de los guardias dijo:

—Abran la puerta cuando hayan terminado. Yo estaré esperando fuera. No se preocupen. La señorita Acton no les dará ningún problema.

Cuando lo dijo, le sonrió a la joven de una manera que me pareció llena de respeto. Ella le devolvió la sonrisa.

Me sorprendió su actitud. En general, los guardias de las prisiones suelen tratar de mala manera y a menudo con brutalidad a las reclusas. Es una de las muchas cosas que detesto de ese tipo de instituciones. En este caso la actitud del guardia me proporcionó una manera cómoda de iniciar la conversación con Helen Acton.

—Parece llevarse bien con los guardias —dije.

—Sí, me tratan bien —replicó.

Tenía el pelo corto, de color castaño oscuro, cortado en un estilo rectilíneo. En su expresión amable e inteligente destacaban los grandes ojos pardos, de mirada alerta y vigilante. Su ropa era sencilla, como la de todas las presas en Inglaterra.

—Ha tenido suerte, mademoiselle —comentó Poirot—. ¿La han dado la noticia del aplazamiento de su ejecución?

—Así es —contestó ella.

—¿Conoce la razón?

—Sí. Daisy ha confesado ser la asesina de Frank. —Se inclinó hacia delante—. Monsieur Poirot, ella no lo mató. Fui yo. Tiene que hacer todo cuanto esté a su alcance para proteger a Daisy.

—Si es inocente, ¿por qué ha confesado? —pregunté.

—No lo sé. ¿Por qué lo habrá hecho? No se me ocurre ninguna razón. —Hablaba como si los tres tuviéramos el cometido conjunto de resolver el enigma—. No pudo haberlo hecho para salvarme la vida. Daisy y yo somos..., bueno, somos dos extrañas. Tal vez fuera la hermana de Frank, pero no nos conocíamos. No tiene sentido que quiera salvarle la vida a la mujer que ha matado al hermano que adoraba. ¿Por qué insiste entonces en esa mentira? —Dejó de mirarme a mí y desvió la vista hacia mi amigo—. Para mí es muy importante saberlo. ¿Lo averiguará y me lo dirá, monsieur Poirot?

—Me propongo descubrir la verdad, mademoiselle, se lo aseguro.

Helen Acton no pareció totalmente satisfecha con la respuesta.

—¿Quiere que le sea sincera?

—Se lo ruego.

—Hay muy pocas cosas en este mundo que todavía me importen. Casi ninguna, a decir verdad. Me ejecutarán, no cuando yo lo esperaba, pero más adelante. Así ha de ser. Maté a Frank y debo pagar por lo que hice. Pero..., tras todo este tiempo resignada con mi muerte e incluso feliz de saberla inminente, ahora me preocupa esta noticia de Daisy. No soporto la idea de morir sin saber por qué ha confesado. Quizá no tiene ningún sentido para ustedes lo que les estoy diciendo, pero es lo que siento. Frank quería a Daisy más que a cualquier otro miembro de su familia. Todo lo suyo le interesaba. Por la memoria de Frank, necesito saber por qué afirma ahora que lo asesinó.

—Entiendo —dijo Poirot—. Como le he dicho, encontraré las respuestas a sus preguntas sobre mademoiselle Daisy y, cuando las tenga, se las expondré con todo detalle.

—Gracias.

—A cambio, espero que nos diga a mí y al inspector Catchpool, mi amigo aquí presente, toda la verdad sobre la muerte de Frank Devonport.

La expresión de Helen Acton pasó de la gratitud a la alarma.

—¿De verdad le parece tan terrible contarnos la verdad? —le pregunté—. Acaba de contarnos que Frank sentía predilección por Daisy y que, en su nombre, necesita conocer sus razones. Cuando lo ha dicho, me ha parecido que sentía usted especial afecto por Frank Devonport. También apunta en esa dirección el hecho de que fuera su prometida en el momento de su muerte. ¿Quiere saber lo que creo? Estoy convencido de que usted amaba a Frank y de que lo sigue amando.

Daisy fijó en mí una mirada intensa. Al cabo de un minuto de silencio dijo con la voz ronca de emoción:

—Es cierto. Siempre querré a Frank. Gracias... Nadie me lo había preguntado hasta ahora. Todos me han interrogado interminablemente sobre si es verdad que lo maté y por qué lo hice, pero nadie ha querido saber si lo amaba.

—Sin embargo, a pesar de ese amor, afirma haberlo matado —proseguí.

—Sí.

—¿Se arrepiente? Si pudiera retroceder en el tiempo y volver al seis de diciembre del año pasado, ¿actuaría de otra manera?

—También es el primero que me hace esa pregunta —replicó ella—. Sí, estoy profundamente arrepentida. No debí hacerlo. Ojalá no lo hubiera hecho. Yo...

—¿Qué? —la animé a seguir hablando.

Comenzaron a correrle lágrimas por las mejillas. Sacudió con violencia la cabeza.

—Lo único que puedo decir es que me propuse matar a Frank y lo hice.

—¿Por qué? —intervino Poirot—. Explíquenos por qué mató al hombre que amaba.

No respondió. Ninguno de los dos intentamos persuadirla para que lo hiciera. Había en ella una resolución inamovible y absoluta.

—Entonces ¿le parece bien morir en la horca? —pregunté, volviendo al tema que ella estaba dispuesta a tratar.

—Sí.

—¿Se arrepiente del crimen cometido y quiere pagarlo con su vida?

Asintió.

—Espero reunirme con Frank y rezo para que así sea. Sé que no pasará. Él está en el cielo y sé que a mí me estará vetada la entrada. Pero también sé, o al menos es lo que me han dicho, que el Señor es misericordioso. Por eso paso las horas implorando su perdón. No hago más que rezar desde que estoy aquí. Y a veces me permito creer que mis plegarias serán oídas.

—Mademoiselle —dijo Poirot mientras se levantaba y rodeaba lentamente la mesa que nos separaba de ella—, sus palabras parecen sinceras, pero no tienen ningún sentido. ¿Puedo preguntarle cuáles son sus sentimientos hacia Richard Devonport? ¿No está prometida con él para casarse?

—Ah, Richard... —Sonrió levemente—. Me preguntaba cuánto tardarían en hablarme de él. Sí, he prometido que me casaré con Richard, pero es una promesa vacía, teniendo en cuenta dónde estoy y lo que está a punto de ocurrirme.

—¿Ama a monsieur Richard? —le preguntó Poirot.

—No. —Su negativa sin paliativos quedó flotando en el aire. Esperamos a que continuara—. Me han pedido que diga la verdad, ¿no? La verdad es que no amo ni he amado nunca a Richard. Quería confesar que había asesinado a Frank y necesitaba aducir una razón... La policía me creyó. ¡La gente es tan estúpida! No conocía a Richard. Lo conocí ese mismo día, el día que Frank murió. Esa tarde pasé con él una hora y media, o quizá dos horas, y la mayor parte del tiempo estuvieron presentes Frank y otras personas. ¿Cómo han podido creer que ese momento fugaz fue suficiente para enamorarme locamente de Richard? ¿Cómo pueden pensar algo así? Frank era alto, apuesto, encantador, valiente... No había ningún parecido físico entre Frank y Richard, ninguno en absoluto. Tampoco se parecían en el carácter. Richard es tímido, apocado y parece un flan. —Cerró los ojos—. Lo siento, no he debido hablar así. No he querido ser desagradable. Sólo pretendo decir que nadie se fijaría en Richard, ni mucho menos se enamoraría de él. Es absurdo pensar que una mujer que ha conocido y amado a Frank pueda enamorarse de Richard.

—Sin embargo, es su prometido —dije.

—Me propuso matrimonio. No sé en qué estaría pensando cuando lo hizo, pero..., bueno, era práctico. Acepté, sabiendo lo que me esperaba y convencida de no tener que cumplir mi promesa. ¿Qué mal podía hacer? Le daba más veracidad a mi historia.

—Si no ama ni amaba a Richard Devonport, entonces debió de matar a Frank por otra razón —señaló Poirot.

—Sí, pero me temo que no puedo revelársela.

—¿Por qué no?

—Tampoco puedo decírselo.

—¿No puede o no quiere?

Dudó un momento y al final dijo:

—No sería correcto.

—Quizá no fue usted quien mató a Frank, sino otra persona —sugerí—. Puede que haya sido Daisy y que usted la haya estado protegiendo todo este tiempo. Ha dicho que Frank la quería más que a nadie de su familia. Tal vez piense usted que él habría querido salvarle la vida, sin importarle lo que hubiera podido hacerle. Y a lo mejor siente que la vida sin él no merece la pena. No me extraña que ahora esté desconcertada por la repentina confesión de Daisy, que ha echado por tierra todos sus esfuerzos.

—Por favor, cuéntenos todo lo que sucedió el día de la muerte de Frank Devonport —intervino Poirot—. ¿Qué pasó exactamente?

—Fue horrible —respondió Helen enseguida—. Insoportable de principio a fin. Sabía que iba a ser difícil, dadas las circunstancias, pero nada podría haberme preparado para lo espantoso que fue todo desde que llegamos a *La Pequeña Llave*.

—¿Por qué esperaba que fuera difícil? —pregunté.

—Frank y sus padres llevaban un tiempo sin hablarse. Supongo que ya habrán oído la historia de cuando les robó para ayudar a Oliver Prowd y su padre inválido...

—Me gustaría mucho oír su versión —le dije.

—Mi versión, como usted la llama, es que yo jamás accedería a ser recibida por una familia que me ha rechazado y expulsado a causa de una acción completamente justificada y por la que me he disculpado infinidad de veces. Frank devolvió hasta el último penique del dinero sustraído a su padre. Reconoció haberlo robado, aunque no era necesario que reconociera nada. Sidney y Lilian ni siquiera habrían notado que les faltaba dinero. Pero Frank era un hombre honorable. Valoraba la honestidad y la integridad por encima de todo. Para él era muy importante decir siempre la verdad y por eso lo expulsaron de la casa familiar y lo condenaron a un ostracismo que no sólo aceptó, sino que además perdonó. Frank... —El dolor le desfiguró el rostro—. Frank perdonaba a la gente. Siempre. Era...

Empezó a sollozar y se tapó la cara con las dos manos.

No pareció que pudiéramos hacer nada, aparte de esperar.

Cuando Helen por fin se rehízo, dijo:

—Frank seguramente diría lo contrario, pero yo creo que Sidney y Lilian Devonport son personas malvadas, monsieur Poirot. Daisy y Richard se someten a su voluntad porque los temen. Ninguno de los dos quería cortar sus relaciones con Frank, pero obedecieron a sus padres sin rechistar. Nadie quiere enemistarse con dos monstruos que jamás se detienen ante nada. Porque eso son Sidney y Lilian Devonport: dos monstruos.

—¿Por eso esperaba que fuera difícil su visita a Kingfisher Hill? —preguntó Poirot—. Frank quería reconciliarse con esos monstruos, pero usted deseaba que fuera posible evitar ese *rapprochement*.

—Así es. Pensará que soy fría por desear que Frank se mantuviera apartado de la familia que tanto quería. Pero me costaba entender que pudiera olvidar el mal trato recibido. En mi opinión, esas cosas nunca deberían pasarse por alto. Incluso la conducta de Richard y Daisy... En aquel momento (y no ha transcurrido tanto tiempo), yo consideraba imperdonable esa clase de cobardía, que para mí es obediencia ciega a la tiranía. —Por un instante pareció ausente y lejana—. Es curioso, pero una persona puede ser terriblemente valiente para algunas cosas y en extremo cobarde para otras, ¿verdad? En cualquier caso, se trataba de la familia de Frank, así que me plegué a sus deseos tanto como pude, aunque a mi juicio habríamos estado mucho mejor sin ir a ver a nadie. —Suspiró—. Si no hubiéramos visitado Kingfisher Hill aquel día, Frank todavía estaría vivo. ¡Ojalá hubiera roto en mil pedazos aquella maldita carta!

—¿Carta? —pregunté.

—Sí, la que le enviaron para pedirle que regresara. Todo en ella era repugnante. Sidney y Lilian no pedían disculpas, ni asumían su parte de responsabilidad en el cruel tratamiento infligido a Frank. No le decían que lo querían, ni que lo echaban de menos, sino tan sólo que había traicionado de forma imperdonable a la familia y que tenía suerte de que le concedieran una segunda oportunidad. La carta también dejaba meridianamente claro que nadie debía mencionar lo sucedido. La condición para readmitir a Frank en el seno de la familia era que éste se comprometiera a no hablar nunca más de los problemas del pasado, porque la situación ya era lo bastante dolorosa tal como estaba. La palabra *perdón* no aparecía por ningún sitio. Al contrario, Sidney y Lilian afirmaban que Frank debía considerarse afortunado porque la enfermedad había debilitado los criterios morales de la familia y había hecho posible que toleraran lo imperdonable. Yo le dije: «¿Cómo se atreven a escribirte en estos términos? ¿Esperan que vuelvas corriendo después de leer esta carta?».

—¿Qué le contestó él? —preguntó Poirot.

—Que yo no lo entendía. Me aseguró que lo querían y lo habían perdonado, pero que eran demasiado orgullosos para reconocer un error que ahora lamentaban. Frank siempre veía lo mejor en los demás, pero me temo que yo no poseo ese talento. Le dije que fuera él solo a Kingfisher Hill, pero insistió en presentarme a su familia. «Quiero ver juntas a todas las personas que quiero», me dijo. Sobre todo, quería que conociera a Daisy. No pude negarme. Esperaba encontrar algo de calidez y bondad en sus padres cuando estuviera cara a cara con ellos. Al mismo tiempo, temía ablandarme. No deseaba ni por asomo cambiar de opinión, después de lo mal que habían tratado a Frank. Por eso tenía tan pocas ganas de visitar *La Pequeña Llave*.

Alguien golpeó con fuerza la puerta y los tres nos sobresaltamos. Un guardia que no habíamos visto antes entró en la sala y dijo:

—¿Monsieur Hércules Poirot?

—*Oui*, soy yo —respondió mi amigo.

—¿Tendría la bondad de seguirme, por favor? Hemos recibido un mensaje urgente para usted. —Bajó la voz—. Es del Ministerio del Interior.

—¿Del ministerio? —Poirot se puso de pie—. Por favor, Catchpool, continúe interrogando a la señorita Acton sobre el orden exacto de los sucesos el día de la muerte de Frank Devonport —me dijo, mientras seguía al guardia hacia la puerta—. ¿Quién estaba dónde, en qué momento y durante cuánto tiempo? Volveré.

211

No quería parecer una persona que obedecía ciega-
mente las órdenes, justo después de que Helen Acton
criticara con dureza esa forma de actuar. Por eso,
cuando nos quedamos a solas, empecé por un tema
diferente:

—¿De quién fue la idea de su compromiso con Richard Devonport?

Tuvo la elegancia de parecer abochornada.

—Suya. Ya se lo he dicho. Me propuso matrimonio.

—¿Cuándo?

—Cuando supo que yo había mencionado mi
amor por él como el motivo para matar a Frank. Evidentemente, le llegó de algún modo la noticia. Y vino
a verme.

—¿Aquí?

Asintió.

—Tuvimos una conversación de lo más peculiar.
Esperaba que me preguntara si era cierto que lo quería, pero no lo hizo. Sólo me preguntó si era verdad
que se lo había dicho a la policía y yo se lo confirmé.
Después me propuso matrimonio y yo acepté. ¿Quiere saber lo que pienso?

Asentí con la cabeza.

—Richard era perfectamente consciente de que mi
repentino amor por él era imposible, pero no le impor-
tó. Se abalanzó sobre la oportunidad de hacerse con
algo que le había pertenecido a Frank. Creo que pensaba que, si me tenía a mí, entonces no habría perdido
del todo a su adorado hermano. Richard idolatraba a
Frank y lo consideraba la persona elegida que atraía

todas las cosas buenas. Sé que no soy una gran belleza, inspector, si es lo que está pensando...

—No, nada de eso.

—... pero el hecho de haber sido la prometida de Frank me confiere un valor a los ojos de Richard que no guarda ninguna relación con mis virtudes objetivas. Cuando acepté su proposición de matrimonio, anunció su determinación de demostrar mi inocencia, que era lo último que yo deseaba que hiciera.

—¿Le dio Richard un anillo cuando se prometieron? —le pregunté.

—No.

—Pero ¿usted tenía un anillo de Frank?

—Sí. Con un rubí. Pedí que se lo dieran a Richard para que lo guardara. Obviamente, aquí no puedo usarlo.

—¿Sabe que ahora lo lleva Daisy Devonport, en lugar del anillo de compromiso que le compró Oliver Prowd?

Helen asintió.

—Supongo que le parecerá extraño. Daisy también adoraba a Frank y sin duda necesita sentirlo cerca, ahora que ya no está. Si por alguna casualidad saliera de aquí con vida... —Se interrumpió y pareció reflexionar. Finalmente, añadió—: No, no soportaría vivir sin Frank, sabiendo lo que le he hecho. Aunque pudiera recuperar el anillo, dejaría que Daisy lo conservara. No merezco tenerlo.

—Oliver Prowd no debe de alegrarse mucho de

que Daisy haya sustituido el anillo que él le regaló —dije.

Helen dejó escapar una risita.

—Oh, Daisy le habrá dejado claro a Oliver que no tenía capacidad de decisión en el asunto, ni derecho a protestar. Frank solía decir que Daisy a veces es un poco déspota. Lo decía con cariño, pero después de conocerla, aunque haya sido brevemente, he comprobado que tenía razón. Daisy le tiene terror a su padre, pero ha aprendido de él a someter a los demás a través del miedo. Frank me contó algunas historias que... —Helen se estremeció—. Y por lo que me dijo Daisy acerca de Oliver el día de la muerte de Frank, estoy convencida de que él la complace siempre, porque sabe lo que le conviene. Aquella tarde lo vi claramente. Daisy se había enfadado con él. Oliver no estaba en la casa, al menos en ese momento, y Daisy me explicó que le había prohibido la entrada como castigo por haberla contrariado.

—¿Fue ésa una de las razones de que su estancia en *La Pequeña Llave* fuera tan desagradable? —Enseguida me di cuenta de lo desafortunado de la pregunta y me apresuré a añadir—: Antes de la muerte de Frank, quiero decir. Obviamente, ésa tuvo que ser la peor parte de la jornada.

Helen Acton sonrió.

—Inspector, lo dice como si la muerte de Frank fuera algo trágico que me ocurrió y no un crimen del que soy culpable.

—Hábleme de aquel día, desde el principio —le pedí.

—Todo fue horroroso desde el instante en que Frank y yo llegamos a Kingfisher Hill, mucho peor de lo que me esperaba. Lilian Devonport no me dirigió la mirada ni una sola vez. Miraba a mi alrededor, pero nunca a mí directamente. Nadie debió de haberlo notado, pero se aseguró de que nuestros ojos no se encontraran nunca desde el instante en que entramos hasta... —No fue capaz de articular las palabras—. Cuando ya había ocurrido, sí me miró. Me gritó que yo era una asesina, que me ahorcarían y que ella bailaría sobre mi tumba. Fueron las primeras palabras que me dirigía en todo el día.

—¿Y Sidney Devonport?

—Me estuvo observando todo el día con evidente desdén, como si pretendiera expulsarme de su casa con la mera fuerza de su voluntad. Probablemente no supe disimular mi desprecio hacia los padres de Frank con tanta habilidad como esperaba. Ocultar mis sentimientos es algo que no se me da muy bien.

—¿Qué me dice de los demás? —le pregunté—. ¿La miraron? ¿Le hablaron?

—La persona más amable conmigo fue Verna Laviolette. Hizo auténticos esfuerzos para incluirme en el grupo. Y sí, Richard y Daisy me hablaron. Pero también fue horrible. Daisy me soltó un discurso, más que hablar conmigo. Se sentó a mi lado y durante unos treinta minutos me disparó palabras a la cara como si fueran balas, despotricando contra Oliver y todos los errores que había cometido. Me hizo sentir como una especie de objeto inanimado, cuya única función fuera ser acribillado con la lista pormenorizada de sus rencores. Richard parecía desgarrado entre el deseo de agradar a su madre ignorándome y la voluntad de ser cordial y complacer también a Frank siendo amable conmigo. Cada vez que reunía valor para decirme alguna frase educada, miraba después a Sidney o a Lilian para ver si se lo recriminarían. Y ni siquiera se atrevió a hablarme demasiado a menudo.

—¿Verna Laviolette fue particularmente agradable con usted?

La impresión que me había llevado de ella no era que se diga la de una persona amable.

—Sí. Verna estaba de mi parte. Se ocupó de dejarlo claro. Sidney y Lilian debían de estar furiosos por el comportamiento de su amiga, dado que ellos se esforzaban por parecer hostiles y altivos. Oh, Verna no dijo nada explícitamente, pero su modo de actuar era inconfundible y yo se lo agradecí muchísimo. ¿Por qué decidió ser mi aliada? No tengo la menor idea. Quizá la descortesía de Sidney y Lilian era tan evidente y sangrante que Verna sintió pena por mí.

—¿Cuánto tiempo hacía que Daisy y Oliver se habían prometido? —pregunté, ya que me parecía extraño que Sidney Devonport hubiera permitido que su hija accediera a casarse con el beneficiario del robo de Frank.

—No mucho —respondió Helen—. Siete semanas, si necesita saberlo con exactitud. Frank me había hablado de la pasión de Oliver por Daisy. Ya le había propuesto matrimonio dos veces y ella lo había rechazado, mucho antes del robo. Después, el día de la muerte de Frank y cuando hacía muy poco que nos habían presentado, Daisy me contó la misma historia con gran deleite. Oliver llevaba toda la vida enamorado, pero ella siempre lo había rechazado, hasta que de pronto, el mismo día que Sidney y Lilian le escribieron a Frank para proponerle la reconciliación, ella le envió un telegrama para proponerle matrimonio. Él aceptó de inmediato, por supuesto.

—¿Qué hizo cambiar de idea a Daisy?

—No sabría decírselo. Me la presentaron ese mismo día y yo tan sólo la conocía por las historias que me había contado Frank. No creo que hicieran buena pareja. Todo lo contrario. —Sonrió vagamente—. Pero a nadie le importa lo que piense una asesina.

—A mí me gustaría oír su opinión —le dije.

—Daisy tiene una personalidad demasiado fuerte, mientras que la de Oliver es muy débil. Es una combinación peligrosa. —La expresión de Helen se endureció—. ¿Sabía usted que Oliver cortó las relaciones con Frank después de planear juntos la sustracción del dinero? No le dijo claramente que lo dejaba fuera de su vida, pero en definitiva fue lo que hizo. Los dos hombres no volvieron a verse hasta el día de la muerte de Frank.

—Pero tenía entendido que Oliver y Frank habían hecho inversiones y habían fundado escuelas juntos, después de robarle el dinero a Sidney Devonport —apunté.

—Sí, participaron juntos en esos negocios, pero dejaron de ser amigos —replicó Helen—. Todo lo hacían a través de intermediarios. Oliver insistió para que así fuera. La idea fue suya. Justo cuando Frank necesitaba más que nunca un amigo fiel. —Cuando parpadeó, se le derramaron dos lágrimas—. Oliver no quiso volver a encontrarse en persona con Frank e incluso se negó a hablarle. Pasaron de ser amigos íntimos a meros socios comerciales en la distancia. Para Frank fue muy doloroso, pero nunca condenó la cobardía de Oliver. «No todos tienen el coraje de mirar cara a cara sus peores acciones, Helen», me decía. «Si Oliver necesita culparme y alejarme de su vida para estar en paz consigo mismo, entonces es lo que tiene que hacer. Le deseo todo lo mejor.» Frank siempre encontraba la manera de cargar con toda la culpa y absolver a los demás, y Oliver es el tipo opuesto de persona. ¡Totalmente opuesto!

Yo estaba ansioso por transmitirle a Poirot esa nueva información. Me preguntaba por qué habría sentido Daisy ese repentino deseo de casarse con Oliver Prowd después de haberlo rechazado dos veces, el mismo día en que sus padres le habían escrito a Frank la carta de la reconciliación.

—¿En qué está pensando? —me preguntó Helen.

No vi razón para ocultárselo. Me escuchó sin hacer ningún comentario y finalmente sonrió.

—El nombre *La Pequeña Llave* fue idea de Frank —dijo—. Es una cita de Charles Dickens: «Una llave muy pequeña puede abrir puertas muy pesadas».

—Tengo entendido que antes la casa se llamaba *El Reposo de Kingfisher*.

—Sí. A Frank le parecía un nombre horriblemente aburrido. Convenció a Sidney para que lo cambiara cuando les compraron la casa a los Laviolette.

—¿Eso cuándo ocurrió? —preguntó—. ¿Cuánto tiempo antes de la muerte de Frank?

—Bastante. Dos años, por lo menos.

Me aclaré la garganta y continué:

—Volviendo al seis de diciembre, el día que usted mató a Frank... ¿Le reveló Daisy por qué estaba enfadada con Oliver Prowd?

—Oh, sí. Me lo contó infinidad de veces, de diferentes maneras y con tanto detalle como pueda imaginar. Richard, los Laviolette y ella habían pasado toda la mañana en otra casa de Kingfisher Hill, mientras Oliver atendía algún asunto en Londres. Daisy le había indicado que a su regreso a Kingfisher Hill se dirigiera a esa otra casa y no a *La Pequeña Llave*, como habría hecho normalmente. Pero Oliver se molestó por tener que esperar en casa de un desconocido sin razón aparente, y a Daisy le pareció mal que se molestara, sobre todo porque solía ser «dócil y obediente como un corderito», por citar sus palabras exactas. Sin embargo, Oliver no podía entender que a causa del regreso de Frank todos los demás tuvieran que ser expulsados de la casa hasta nuevo aviso, y Daisy no era capaz de comprender que alguien tan sumiso como su prometido hubiera elegido justo ese día, entre todos los posibles, para ponerse díscolo. La rebeldía era lo que más la irritaba, por eso obligó a Oliver a quedarse mucho más tiempo que los demás en la otra casa. Le prohibió que regresara a *La Pequeña Llave* con ella.

—Pero Oliver estaba en la casa cuando usted empujó a Frank desde la balconada —intervine, recordando la descripción de los trágicos sucesos que nos había hecho Marcus Capeling.

Según el inspector, Oliver Prowd había sido el primero en recibir la confesión de Helen, el primero ante el cual la mujer había reconocido su culpa.

—Sí, estaba en la casa. Fue amable conmigo cuando le anuncié que había matado a Frank. Se lo dije a él, ¿sabe? Recuerdo que me acompañó hasta la llegada de la policía. —Una lágrima le brotó del ojo izquierdo y le rodó por la mejilla. Se la enjugó enseguida—. Todos los demás estaban con Frank, pero Oliver se quedó conmigo. Me apartó de los demás, se sentó a mi lado y trató de tranquilizarme. Fue muy amable. —Asintió, aparentemente reconfortada por el recuerdo.

—Pero hace un momento ha dicho que Daisy le había prohibido que volviera a *La Pequeña Llave*. ¿Cambió de idea después de decírselo y le permitió regresar?

—Sí. Eso fue lo que pasó. Daisy es impredecible —afirmó Helen—. Frank me decía que siempre había tenido esa clase de temperamento. En un momento dado de la tarde decidió que volvía a gustarle Oliver y dio su permiso para que regresara. Después se enfadó otra vez con él porque llegó acompañado sin haber preguntado si era posible llevar invitados. Frank me había hablado de las estrictas normas de la familia Devonport: no se aceptaban huéspedes ni visitas a menos que hubieran sido invitados o aprobados por el propio Sidney. Y ese hombre no contaba con su aprobación.

—¿Quién era? —pregunté.

Marcus Capeling no me había dicho nada de un invitado imprevisto el día de la muerte de Frank Devonport. Según su relato, las únicas personas presentes en *La Pequeña Llave* el seis de diciembre eran los Devonport, los Laviolette y Winnie Lord.

—Un hombre más o menos de su edad, que vivía en la otra casa..., donde había estado Oliver.

—¿*El Mirador de Kingfisher*?

—Sí. Creo que se llamaba Percy. ¡Percy Semley, eso es! Estaba allí cuando Frank murió. Oliver llegó a *La Pequeña Llave* con el señor Semley. También Godfrey Laviolette iba con ellos. Se había quedado un rato más en la otra casa. Cuando entraron, los tres iban enfrascados en una discusión sobre pesca. Frank y yo los oímos claramente desde la habitación que me habían asignado en el piso de arriba, adonde había subido para fingir que dormía y poder escapar así de la mirada fría de Sidney. Frank había subido poco después para comprobar que yo estaba bien. Daisy también debió de oír a los tres hombres cuando llegaron. Para entonces ella estaba en el piso de arriba y su habitación se encontraba al lado de la mía. Supongo que estaría esperando el regreso de Oliver, dispuesta a perdonar su anterior desobediencia. Confiaba en que volviera con la única intención de arrodillarse a sus pies e implorar clemencia. Pero, en lugar de eso, entró en la casa en medio de una jovial conversación sobre pesca con dos amigos, uno de los cuales ni siquiera había sido invitado. Debió de ponerse furiosa.

—Nadie nos ha dicho nada a Poirot y a mí sobre la presencia de ese señor Semley —observé.

—No se quedó mucho tiempo en *La Pequeña Llave*. Espere... —Helen arrugó el entrecejo mientras pensaba. Después, abrió mucho los ojos—. No estoy segura de que la policía sepa que estuvo allí. Yo no lo dije y no me extrañaría que nadie más lo haya mencionado. Sidney lo hizo salir por la puerta principal unos minutos después de la muerte de Frank, mientras Lilian chillaba y gemía como un animal al que estuvieran descuartizando. No creo... Bueno, tal vez no debería decirlo porque no sé si será verdad, pero imagino que nadie en *La Pequeña Llave* volvió a pensar ni una sola vez en el señor Semley desde que abandonó la casa. Es difícil explicarlo a quien no los conozca o no haya oído sus historias, pero para los Devonport, con la excepción de Frank, no existe nadie en el mundo aparte de ellos mismos. Tratan a todos los que no forman parte de su familia como una molestia o como un elemento más de la decoración. Además, el señor Semley no tuvo nada que ver con lo ocurrido. Es una persona totalmente irrelevante, de ahí el intenso disgusto de Sidney al encontrárselo en su casa en ese momento terrible. Nadie quiere que los peores momentos de su vida sean presenciados por desconocidos, ¿no cree?

Sabía que Poirot estaría de acuerdo conmigo en que la presencia de Percy Semley en la casa, en el momento de la muerte de Frank Devonport, lo volvía sumamente relevante. Tendríamos que interrogarlo en cuanto fuera posible.

—¿Habló en alguna ocasión con el señor Semley? —pregunté.

Helen negó con la cabeza.

—Llegó en el último minuto, antes de... antes de que Frank muriera. Con Godfrey Laviolette, Oliver y Winnie Lord.

—¿Winnie Lord también estaba con ellos?

—Sí, Daisy la había enviado para avisar a Oliver de que ya podía regresar. Aquel día tuvo que ir dos veces a la otra casa: la primera, para buscar a Daisy, Richard y Verna, y la segunda, para llevarle ese mensaje a Oliver, que se puso en camino enseguida con Godfrey Laviolette y Percy Semley. Pero Winnie no se quedó mucho tiempo con los tres hombres cuando regresaron. Imagino que iría a ocuparse de sus obligaciones. Solamente estaban los tres hombres en el vestíbulo cuando... cuando le hice eso a Frank: Godfrey Laviolette, Oliver Prowd y Percy Semley.

—¿Qué impresión le causó Winnie? ¿Habló con ella?

—No, no hablamos. Estuvo con nosotros en el salón parte de la tarde (bueno, en realidad, entraba y salía con bandejas y ese tipo de cosas), y varias veces me miró con simpatía. Incluso ella notó que Sidney y Lilian estaban siendo excesivamente descorteses conmigo. Y me enseñó mi habitación cuando dije que estaba agotada y que quería descansar un momento antes de la cena. No dormí, ni habría podido dormir, furiosa y desesperada como estaba, pero eso fue lo que dije: que quería descansar antes de la cena. En realidad quería alejarme de todos ellos y estar sola.

Pensé que tendría que averiguar por qué no había regresado Godfrey Laviolette a *La Pequeña Llave* al mismo tiempo que Verna, Richard y Daisy.

Se abrió la puerta y entró Poirot en la sala. Tenía la cara enrojecida y los bigotes, que solían ser su orgullo, bastante desarreglados. Sólo me hizo falta echarle un vistazo para saber que algo lo había alterado profundamente.

—Mis más rendidas disculpas, mademoiselle —le dijo a Helen Acton—. Me temo que el inspector Catchpool y yo tendremos que irnos, pero es probable que volvamos muy pronto. Catchpool, dese prisa, por favor.

Y, tras despedirnos, nos marchamos.

—¿Qué demonios ha pasado, Poirot? —dije en cuanto estuvimos a suficiente distancia de los guardias.

—He recibido una noticia sumamente alarmante, *mon ami*. Ha habido otro asesinato en *La Pequeña Llave*. Tenemos que ir de inmediato. Ya viene de camino un coche para recogernos.

—¿Otro asesinato? ¿Quién es la víctima?

—Eso es lo que más me preocupa. —Poirot meneó levemente la cabeza—. Hay un cadáver en la casa, pero no es de nadie que la familia Devonport o sus invitados hayan podido reconocer. Todos ellos están sanos y salvos, según me han informado. Es indudable que una persona ha sido asesinada en la casa..., pero nadie sabe quién es.

Capítulo 11

Un cadáver en
La Pequeña Llave

Cuando llegamos a Kingfisher Hill, el sargento Gidley de Scotland Yard ya se encontraba allí. Evidentemente, había preparado a Sidney Devonport para nuestra inminente llegada, por lo que me ahorré el mal trago de tener que explicarle que, tras entrar en su casa con engaños y bajo premisas falsas, ahora era el encargado de esclarecer no uno, sino dos asesinatos perpetrados en la mansión familiar.

Reconocí a varios miembros de la familia Devonport de pie en el vestíbulo, mientras el sargento Gidley nos conducía a Poirot y a mí al salón, y nos explicaba que allí encontraríamos al cadáver y también al forense.

Cuando llegamos a una puerta cerrada que el sargento se dispuso a abrir, Poirot me dijo en voz baja:

—Tengo miedo, Catchpool.

—¿De qué? —le pregunté—. Tenemos una idea bastante aproximada de lo que vamos a encontrar.

—Ah, pero todavía no sabemos quién es la víctima.

Es decir... Me temo que conozco su identidad, pero espero equivocarme. No tiene sentido, ¿verdad? Sea quien sea la persona asesinada, es una tragedia. Sin embargo, cuando uno cree que habría podido evitarlo...

Sus reflexiones fueron interrumpidas por un entusiasta «¡Cuando quieran, caballeros!» del sargento Gidley, que sostenía para nosotros la puerta abierta del salón. Poirot hizo una inspiración profunda antes de entrar. Yo lo seguí.

Delante de la chimenea, en paralelo a la solera de piedra, yacía el cadáver de una mujer. Arrodillado a su lado había un hombre bajo y robusto, con gafas de montura metálica y barba de chivo, que debía de ser el forense. La víctima se encontraba bocarriba, con un brazo extendido a un lado del cuerpo y el otro sobre el vientre. Un atizador de hierro con la punta ensangrentada yacía a sus pies, que solamente llevaban puestas unas medias. No vi zapatos femeninos por ninguna parte, aunque la mujer debía de haber entrado calzada en la sala. Tenía el abrigo verde esmeralda abotonado hasta el cuello. Me pregunté por qué se habría quitado los zapatos pero no el abrigo.

Un sombrero a juego del mismo tono de verde le cubría la cara por completo. Desde nuestro punto de vista, junto a la puerta, el sombrero parecía flotar sobre un extenso mar de color rojo intenso.

—La causa de la muerte han sido los golpes propinados con el atizador —dijo el sargento Gidley—. Y si su muerte era el único resultado buscado..., bueno, podría haberse conseguido con menos esfuerzo.

—¿Menos golpes? —pregunté.

—Sí, señor —respondió Gidley—. Mucho después del fallecimiento, el asesino le ha seguido aporreando la cabeza y la cara hasta dejarla irreconocible. Pero más peculiar todavía es la ropa, o mejor dicho, su ausencia. Bajo el abrigo, la víctima no tiene un vestido, ni una blusa, ni una falda. Únicamente la ropa interior.

—Lo que significa... —Yo iba formando mi conclusión a medida que hablaba—. Lo que significa que el asesino ha debido de quitarle el abrigo para retirarle el vestido, o bien la blusa y la falda, y a continuación ha vuelto a ponérselo y se lo ha abotonado hasta arriba. También ha debido de quitarle los zapatos. Interesante.

—Mucho —convino Poirot—. ¿Por qué no dejarle toda la ropa? ¿Por qué no le preocupaba al asesino que la encontraran con el abrigo, el sombrero, las medias y la ropa interior, pero sí con el vestido o con los zapatos? ¡Claro! —Asintió enérgicamente—. Ya sé por qué. —Señaló la chimenea—. ¿Habrá quemado ahí el vestido y los zapatos? ¿No es eso un tacón, entre las cenizas?

El sargento Gidley se acercó un poco más y miró a través de la rejilla de la chimenea.

—¡Creo que ha dado en el clavo, señor Poirot! —exclamó en un tono de maravillado asombro.

Poirot me lanzó una mirada que decía sin lugar a dudas: «¿Es esto lo mejor que puede ofrecer Scotland

Yard?». Me encogí de hombros. Yo también había omitido examinar el contenido de la chimenea. Era difícil concentrarse en algo que no fuera el horror que yacía en el suelo y que de pronto me trajo una imagen a la mente, un recuerdo tan vago como insistente. ¿Dónde había visto yo ese abrigo verde con el sombrero a juego? Un momento... Podía ser...

En el preciso instante en que lo recordé con claridad, sin la menor duda, Poirot afirmó:

—Es lo que temía.

—Joan Blythe —dije, aunque a mi boca le costó articular las palabras.

La mujer de la cara inconclusa. Me resultaba difícil mover los labios. No podía ser verdad. Fragmentos de preguntas batallaban entre sí por ocupar el lugar más prominente en mis pensamientos: ¿qué...?, ¿cómo...?

—Tiene que ser ella —convine finalmente—. El abrigo y el sombrero son los mismos.

Lo curioso es que si diez minutos antes alguien me hubiera preguntado de qué color eran el abrigo y el sombrero que llevaba Joan Blythe aquel día, habría sido incapaz de responderle.

—*Oui, oui*. Es ella, sin ninguna duda —replicó Poirot—. Nuestra angustiada amiga del autobús.

—No podemos estar seguros de que sea ella, antes de verle la cara —dije.

—Me temo que eso no será posible —repuso el forense, que se había acercado a nosotros—. Soy el doctor Jens Niemitz. Encantado de conocerlo, monsieur

Poirot. He oído hablar mucho de usted. Todos lo describen como un gran hombre.

Tenía un leve acento extranjero y su tono era amable y educado. Me cayó bien de entrada. Su entusiasmo por estar en presencia de alguien como Poirot era contagioso, y me hizo pensar en la gran suerte que tenía yo de trabajar junto a una mente tan preclara y un amigo tan excelente. Era muy fácil olvidar el privilegio que ello suponía.

—Es un honor poder ayudarlo —dijo Niemitz—. Y a usted también, inspector Catchpool. Sin embargo, si lo que necesitan es la cara que corresponde a este cadáver, me temo que no podré enseñársela. El atizador que allí ven ha sido utilizado con salvaje encarnizamiento. No sólo la cara, sino el conjunto de la cabeza ha sido..., ¿cómo decirlo delicadamente? Me temo que no ha sobrevivido nada reconocible. Sé que tendrán que levantar el sombrero y mirar, pero les aconsejo que se preparen para una tremenda conmoción, aun cuando crean que no hay espectáculo horrible que no hayan visto ya unas cuantas veces.

—Nadie retirará ese sombrero hasta que yo lo diga —ordenó Poirot.

—Sargento Gidley —dije—, ¿quién más se encuentra en la casa en este momento, aparte de Poirot, el doctor Niemitz, la víctima del asesinato, usted y yo?

—Los cuatro Devonport. También unos amigos de la familia, el señor y la señora Laviolette. Y el prometido de Daisy Devonport, Oliver Prowd.

—¿Alguien más?

—No, eso es todo. Son los mismos que estaban aquí a la hora del crimen, entre las diez y las once de la mañana —prosiguió Gidley—. A las once ha hallado Daisy Devonport el cadáver.

—Por favor, vaya a buscar a mademoiselle Daisy y tráigala a esta habitación —le pidió Poirot.

—Sí, señor.

Daisy hizo su aparición menos de un minuto después.

—¿Ha preguntado por mí, monsieur Poirot?

Estaba más pálida que la última vez que la había visto y parecía tensa.

—Así es. Quiero que vea a esta mujer muerta.

Daisy Devonport arqueó una ceja.

—Ya la he visto. Todos la hemos visto mucho antes de que usted llegara. La hemos encontrado nosotros.

—Y cuando ha informado a la policía del hallazgo, ¿ha dicho que ninguno de ustedes sabía quién era?

—Eso he dicho, sí. Tiene la cabeza y la cara completamente destrozadas.

—¿Cómo lo sabe, señorita Devonport? —le preguntó el sargento Gidley—. ¿Ha alterado de algún modo la escena del crimen?

—¿Me está preguntando si he levantado ese sombrero para tratar de averiguar la identidad de la persona que yace muerta sobre la alfombra de mi salón? —Daisy combinó la pregunta con una risa amarga—. Tengo que reconocer que sí. Lo he hecho. Después he vuelto a colocar el sombrero en su posición inicial, por lo que no he causado ningún daño, excepto a mi estómago. Aún no se me han pasado las náuseas. Es... es espantoso lo que hay ahí debajo. —Le tembló un poco el labio superior—. No he podido identificarla y nadie más habría podido hacerlo. Les he recomendado a los otros que no miren, por su propio bien. Cuando he llamado a la policía, he dicho la verdad: que una mujer imposible de identificar había sido asesinada en nuestra casa.

—Entonces ¿no la ha reconocido por su abrigo y su sombrero? —preguntó Poirot.

—¿Por su...? —Daisy volvió a soltar una risita, que esta vez fue de incredulidad—. No. ¿Tendría que haberlo hecho?

—Mire una vez más, mademoiselle. ¿No ha visto ese abrigo y ese sombrero hace relativamente poco tiempo?

—No, no creo. ¿Por qué lo pregunta? Parece creer que los he visto y que debería reconocerlos.

—La atormentada mujer que se sentó a su lado en el autobús de Londres a Kingfisher Hill y que al poco se puso de pie de un salto y anunció que ya no podía seguir allí... llevaba un abrigo y un sombrero de este mismo color, *n'est-ce pas?*

—¿Sí? —Daisy frunció el ceño—. No sé, puede que tenga razón, pero no le presté atención. Lo único que recuerdo de ella es su irritante conducta. Es verdad que soy una mujer, monsieur Poirot, pero aunque otras mujeres se fijan en la ropa, yo me fijo en el carácter. El suyo era desagradable y desequilibrado. Por eso le hice el menor caso posible y actué como si no estuviera a mi lado, hasta que por suerte decidió cambiarse de asiento y usted vino a ocupar su sitio.

—No sé muy bien si alguien que mató a su hermano o que al menos es capaz de mentir al respecto tiene derecho a condenar a los demás por su carácter desagradable —observé con intencionada aspereza.

—No sea tonto, inspector. —Daisy pareció animarse con el ataque directo—. Nadie tiene derecho a nada. ¿Todavía considera el mundo en esos términos? ¿Con personas que merecen cosas y otras que no las merecen? Es mucho más simple que eso. Todos pueden hacer y decir lo que les dé la gana, siempre y cuando estén preparados para asumir las consecuencias.

—Mademoiselle —la interrumpió Poirot secamente—, más allá de que apruebe o no la conducta de Joan Blythe (pues ése era su nombre, o al menos el nombre que nos dio), me sorprende que no le resulte extraño encontrarla muerta en su salón.

—¿Quiere decir que...? ¿Es la...? No es ella, ¿no? —Estaba atónita—. No sé... Aunque el sombrero y el abrigo coincidan, seguramente no... —Se volvió y miró otra vez el cadáver—. No puede ser —murmuró—. Por otra parte, tiene un físico muy similar...

—Es ella —le confirmó Poirot.

A mi lado, el sargento Gidley anotó en su libreta: «Joan Blythe». Evidentemente, la palabra de Poirot era suficiente para él.

—Gidley, intente averiguar si alguna señora mayor en Cobham o sus alrededores ha denunciado la desaparición de una sobrina —pedí—. La señorita Blythe nos dijo que vivía con su tía.

—¡Es ridículo! —exclamó Daisy, con la cara enrojecida y la respiración acelerada—. ¿Por qué demonios una total desconocida que por casualidad pasó diez minutos sentada a mi lado en un autobús iba a aparecer muerta delante de la chimenea de mi cuarto de estar? ¡No tiene sentido! ¿Quién le ha abierto la puerta? ¿Quién ha podido matarla si ninguno de nosotros la conoce? ¿Para qué había venido? ¡A menos que la hayan traído cuando ya estaba muerta!

—Eso no ha ocurrido —intervino el doctor Niemitz—. El asesinato se ha producido en esta habitación. Ha debido de ser un ataque de gran violencia. ¡Miren qué cantidad de sangre! Y ya ha visto usted la cabeza, señorita Devonport, o lo que ha quedado de ella.

—Me sigue pareciendo más probable que sea cualquier otra persona y no Joan Blythe —insistió Daisy—. Otra mujer, que casualmente tenía el mismo abrigo y el mismo sombrero.

—Monsieur Poirot, ¿ha dicho que esa mujer del autobús saltó de pronto de su asiento? —dijo el doctor Niemitz.

—Sí, así es.

El forense se volvió hacia el sargento Gidley, que asintió, sacó del bolsillo un par de guantes y se los puso. Con los guantes puestos, extrajo una hoja blanca de papel del otro bolsillo y la sostuvo en alto, para que Poirot y yo pudiéramos leer lo que tenía escrito.

Tuve que parpadear varias veces mientras la miraba, con la sensación de que una pesadilla demasiado convincente para ser imaginaria se extendía a mi alrededor y me envolvía lentamente. Las palabras estaban escritas en tinta negra.

—Sólo Dios sabe lo que significan —dijo el sargento Gidley—. Para mí no tienen ni pies ni cabeza. El doctor Niemitz y yo hemos encontrado el mensaje sobre el cadáver, encima del pecho de la víctima, inserto bajo el botón superior del abrigo.

Yo sabía lo que significaban y Poirot también. La identidad de la víctima había quedado establecida más allá de toda duda.

La nota rezaba:

Te sentaste en mal asiento a pesar del mal agüero. Ahora viene este atizador, para aplastarte el sombrero.

Dos horas después, el doctor Niemitz y el sargento Gidley se habían marchado a Londres con el cuerpo de Joan Blythe. Poirot y yo estábamos en el comedor de *La Pequeña Llave*. Se habían reunido todos tras mucha insistencia por nuestra parte, después de que la cortés invitación inicial fuera rechazada. Sentados en torno a la mesa estaban Sidney y Lilian Devonport, su hijo Richard, Godfrey y Verna Laviolette, Daisy Devonport y Oliver Prowd.

Los ojos de Sidney brillaban de ira. Su sonrisa fosilizada de labios entreabiertos seguía congelada, aunque esta vez se asemejaba más a una mueca. Oliver Prowd parecía sobre todo perplejo. La expresión de Lilian era desconectada y ausente, como si no supiera dónde se encontraba ni qué estaba haciendo allí. Daisy estaba tensa y alerta, mirando a todos con profundo interés, mientras que su hermano Richard parecía que fuera a echarse a llorar en cualquier momento. En cuanto a Verna Laviolette, estaba tan radiante y jovialmente maliciosa como siempre, y una vez más me resultó casi imposible creer que hubiera sido amable con Helen Acton o con cualquier otra persona. Su marido Godfrey no dejaba de moverse nerviosamente en la silla.

También había un recién llegado, alguien que no estaba presente en *La Pequeña Llave* en el momento del asesinato de Joan Blythe, un hombre que Poirot y yo no conocíamos: Percy Semley, de *El Mirador de Kingfisher*. Cuando mencioné que Semley había estado presente en *La Pequeña Llave* el día del asesinato de Frank Devonport, mi amigo insistió en llamarlo.

—¿Para qué? —había preguntado yo, mientras Poirot me empujaba a salir de la casa para que fuera a buscarlo.

—Ha llegado el momento de despejar algunas de las pequeñas e irritantes peculiaridades que bloquean el camino hacia la verdad, ahora que la tenemos casi al alcance de la mano —fue su enigmática respuesta.

«Casi al alcance de la mano.» ¿Realmente había dicho eso Poirot? Yo, por mi parte, estaba más lejos de entender por qué habían sido asesinadas dos personas en *La Pequeña Llave* y de saber quién o quiénes las habían matado que de cualquier otra verdad en mi vida. Las palabras de la nota halladas sobre el cadáver de Joan Blythe resonaban sin cesar en mi mente, como el disco de un gramófono que no pudiera apagar. «Te sentaste en mal asiento a pesar del mal agüero. Ahora viene este atizador, para aplastarte el sombrero.»

¿Qué podían significar? De hecho, el sombrero verde de Joan Blythe no había recibido ningún golpe del atizador y no estaba en absoluto aplastado. Al contrario, estaba intacto, lo que hacía que la nota fuera inexacta, a menos que quien la hubiera escrito utilizara la palabra *sombrero* como metáfora de *cabeza*, para mantener la rima.

Un problema más acuciante era la insinuación de que Joan había sido asesinada como castigo por haberse sentado en aquel asiento. Si era verdad, entonces ¿por qué razón la había castigado el asesino? ¿Por ignorar su advertencia? En ese caso, el que había hecho la advertencia y el asesino debían ser la misma persona, lo cual no tenía ningún sentido.

Incapaz de hacer progresos deductivos en cualquier dirección útil, volví a concentrar toda mi atención en Percy Semley, al que tenía enfrente. Se estaba mordiendo el labio inferior y miraba fijamente la mesa, sin duda perplejo por encontrarse allí. Tenía todo el aspecto de una jirafa color arena, aunque como jirafa resultaba bastante bien parecido. De inmediato me dije que era abrumadoramente improbable que fuera a servirnos de algo.

Poirot era nuestra única esperanza. Sabía que tenía intención de conseguir grandes resultados antes de salir de aquella sala, de modo que deposité en él toda mi confianza.

Se puso de pie.

—Señoras y señores —dijo—, dentro de unos días (con toda seguridad, menos de una semana) nos congregaremos de nuevo en torno a esta mesa. En esa ocasión se reunirá con nosotros una persona más: la señorita Helen Acton.

Richard Devonport cerró los ojos y su madre dijo:

—No permitiré que esa mujer entre en mi casa.

—Al contrario, madame —le contestó Poirot—. He solicitado un permiso especial para que la traigan, y usted hará lo que el inspector Catchpool y yo le indiquemos, sin protestar. Lo harán todos ustedes. A cambio de su cooperación, cuando volvamos a reunirnos aquí todos nosotros, con el añadido de mademoiselle Helen, les revelaré quién mató a Frank Devonport y también quién mató a la mujer cuyo cuerpo acaban de llevarse del salón. Les diré quién cometió esos crímenes horrendos y también por qué.

—¡Pero ya sabemos quién mató a Frank, *moisier Poiró*! —exclamó Godfrey Laviolette—. Fue Helen Acton.

—No es cierto —terció Daisy—. Yo asesiné a Frank.

—¡Silencio! —le gritó su padre. La joven se estremeció en la silla, pero su mirada desafiante permaneció inalterada—. Helen mató a Frank —prosiguió Sidney, con la voz temblando de rabia—. ¡Y si siente algo

239

de respeto por esta familia, monsieur Poirot, dejará a esa mujer monstruosa exactamente donde está, pudriéndose en la cárcel, hasta que llegue la hora de que la lleven a la horca!

—Sería mucho más sencillo para todos nosotros si no hubiera tantos gritos —dijo Poirot—. Monsieur Devonport, le ruego que se siente. Tenemos que ahorrar energía para lo que vendrá.

Sidney Devonport se dejó caer pesadamente en la silla.

—Todavía no ha quedado establecido quién mató a Frank —continuó Poirot—, pero podemos estar seguros de que Helen Acton no cometió este segundo asesinato. No se encontraba en la casa en ese momento. Ni tampoco usted —le dijo a Percy Semley—. Por lo tanto, la mujer del salón debió morir a manos de uno de los cuatro Devonport, o de Godfrey o Verna Laviolette, o bien de Oliver Prowd.

—Pero ninguno de nosotros tenía un motivo para matarla —objetó Verna.

—Ni siquiera la conocíamos —añadió Lilian.

—Claro que no —gruñó Sidney—. No había razón para matarla y no la hemos matado. ¡Ninguno de los que estamos sentados a esta mesa somos asesinos!

—Ha podido entrar un intruso en la casa —sugirió Godfrey Laviolette—. Quizá la puerta principal no estaba bien cerrada.

—Ninguno de ustedes puede saber con seguridad si la conocía o no —observé—. Su cara ha quedado destrozada hasta resultar irreconocible.

—Sería muy útil que cada uno de ustedes dijera dónde estaba cuando *la pauvre mademoiselle* ha sido asesinada —indicó Poirot—. Monsieur Devonport, ¿me permite que empiece por usted, por ser el cabeza de familia? Puesto que ha afirmado tan taxativamente que ninguno de ustedes ha matado a esa infortunada, ¿puedo suponer que estaban todos reunidos en una misma habitación entre las diez y las once, y que ninguno se ha ausentado?

—Yo estaba con mi mujer —dijo Sidney con sequedad.

—Así es. Sidney y yo estábamos juntos.

—¿Dónde? —preguntó Poirot.

—En mi dormitorio —respondió Lilian.

—¿Desde cuándo y hasta qué hora, exactamente?

—He estado allí toda la mañana, desde que me he despertado. Sidney me ha llevado a la habitación el desayuno y los periódicos a las... No sé muy bien a qué hora, pero debían de ser más o menos las nueve.

—Eran las nueve y treinta y cinco —precisó Sidney—. Godfrey y yo estábamos muy ocupados en el cuartel general de los Vigilantes, y me temo que con tanta actividad se me había olvidado llevarte el desayuno, cariño.

—Pues yo no era consciente de la hora —replicó Lilian.

—Entonces usted le ha llevado el desayuno a las nueve y treinta y cinco..., ¿y después? —preguntó Poirot.

—Después nos hemos quedado los dos en el dormitorio de Lilian, bebiendo el té y leyendo los periódicos, hasta que nos han sobresaltado los gritos de Daisy.

—Un griterío escandaloso —confirmó Lilian, lanzando a su hija una mirada de desaprobación—. No había necesidad de armar tanto alboroto. Casi me muero de un infarto.

—¿Qué querías que hiciera después de encontrar una muerta sin cara, tumbada en la alfombra? —repuso Daisy sin levantar la voz—. ¿Que dijera «¡Oh, fantástico!» y siguiera con mis cosas?

—Mademoiselle Daisy, ¿ha encontrado usted el cadáver a las once?

—Sí. El reloj de péndulo del salón ha empezado a dar la hora justo cuando yo estaba gritando. Antes, Oliver y yo hemos estado paseando por el jardín. El tiempo ha sido tan inclemente estos últimos días y la mañana estaba tan apacible y luminosa que hemos decidido aprovecharla. Hemos salido de aquí a las..., lo cierto es que no me acuerdo. ¿Tú lo recuerdas, Oliver?

—No la hora exacta, no —murmuró él, con la vista fija en sus manos.

La profundidad de su desdicha me impresionó en ese momento todavía más que al principio de la reunión. Me pregunté si seguiría negándose a creer que Daisy había matado a Frank, o si se habría convencido de su culpabilidad y estaría desolado ante la perspectiva de perderla.

—¡Oh! —exclamó Verna Laviolette—. Creo que podría tener un dato útil. Sidney, ¿estás seguro de la hora que era cuando le has subido el desayuno a Lilian?

—Segurísimo —respondió él.

—En ese caso, monsieur Poirot, puedo garantizarle que Daisy y Oliver han salido a pasear poco después de esa hora. De hecho, Sidney tiene la costumbre de... (Perdóname, Sidney, pero es preciso decir las cosas con absoluta sinceridad cuando estás ayudando a la policía a resolver un crimen.) Como le decía, Sidney tiene la costumbre de cerrar las puertas de una manera mucho más enérgica de lo que sería necesario.

—Quieres decir que tiene la costumbre de dar portazos —intervino Daisy.

—Bueno..., sí. —Verna le echó una mirada nerviosa a Sidney mientras hablaba—. Mi dormitorio, la habitación de invitados donde duermo cuando me alojo en esta casa, es adyacente al de Lilian. Hoy he dormido hasta bastante tarde, porque no conseguí conciliar el sueño hasta las tres o las cuatro de la madrugada (algo bastante habitual en mí, desgraciadamente), y me ha despertado un repentino y sonoro portazo. He pensado: «Cielo santo, ¿tendremos problemas?». Me he puesto la bata, he salido al rellano y he visto a Oliver y a Daisy, que se disponían a salir. Después he vuelto a mi habitación, he mirado por la ventana y los he visto en el jardín.

—¿Ha oído el portazo y ha pensado que podían tener ustedes problemas? —preguntó Poirot.

—Bueno... ¡Qué demonios! Lo diré... Monsieur Poirot, seré completamente sincera con usted, aunque piense de mí lo peor. A veces el ruido de un portazo no significa nada, como hoy, que sólo me ha indicado que

Sidney había entrado en la habitación y cerrado la puerta después. Pero otras veces ese mismo ruido indica que Sidney está a punto de perder los estribos con alguna persona y que es aconsejable que todos los demás nos pongamos a cubierto.

—Pero usted no se ha puesto a cubierto —observó Poirot—, sino que ha salido al rellano.

—Sí, en realidad... —Se le encendieron las mejillas—. Reconozco que por lo general mi curiosidad es más poderosa que mi temor, sean cuales sean las circunstancias.

—Verna, ¿estás reconociendo delante de todas estas personas que has salido al rellano para tratar de oír una conversación ajena? —preguntó Godfrey Laviolette con cara de espanto.

—Sí, Godfrey, lo admito. ¡Por favor, no me mires así! Es propio de la naturaleza humana querer saber qué pasa a nuestro alrededor. En cualquier caso, monsieur Poirot, nada de eso tiene importancia. No deseo acaparar la atención hablando de mí misma, ya que soy completamente irrelevante. Lo que pretendía decirle es que en cuanto me he asegurado de que no había ningún comentario jugoso que oír, he vuelto a mi habitación y he visto por la ventana a Daisy y a Oliver, que iban paseando por el jardín.

—Gracias, madame —dijo Poirot.

—No te invitaremos nunca más a esta casa, Verna —la apostrofó Sidney.

—¿Ah, no? —La mujer sonrió—. Entonces ¿cómo lo haréis Godfrey y tú para trabajar juntos en los Vigilantes si yo ya no soy bienvenida? No pensarás que mi marido vendrá sin mí, ¿verdad? Godfrey no lo permitiría, ¿no es así, Godfrey?

—Monsieur Prowd —la interrumpió Poirot—, ¿coincide la observación de madame Laviolette con su recuerdo de lo que ha hecho esta mañana?

—Sí —respondió Daisy por él.

Prowd asintió.

—Sí. Las nueve y cuarenta. Me parece correcto. Daisy y yo hemos salido al jardín y después hemos dado una vuelta por la finca. Hemos ido hasta la piscina y hemos seguido paseando por el área boscosa que se extiende detrás. Al cabo de un rato, a las once menos cuarto aproximadamente, Daisy ha dicho que estaba cansada y que quería volver a casa, de modo que hemos regresado. Cuando ha entrado en el salón y ha descubierto el cadáver, se ha puesto a gritar.

—¿Dónde estaba usted cuando ella ha encontrado el cuerpo? —le pregunté.

—En el vestíbulo, unos diez pasos detrás de ella. Ojalá hubiera sido yo el primero en entrar al salón, para ahorrarle esa experiencia tan horrenda.

Daisy le dedicó una mirada fugaz, de la que deduje que en su opinión ella estaba mucho mejor preparada para hacer frente a experiencias espeluznantes que su prometido.

A continuación, intervino Godfrey Laviolette.

—¿Puedo hablar yo ahora? Cuando Sidney me ha dejado para llevarle el desayuno a Lilian, yo me he ido a leer a la biblioteca. Y allí me he encontrado a Richard.

—Es cierto. Yo estaba en la biblioteca desde las nueve, ocupándome de mi correspondencia y leyendo —confirmó Richard.

—¿Y usted, señor Semley? —pregunté.

Ya que estaba presente, me pareció una descortesía excluirlo.

—Estaba en casa —respondió Semley—. No tengo nada que ver con este lío.

—¿Estaba solo en *El Mirador de Kingfisher*? —quiso saber Poirot.

—No, con mi tía.

—¿Cómo se llama su tía?

—Hester Semley. He estado con ella casi toda la mañana. Con toda seguridad entre las diez y las once.

—¿Y confirmará ella que ha estado con usted?

—Sí, por supuesto —afirmó Semley.

—*Eh bien* —dijo Poirot—. Parece ser que la única persona que estaba sola en esta casa a la hora del brutal asesinato de la joven, y por lo tanto carece de coartada, es usted, madame Laviolette.

—¡Cáspita! —Los ojos de Verna se ensancharon—. Tiene razón, monsieur Poirot. He pasado toda la mañana sola, hasta que he oído los gritos de Daisy y entonces he bajado la escalera. Pero le juro que yo no he tocado a esa chica. ¿Por qué iba a hacer algo semejante?

Haciendo caso omiso de la pregunta, Poirot prosiguió:

—Aquellos de ustedes que han estado en la casa a lo largo de la mañana, ¿han oído que alguien llamara a la puerta en algún momento, tal vez entre las diez y las once, o incluso antes?

—Yo sí —dijo Richard Devonport—. Pero me temo que no puedo darle más detalles. Estaba enfrascado en la lectura de mi libro y sólo he tenido una vaga conciencia de que era preciso ir a abrir la puerta. De una manera bastante egoísta, he decidido que era mejor dejarle la tarea a alguien que no estuviera absorto en una lectura interesante. ¡Ah! Si estaba leyendo, quiere decir que ya debía de haber terminado de escribir mis cartas, lo que significa que el visitante ha debido de llegar poco antes de las diez. Godfrey ya estaba en la biblioteca conmigo...

—No he oído que nadie llamara a la puerta —lo interrumpió Godfrey.

—Estoy seguro de haber oído la aldaba de la puerta principal —insistió Richard—. Yo situaría el momento en torno a las diez menos diez.

—Pero ¿no ha oído nada más? —preguntó Poirot—. ¿Una conversación...? ¿Presentaciones...?

—No —contestó Richard—. Como le he dicho, estaba completamente enfrascado en la lectura de mi libro; la aldaba es mucho más ruidosa que unas voces hablando al volumen normal de una conversación.

—Yo he notado... algo, ahora que lo pienso —dijo Verna—. ¡Qué curioso que no lo haya recordado antes! Pero no he oído la puerta principal, sino la puerta del dormitorio de Lilian, que se cerraba suavemente al cabo de un rato, después del portazo de Sidney. Recuerdo que he pensado: «Bueno, esta vez no ha sido

Sidney. Ese hombre no ha cerrado una puerta con tanta suavidad en toda su vida». He vuelto a salir al rellano...

—¡Cielo santo, Verna! ¿Quieres dejar de espiar a nuestros amigos? —exclamó Godfrey.

Las mejillas se le habían vuelto de un rojo encendido en el rostro sin edad. Parecía un muñeco de madera al que le hubieran pintado manchas de rubor en la cara.

—Para de atormentarme, Godfrey —replicó Verna—. Supongo que monsieur Poirot y el inspector Catchpool estarán encantados de que pueda contarles todo lo que he observado.

—Encantados —repetí yo fríamente. No me gustaba nada esa mujer.

—¿Qué ha visto cuando ha salido al rellano? —le preguntó Poirot.

—He visto a Lilian —dijo ella simplemente—. Estaba a punto de bajar la escalera. Supongo que bajaría, pero no la he visto hacerlo porque he vuelto a meterme en mi habitación.

Lilian Devonport frunció el ceño.

—No puedes haberme visto, Verna. He estado todo el tiempo dentro de mi dormitorio.

Parecía más sorprendida que enfadada.

Verna también parecía confusa.

—Es curioso —reconoció—. No he oído que la puerta se cerrara una tercera vez, ni suavemente ni de un portazo. Y sin embargo, cuando Daisy ha empezado a gritar, todos hemos salido corriendo de nuestras habitaciones, y Sidney y Lilian han salido de su dormitorio al mismo tiempo que yo del mío. ¿Por qué no habré oído a Lilian regresar a su habitación después de ir al piso de abajo?

La pregunta iba dirigida a Poirot, pero la contestó Lilian.

—Por la sencilla razón de que no he salido de mi habitación en ningún momento —dijo—. No puedes haberme visto, Verna.

—Tienes razón, Lilian. No te he visto la cara, pero he reconocido tu pelo por detrás. Lo llevabas suelto. Tenías puesto el camisón. Y estoy segura de que ha sido la puerta de tu dormitorio la que he oído que se abría y volvía a cerrarse.

—No era yo, Verna —insistió Lilian en voz baja.

—Un momento —intervino Oliver Prowd—. Daisy y yo habíamos salido; Richard y Godfrey estaban en la biblioteca; Sidney se encontraba en el dormitorio de Lilian con la propia Lilian. No había sirvientes en la casa esta mañana. Cariño, ¿verdad que a la hora del desayuno me has dicho que Sidney ha despedido a esa chica que parecía un espantapájaros, la que había venido a reemplazar a Winnie?

—¿Y qué si lo ha hecho? —dijo Daisy—. Esa chica era peor que no tener servicio.

—Sólo quiero decir que... Bueno, si no era Lilian la persona que Verna ha visto bajar la escalera con su camisón, y todos los demás sabemos dónde estábamos a esa hora, entonces ¿quién era esa persona?

—Únicamente podía ser Lilian —opinó Richard.

—¿Y si no lo era? —insistió Oliver, mirando los rostros en torno a la mesa—. ¿Y si hay alguien más en la casa, una persona que lleva quién sabe cuánto tiempo escondida y que quizá se encuentra todavía entre estas cuatro paredes?

Capítulo 12

Preguntas irritantes

El silencio descendió sobre la sala. Al cabo de unos segundos Poirot habló.

—Díganos, monsieur Prowd, usted tiene una teoría, ¿verdad?

—No la llamaría *teoría*, pero me pregunto si la mujer que Verna ha visto en lo alto de la escalera no sería la misma que ha acabado muerta en el salón. Tal vez llegó ayer y pasó aquí la noche, en uno de los numerosos dormitorios vacíos. —Visiblemente entusiasmado con su teoría, Oliver prosiguió—: Nadie aparte de Richard ha oído que llamaran a la puerta principal esta mañana. Ni siquiera Godfrey, que estaba con Richard en la biblioteca a esa hora. Quizá Richard no ha oído nada. Quizá solamente lo ha imaginado.

—¿Le parece posible, señor Devonport? —le pregunté.

—No lo sé —respondió Richard—. No estoy seguro... ¡Cielo santo! Antes de que Oliver lo cuestionara habría asegurado sin ninguna duda que alguien ha llamado a la puerta, pero tal vez... Lo siento, inspector. No podría jurarlo. Puede que Oliver tenga razón.

—He oído que muchas de las casas de Kingfisher Hill están encantadas —intervino Percy Semley—. Que están habitadas por espíritus —especificó enseguida, por si alguien hubiera podido interpretar que estaban encantadas de alguna manera que no implicara la presencia de fantasmas.

Poirot se volvió hacia él.

—Monsieur Semley, dentro de un momento el inspector Catchpool y yo lo acompañaremos a su casa y hablaremos con su tía. Hasta entonces le ruego que no diga nada, a menos que yo le haga una pregunta. Las mismas instrucciones valen para todos los presentes. Hay varias cosas que me gustaría averiguar antes de salir hacia *El Mirador de Kingfisher*. Algunas de mis preguntas les parecerán triviales, pero no lo son. Por eso les suplico que me den respuestas completas y del todo veraces. Solamente cuando haya aclarado estos asuntos menores podré avanzar en la resolución de los enigmas más grandes e importantes. Madame Devonport, ¿tiene usted la costumbre de abrir y cerrar las puertas sin hacer ruido? ¿Se considera en ese aspecto el polo opuesto de su marido?

—Lo es —respondió Daisy—. Mi madre se mueve por la casa en completo silencio, como un ratoncito.

—Entonces, madame Laviolette, ¿no es posible que efectivamente haya sido Lilian Devonport la persona que ha visto en lo alto de la escalera y que tal vez no la haya oído regresar a su dormitorio por su manera silenciosa de moverse?

—Supongo que... —Verna pareció reflexionar—. No sé, diría que es muy improbable, pero imagino que existe una posibilidad de que haya sido como usted dice.

—No he salido en ningún momento de mi dormitorio —protestó Lilian Devonport con indignación—. ¿Me está acusando de mentirosa, monsieur Poirot?

—La gente de la calaña de este detective no tiene vergüenza —gruñó su marido por lo bajo.

—Monsieur Devonport, el día del asesinato de su hijo Frank, usted había instado a Oliver Prowd, los Laviolette y sus otros dos hijos a marcharse de su hogar y pasar la mañana en otra casa, la de Percy Semley, mientras usted y su esposa daban la bienvenida en privado a su hijo, del que llevaban cierto tiempo distanciados, y a Helen, su prometida. Me gustaría aclarar el siguiente punto: ¿por qué eligió *El Mirador de Kingfisher* para enviar a su familia e invitados?

—No tengo ninguna obligación de explicarle nada —respondió Sidney.

—Hay muchas casas que están más cerca de *La Pequeña Llave* que el domicilio de monsieur Semley. ¿Quizá es usted un buen amigo de Hester Semley? ¿Fue tal vez por amistad que le pidió el favor de acoger en su casa durante toda la mañana a varios miembros de su familia y a sus huéspedes?

—No —replicó con sequedad Sidney—. Esa mujer es una parlanchina insoportable y no tengo ninguna amistad con ella.

—¡Eh, cuidado, vecino! —exclamó Percy Semley, visiblemente dolido—. ¿Qué le ha hecho la tía Hester para merecer ese exabrupto? La pobre es inofensiva.

—No he dicho que me haya hecho nada. Tan sólo he afirmado que la encuentro insoportable. Se supone que debemos decir la verdad, ¿no? La considero insufrible y aburrida, ¡casi sin conocerla! Si la conociera un poco más, probablemente la detestaría.

—¡Oh, por favor, no lo dirá en serio! —objetó Percy.

Sidney siguió hablándome a mí.

—Estuvimos a punto de comprar *El Mirador de Kingfisher*, que estaba en venta. Fue así como conocimos a la señora Semley. Pero entonces Godfrey y Verna decidieron vender su propiedad y nosotros se la compramos y renunciamos al *Mirador*. Como son amigos nuestros, Godfrey y Verna nos ofrecieron un precio muy competitivo, que habría sido una insensatez no aprovechar. Pero Hester Semley, en lugar de aceptar nuestra decisión y volver a ocuparse de sus asuntos, se dedicó a acosarnos implacablemente.

—Está siendo usted muy injusto, señor Devonport —protestó Percy.

—Por favor, *mesdames et messieurs*, ¿podrían guardar silencio, a menos que les haya hecho una pregunta y me estén contestando? Monsieur Devonport, ¿querrá explicarme por qué, pese a la aversión que le inspira Hester Semley, decidió enviarle a su casa, la mañana del regreso de su hijo Frank, a...?

—Fue idea mía —lo interrumpió Godfrey Laviolette—. Verna y yo somos buenos amigos de Hester

Semley, de quien debo decir que es una dama de espíritu generoso y buen corazón, sin un gramo de maldad en el cuerpo. A menudo jugamos con ella al golf. Cuando una mañana oí que Lilian hablaba de la necesidad de despejar la casa de gente para que Sidney y ella pudieran pasar un rato a solas con Frank, sugerí que todos podíamos ir a la casa de Hester, dando un paseo. Sabía que seríamos bien recibidos y de hecho así fue.

—Y pese a su antipatía por la señora Semley, ¿usted aceptó la sugerencia? —le preguntó Poirot a Sidney.

—¿Por qué no? Me pareció una solución razonable.

—¿Por qué era tan importante estar a solas con su hijo? —lo interrogó Poirot—. Más tarde, ese mismo día, todos tuvieron ocasión de saludar a Frank y hablar con él, *n'est-ce pas?*

—¡Sí! —dijo Daisy enfáticamente—. No consigo entender por qué necesitaban mis padres ser los primeros en ver a Frank, sin nadie más en la casa y durante tanto tiempo. ¿Cuál era el motivo, mamá? Explícanoslo, por favor.

Daisy estaba mintiendo y quería que todos lo notáramos. Mentía de esa manera ostentosa y deliberada que puede describirse sobre todo como una forma de actuación teatral. Su histrionismo revelaba que conocía muy bien la respuesta y que quería obligar a Lilian a reconocerla explícitamente, sabiendo que era lo último que su madre deseaba hacer.

—No había ningún motivo en particular —contestó Lilian.

Puede que también estuviera actuando, pero de una manera mucho más sutil y convincente que su hija.

—Ningún motivo en absoluto —confirmó Sidney—. Simplemente queríamos ver a Frank a solas.

—Pero no estaban ustedes a solas con Frank —les recordé—. Helen Acton llegó con él.

—Una circunstancia muy desafortunada —comentó Lilian.

—¿Ya tenía mala opinión de la señorita Acton antes de la muerte de Frank? —le pregunté.

—No, sólo quería reunirme con mi hijo sin la presencia de una desconocida.

Sidney asintió, denotando que estaba de acuerdo.

—Comprendo —dijo Poirot—. Ahora le haré algunas preguntas a usted, monsieur Laviolette.

—¡Oh, qué suerte tienes, Godfrey! —exclamó Verna riendo.

—¿Por qué me pidió que no mencionara el cambio de nombre de esta casa, de *El Reposo de Kingfisher* a *La Pequeña Llave*? Cuando llegamos, nos rogó que no hiciéramos ninguna alusión al respecto en presencia de los señores Devonport, ¿verdad, Catchpool?

Al principio Godfrey pareció sobresaltarse, pero enseguida se encogió de hombros y dijo:

—No quería causar una aflicción innecesaria. Frank fue quien propuso cambiar el nombre de la casa cuando nos la compraron. Él tuvo la idea de llamarla *La Pequeña Llave*. Yo sabía que cualquier mención del nombre afectaría a Sidney y Lilian, porque los haría pensar en Frank.

Daisy se echó a reír.

—Godfrey es demasiado educado para decirles que, desde la muerte de Frank y el arresto de Helen, hay una regla no escrita en esta casa, una de tantas: nadie debe mencionar nunca a Frank ni a Helen. Tenemos que continuar alegremente con nuestras vidas como si ninguno de los dos hubiera existido nunca. Todo aquello que no cuenta con la completa aprobación de mis padres queda vetado de la conversación y los pensamientos de forma automática. Y la regla no sólo se aplica a ellos mismos, sino que los demás también hemos de respetarla: Richard, Oliver, yo... Incluso sus amigos e iguales, Godfrey y Verna, tienen que obedecer las normas. Todo aquel que entra en esta casa averigua enseguida cuáles son las reglas no escritas que nadie menciona.

Por la expresión de las caras en torno a la mesa, deduje que era cierto. Todos, excepto Sidney y Lilian, parecían de acuerdo con la descripción que hacía Daisy de la vida en *La Pequeña Llave*.

Poirot se volvió hacia Sidney Devonport.

—¿Eso también explica por qué no quería hablar usted de Winnie delante de su esposa? Cuando Catchpool y yo vinimos por primera vez a esta casa en calidad de invitados, observamos que usted le pedía a su hijo Richard que distrajera a madame Devonport antes de mencionar que había surgido un problema con Winnie. ¿Por qué lo hizo?

—¿Le parecería mejor que me abstuviera de proteger a Lilian de las cosas que sé que pueden causarle preocupación y dolor? —replicó Sidney con frialdad—. ¿Se supone que hacer sufrir a alguien es una virtud?

—Si lo es, entonces tú eres el hombre más virtuoso del mundo, papá —intervino Daisy.

Sin prestarle atención, Sidney siguió hablándole a Poirot:

—Winnie es y ha sido siempre una constante molestia. Lilian intentó corregirla, pero en vano. Sí, es cierto: no quería causarle más aflicción hablando delante de ella de esa pequeña alimaña.

—Lo comprendo —repuso Poirot en tono neutro—. Monsieur Devonport, tengo entendido que cuando su esposa y usted expulsaron a Frank, después de que les robara...

—¿Es preciso que hablemos de eso? —lo interrumpió Lilian.

—Lo es, madame. Por lo que sé, cuando Frank fue alejado de la familia, usted, monsieur Devonport, prohibió que Daisy y Richard mantuvieran el contacto con su hermano. ¿Es así?

—¡Me niego a responder ese tipo de preguntas! —rugió Sidney Devonport, descargando un puñetazo sobre la mesa.

Algunos de los presentes se quedaron boquiabiertos, mientras que otros sofocaban una exclamación.

—Es verdad —dijo Verna Laviolette.

Su marido le lanzó una mirada desaprobadora y Daisy asintió con la cabeza.

Poirot continuó:

—Aunque ninguno de los dos quería hacerlo, Daisy y Richard cortaron los lazos con Frank a instancias de sus padres. ¿Correcto, monsieur Richard?

Al cabo de unos segundos de agónico silencio, Richard dejó escapar un murmullo inequívocamente afirmativo, una especie de «sí» cobarde.

—¡Maravilloso! —exclamó Daisy aplaudiendo—. Le costaría imaginar el tiempo que Richard y yo llevamos aterrorizados por nuestro padre, monsieur Poirot. Pero ahora, gracias a este asesinato y a la importancia de que todos seamos sinceros, incluso Richard se está atreviendo a hablar. En cuanto a mí, ¡ya no te tengo miedo, papá! ¡Ni tampoco a ti, mamá! Es fantástico, aunque también me enfurece. Saber que ahora puedo decir y hacer todo lo que me dé la gana hace que desprecie mi anterior personalidad sumisa y cobarde. ¿De verdad erais tan terroríficos o simplemente yo era una tonta por tomaros en serio? Supongo que en mi defensa puedo alegar que necesitaba vuestro dinero. Pero ya no, ahora que voy a casarme con Oliver.

—¿Y usted, monsieur Prowd? —le preguntó Poirot—. ¿Tenía tanto miedo de Sidney y Lilian Devonport como su prometida?

—Yo..., eh...

—Los temía tanto como yo —respondió Daisy con autoridad—. Es verdad, cariño. Les tenías tanto miedo como cualquiera de nosotros y respetabas como los demás el silencio que nos imponían.

—Daisy tiene razón —intervino Richard, tras aclararse la garganta—. La sinceridad que se nos exige, ahora que se ha producido un asesinato (el segundo), lo ha cambiado todo. Es extraño que las dos tragedias hayan sido tan diferentes. Después del asesinato de Frank, los silencios se multiplicaron e intensificaron. Todos nos volvimos más prudentes, creo. Pero ahora...

Dejó la frase inconclusa.

—Ahora el inspector Catchpool y yo estamos aquí para demostrarles que decir la verdad con criterio, pero de manera implacable, es la única manera de resolver los problemas —afirmó Poirot.

—Supongo que por eso se presentaron ustedes con engaños la primera vez que vinieron, fingiendo ser dos grandes aficionados al juego de los Vigilantes... —comentó Daisy con una mueca irónica.

—¡Ah! ¡Una observación muy acertada! —Poirot sonrió—. Tengo muchas preguntas para usted, mademoiselle. Pero, en primer lugar, me gustaría seguir interrogando a su padre. ¿Por qué permitió los compromisos de sus dos hijos, monsieur Devonport? Tanto Richard como Daisy rompieron su relación con Frank en cuanto usted se lo pidió. Por lo tanto, debo suponer que habría podido prohibir el compromiso de Daisy con Oliver Prowd, el hombre que se confabuló con Frank para robarle su dinero, y el de Richard con Helen Acton. Sin embargo, no lo ha hecho. ¿Por qué? No consigo entenderlo.

—Es usted un canalla insolente y pomposo, y no tengo ninguna intención de seguir respondiendo a sus preguntas —declaró Sidney Devonport.

—Quizá no pueda explicárselo —intervino Daisy—. No estoy segura de que él mismo lo sepa. Pero yo sí lo sé y Richard también. Porque para nosotros, los pensamientos y sentimientos de las otras personas son reales. Mi padre sólo piensa en sí mismo y en mi madre. El resto del mundo no le importa. Y como todos los tiranos, no entiende su propia conducta. Si todos los que se comportan de manera tan tiránica como él supieran lo que hacen y comprendieran sus motivos, seguramente actuarían de otra forma, ¿no cree, monsieur Poirot?

Poirot se volvió hacia Richard Devonport.

—¿Por qué le propuso matrimonio a Helen Acton, una mujer que acababa de conocer y que había confesado ser la asesina de su hermano?

—Me estaba preguntando si me interrogaría al respecto —dijo Richard—. Lo hice para dejar al descubierto su mentira.

—Explíquelo un poco mejor, por favor —dijo Poirot.

—No creía que hubiera matado a Frank. Sigo sin creerlo. Ella lo amaba. Lo vi claramente en los breves instantes que pasé con ellos. No sabía por qué había mentido y pensé que si la ponía a prueba, proponiéndole matrimonio...

Se encogió de hombros.

—¿Pensabas que te diría: «¡Cáspita, Richard! Me has puesto en un aprieto. Será mejor que te diga toda la verdad»? —le preguntó Daisy, con una carcajada—. Ninguna persona decidida a mentir se daría por vencida tan fácilmente. Mi hermano es un ingenuo, monsieur Poirot. ¿Por qué demonios no iba a acceder a casarse contigo, Richard? De ese modo su mentira se vuelve mucho más verosímil, ¿no lo ves? ¡Amor a primera vista en *La Pequeña Llave*! ¡Qué insufrible romanticismo! ¡Tú la amas y ella te ama!

—Cuando aceptó casarse con usted, podría haberle dicho que era sólo un experimento —le dijo Poirot a Richard—. Pero en lugar de eso, siguió adelante con el compromiso.

—Sí... Así es.

—Disfrutaba pensando que una mujer que había amado a Frank podía amarlo a él también —comentó Daisy.

—Cariño, no seas cruel —masculló Oliver Prowd.

—Mi hermana tiene razón —reconoció Richard en voz baja—. No puedo negar que esa clase de consideraciones desempeñaron un papel en mi decisión. Y cuando me convencí de que Helen no había matado a Frank, de que estaba mintiendo, sentí que debía hacer algo. Tal vez me haya enamorado de ella en tan poco tiempo, no lo sé. Sólo puedo decir que no soporto la idea de que la ahorquen por un crimen que no ha cometido.

Le lanzó una mirada fugaz a Sidney y después continuó:

—Por eso le escribí, monsieur Poirot, y le pedí ayuda, sugiriendo que fingiera interés por el juego de los Vigilantes, para que mi padre lo invitara a casa.

A Sidney se le crisparon los labios de ira. Por primera vez vi que su boca adoptaba una forma diferente de la perenne sonrisa.

Poirot se volvió hacia Verna Laviolette.

—Tengo una pregunta para usted, madame. ¿Por qué decidió vender esta casa?

Una sombra de algo semejante al miedo le atravesó brevemente la cara.

Poirot siguió hablando como si no lo hubiera notado, pero yo sabía que lo había visto.

—Su marido nos ha dicho que su paraíso se había arruinado. ¿Qué había ocurrido que les estropeara a los dos el paraíso de Kingfisher Hill?

—Godfrey, voy a decirle la verdad al señor Poirot, te guste o no —advirtió Verna a su marido—. Todos han sacado a la luz sus trapos sucios y ahora ha llegado mi turno. La verdad, monsieur Poirot, es que Godfrey y yo no teníamos dinero para seguir manteniendo esta casa, además de la mansión de Londres.

—¡Tonterías! —exclamó Sidney—. Godfrey, ¡tú eres tan rico como yo! ¡Amasamos juntos nuestra fortuna!

—Pero Godfrey perdió buena parte de la nuestra en una serie de malas inversiones que tú ignoras, Sidney —dijo Verna con amargura—. ¿He dicho «malas»? ¡Debería haber dicho «catastróficas»!

Su marido se había puesto rojo como un tomate.

—¡Cállate ya! —soltó—. ¡Cállate ya o no respondo de lo que vaya a hacerte más tarde!

—¿Lo ha oído, inspector Catchpool? —intervino Daisy—. Parece que podríamos estar a las puertas de un tercer asesinato. ¡Qué emocionante!

—El asesinato no tiene nada de emocionante, mademoiselle —declaró Poirot con contundencia—. Es trágico, devastador y sigue causando sufrimiento muchos años después de producirse: a los inocentes y a los allegados del culpable. Es y será siempre una abominación, una mancha en la faz de la Tierra.

Daisy lo miró con una mueca de desdén y le dijo ferozmente:

—¿Cree que no lo sé? ¡Lo sé mucho mejor que usted!

—Entonces quizá quiera contribuir a aliviar el sufrimiento de todos respondiendo a mis preguntas tan sinceramente como pueda —replicó Poirot.

—Ahora va a preguntarme por qué maté a Frank, ¿verdad? —dijo ella—. Muy bien. Se lo diré.

Daisy se puso de pie.

—Quería mucho a Frank —empezó—. Era mi ídolo, y yo necesito ídolos, monsieur Poirot. Otras personas no, ¿lo ha notado? Pero a mí me hacen falta, y Frank..., bueno, Frank era distinto de todos los demás. A nadie más se le habría ocurrido cambiar el nombre de la casa y llamarla *La Pequeña Llave* por algún detalle en una historia de Charles Dickens. Frank siempre aspiraba a que todo fuera mucho mejor de lo que era. Creía que cualquier obstáculo se podía superar con el empeño suficiente. Cuando mi padre lo echó de casa y lo dejó sin un penique, no se compadeció de sí mismo ni se puso a lamentar su suerte. No. Ganó su propio dinero, fundó unos colegios maravillosos y se puso a trabajar de profesor, enseñando e inspirando a docenas de alumnos.

»Puede que tuviera razón en creer que todo era posible, o quizá sólo estaba en lo cierto respecto a sí mismo. Lograba grandes cosas porque confiaba en su capacidad y nunca se daba por vencido. Richard y yo no somos tan valientes. No fuimos capaces de superar el miedo a nuestros padres cuando nos ordenaron que desterráramos a Frank de nuestras vidas y lo olvidáramos para siempre, como si nunca hubiera existido. Hicimos lo que nos mandaron. ¡Claro que sí! Era lo que nos habían enseñado desde la cuna. En aquel momento me parecía imposible contrariar a mis padres, completamente imposible. Pero soy una persona con recursos y encontré la manera de no sufrir. No tolero el sufrimiento, a diferencia de la mayoría de la gente, que parece resignada a sufrir si es necesario. ¿Adivina qué hice, monsieur Poirot? ¿Y usted, inspector Catchpool?

Ni Poirot ni yo lo adivinamos.

—Me decepcionan los dos —dijo Daisy—. Es algo bastante evidente. Intenté convencerme de que Frank era un ladrón y un canalla. Me dije una y otra vez que estaría mucho mejor sin él, que ya no lo quería y que nunca lo echaría de menos. Tú también, ¿verdad, Richard?

—Lo intenté, pero fracasé —contestó él—. Por mucho que nuestros padres insistieran, no podía estar de acuerdo con ellos. Lo que hizo Frank estuvo mal, pero... nadie deja de querer a su hermano sólo porque haya cometido un error.

—Sobre todo cuando lo ha hecho para ayudar a un amigo —añadió Oliver en voz baja.

Daisy me sonrió.

—Yo soy más fuerte y decidida que Richard. Lo intenté y lo conseguí. Al principio no fue fácil. Pero, con la práctica, se volvió más sencillo. Antes del robo, mis padres adoraban a Frank, ¿saben? De nosotros tres, él era sin duda el favorito. El hecho de que cambiaran tan radicalmente de opinión tenía que significar algo y me convencí de que así era. Tenía que significar que Frank era malvado e inmoral, un peligro para nuestra familia, y no la persona que yo había creído que era. Al cabo de un tiempo estaba tan convencida de su maldad como mis padres. ¡Y recuperé la felicidad! —Daisy levantó las dos manos, en un irónico gesto de alegría—. Se había acabado el sufrimiento para mí.

—¿Y después? —preguntó Poirot.

—Bueno, después mi madre descubrió que padecía una enfermedad incurable, ¿verdad, mamá? Y de repente quiso recuperar a su hijo favorito. Le preguntó a mi padre si estaba dispuesto a recibirlo una vez más, para que ella pudiera abrazar a su hijo perdido antes de morir. Mi padre cedió. Y así fue como ocurrió. Por eso tuve que matar a Frank.

Daisy volvió a sentarse.

Sentí un alivio inmenso al oír que Poirot decía:

—Eso que acaba de decir no tiene ni pies ni cabeza, mademoiselle.

Yo también me había quedado bastante más confuso que antes de que empezara su explicación.

—Al contrario. Es perfectamente razonable —insistió Daisy—. Mi padre me había dicho que Frank era una amenaza y un peligro, y yo acabé creyéndolo más sinceramente que mi madre o que él mismo. Era la única manera de eludir la más abyecta desolación. Por favor, no me haga repetir toda la historia. Yo estaba adoctrinada, en parte por mis padres y en parte por mi propio empeño. Pensaba que Frank sería todavía más peligroso, en el estado debilitado en que se encontraba mi madre y con mi padre moralmente destrozado por haber abandonado sus principios y haberse avenido a recibir en casa a un ladrón. ¿Y si Frank aprovechaba la oportunidad para robarnos aún más dinero o vengarse de alguna otra manera? Puesto que todos a mi alrededor se habían vuelto débiles, decidí que tenía que ser fuerte y salvar a la familia.

Sin decir palabra, Sidney Devonport se puso de pie y abandonó la habitación, dando un portazo.

Lilian estaba llorando.

—¡Oh, Daisy, oh, niña mía! —sollozó—. ¡Por favor, dime que no es cierto!

—Es cierto, mamá —replicó Daisy sin alterarse—. Y... tú me crees. —Sonrió—. Veo que me crees y que papá también me cree. Es un alivio.

—¿Por qué no me muero ahora mismo? —preguntó Lilian, sin dirigirse a nadie en particular—. ¿Debo vivir para ver a mi hija ahorcada por el asesinato de mi hijo? —Levantó la vista al cielo—. Dios mío, ¿por qué no me llevas ahora mismo?

—Tal vez porque todavía no has sufrido bastante, mamá —respondió Daisy con total frialdad.

Recordé entonces el apodo que le había puesto al conocerla: Voz de Diamante.

—Me gustaría decir que... —Godfrey Laviolette se aclaró la garganta.

—*Oui, monsieur?* —le preguntó Poirot.

—Que actualmente mi posición económica es tan sólida y próspera como siempre.

Todos los demás nos volvimos y lo miramos, pensando que había escogido un momento muy extraño para cambiar de tema.

—Desde hace años me encuentro en una posición envidiable desde el punto de vista financiero —prosiguió—. Más aún, Verna lo sabe. Lo que ha dicho antes acerca de nuestra fortuna... es mentira. Muchos de nuestros amigos lo perdieron todo con la caída de la Bolsa. ¡Se quedaron sin un penique! Pero nosotros no. —Miró a Poirot—. Por eso le pido que no haga caso a mi esposa. No vendimos esta casa por falta de dinero.

—Entonces ¿por qué? —le pregunté.

—Preferiría no decirlo, inspector Catchpool. Sin embargo, por cortesía, le explicaré con la mayor sinceridad el motivo de que no quiera responder a su pregunta. —Tenía en la cara una expresión muy rara, una especie de media sonrisa, como si me estuviera diciendo que yo aún no merecía la otra mitad—. Verna y yo teníamos nuestras razones para querer marcharnos de Kingfisher Hill. Razones de peso. Tal como les he dicho antes, desde nuestro punto de vista este lugar era un paraíso arruinado. —Tras un profundo suspiro, Godfrey continuó—: También sabíamos que nuestros buenos amigos Sidney y Lilian no habrían estado de acuerdo con nosotros si les hubiéramos mencionado las circunstancias determinantes de nuestro deseo de marcharnos. A veces la gente no coincide respecto al carácter positivo o negativo de un hecho o un cambio en particular. Ocurre a menudo.

Godfrey soltó una risita nerviosa.

—¿A qué te refieres, Godfrey? —preguntó Lilian—. ¿Qué nos has ocultado acerca de Kingfisher Hill?

—Lilian, te juro por mi vida y por las vidas de mis hijos y nietos que, si te lo dijera, no te parecería un problema en absoluto.

—Entonces ¿por qué no nos lo has dicho? —replicó.

—Porque no quería estropearos la dicha de comprar esta casa.

—Pero si crees que no me habría parecido un problema...

Godfrey dejó escapar un gruñido de exasperación.

—Esta casa no tiene nada de malo, Lilian. Nada en absoluto. A Sidney y a ti os encanta. Olvidémoslo ya, ¿de acuerdo?

—Para ser alguien convencido de que Kingfisher Hill es un paraíso arruinado, pasas aquí una cantidad enorme de tiempo —le dijo Daisy a Godfrey.

—Únicamente por culpa de ese juego tan tedioso —intervino Verna.

—Conque tedioso, ¿eh? —masculló Godfrey—. Ahora es cuando salen todas las verdades a la luz.

—Sí, cariño. Es lo más aburrido del mundo. Cuando llegas a la regla cuadragésimo tercera de la lista, te entran ganas de arrancarte los ojos para no seguir leyendo. Daría lo que fuera por no tener que jugarlo nunca más. ¡Y por no volver a Kingfisher Hill!

—Puedes irte cuando quieras, Verna —le sugirió Lilian.

—Todavía no —la corrigió Poirot—. De momento todos se quedarán donde están.

—¿Y yo? —preguntó Percy Semley—. ¿Me puedo ir? El dueño de casa se ha ido a no se sabe dónde. No entiendo por qué yo...

—Usted se quedará donde está y guardará silencio —le ordenó Poirot—. Mademoiselle Daisy, gracias por explicar por qué mató a su hermano. Hay varios asuntos más que tal vez nos podría aclarar.

La joven lo miró expectante.

—Usted ha sido la primera en entrar en el salón esta mañana. Ha sido usted quien ha encontrado el cadáver, ¿verdad?

—¿No hemos cubierto ya ese aspecto? —preguntó Oliver Prowd.

—Sí, he sido yo —dijo Daisy.

—Y pese al abrigo y el sombrero verdes, no ha pensado que podía ser la mujer que se había sentado a su lado en el autobús, hace apenas unos días. Se ha sorprendido cuando le he dicho que en mi opinión se trataba de la misma mujer.

—Sí —respondió Daisy—. Como le he explicado, no me fijé en su ropa.

—Sin embargo, mademoiselle, había una nota sobre el cadáver: «Te sentaste en mal asiento a pesar del mal agüero. Ahora viene este atizador, para aplastarte el sombrero». ¿De verdad espera que creamos que ha leído la nota y no ha pensado en la mujer del autobús, que dijo y repitió de manera que usted pudo oírla claramente que tenía miedo de sentarse en aquel asiento porque la habían advertido de que moriría si lo hacía?

Daisy miró a Poirot como si el detective hubiera perdido la razón.

—¿Por qué iban a hacerme pensar en ella esas palabras? Había olvidado por completo su existencia hasta que usted la ha mencionado.

—No la creo —replicó Poirot—. Me resulta del todo impensable que usted no atara cabos de inmediato y no dedujera enseguida que la muerta hallada en su cuarto de estar y la mujer del autobús eran la misma persona.

Daisy asintió.

—Entiendo que no me crea, pero la verdad es que no me ha pasado por la mente. ¿Quiere que le diga por qué? Porque la idea de que una desconocida que no sabía mi nombre ni mi dirección pudiera aparecer muerta sobre la alfombra de mi salón al cabo de unos días... es algo tan absurdo que parece completamente irreal. Y nadie considera lo irreal como una posibilidad.

—Una hábil respuesta —replicó Poirot—. La felicito. ¿Le parece que veamos si la siguiente pregunta le exige el mismo grado de capacidad imaginativa?

—¿Cuántas preguntas más? —dijo Daisy con expresión aburrida—. ¿Vamos a quedarnos varados en esta habitación para siempre?

—*Non, pas du tout*. Pronto saldrán de este cautiverio.

—Muy bien. Entonces continúe y acabemos ya.

—Tengo entendido que antes del robo del dinero monsieur Prowd le había pedido en dos ocasiones que se casara con él. Las dos veces usted lo rechazó. Pero el mismo día que sus padres le escribieron a Frank para sugerirle un *rapprochement*, usted le envió un telegrama a monsieur Prowd en el que le proponía matrimonio. ¿Hay alguna conexión entre ambos hechos? ¿Y por qué cambió de idea y decidió que quería casarse con él después de todo?

—Oh, siempre supe que algún día me casaría con Oliver. Sencillamente, no podía aceptar de inmediato su propuesta si quería que me deseara con locura. Usted no lo entendería, monsieur Poirot, porque no es mujer. Pero después del robo y de lo sucedido con Frank... tenía demasiado miedo de mis padres para acercarme a Oliver. Creí que tendría que olvidarlo, pero me equivocaba. Cuando supe que mi padre le había escrito a Frank y estaba dispuesto a perdonárselo todo... —Se encogió de hombros—. Pensé que mis padres ya no se opondrían a mi boda con Oliver.

—¿Me permite que le pregunte...? —empezó Poirot.

—Se lo permito —lo interrumpió ella con una sonrisa altiva.

Era evidente que las respuestas dadas hasta entonces le parecían satisfactorias, y estaba ansiosa por oír la siguiente pregunta.

—Cuando Helen Acton confesó ser la asesina de

Frank, ¿por qué no dijo usted nada? ¿Por qué no reconoció entonces haber sido quien lo había empujado?

—¡Qué pregunta tan absurda! —exclamó ella riendo, aunque noté bastante tensión en su voz—. Helen bajó corriendo la escalera y fue directamente hacia Oliver: «¡Lo he matado! ¡Lo he matado!», le dijo. ¡Me pareció perfecto! Por alguna razón que desconozco, Helen parecía ansiosa por hacerse pasar por la asesina, de modo que decidí complacerla y salvarme así de la horca. Si ahora va a preguntarme por qué confesé después, monsieur Poirot, la respuesta debería ser bastante evidente. Ya había cometido la torpeza de revelarle a usted la verdad en el autobús y, cuando llegué a casa, me lo encontré en el salón... Parecía un buen momento para sincerarse.

—*Non* —respondió Poirot con expresión serena—. *C'est incroyable.* Si quería salvarse de la horca, como dice, ¿por qué mató a su hermano de esa manera y en ese momento, cuando Oliver Prowd, Percy Semley y Godfrey Laviolette estaban en el vestíbulo, bajo la balconada?

Pensé que era una excelente pregunta, tanto para Daisy como para Helen o para cualquiera que realmente hubiera matado a Frank Devonport. ¿Por qué lo había hecho de manera tan pública y con la casa llena de testigos?

—Helen Acton también estaba presente y debió de ver lo que usted hizo —prosiguió Poirot—, o de lo contrario no habría podido correr *tout de suite* escalera abajo para decirle a monsieur Prowd que había empujado a Frank. Mademoiselle, si de verdad mató usted a su hermano, como pretende hacernos creer, entonces Poirot se inclina a pensar que el hecho de que el asesinato se produjera delante de tanta gente debió de ser parte de su plan. Pero ¿por qué planear algo así?

—Dejaré que usted lo descubra —replicó Daisy con repentina aspereza.

Su buena disposición se había evaporado.

Poirot asintió.

—Y lo descubriré —afirmó—. No tema. Pronto sabré qué pasó y cómo. Ahora tengo que ir con Percy Semley a *El Mirador de Kingfisher*. Catchpool, usted se quedará en esta habitación. Los demás pueden marcharse. Del comedor, no de la casa.

Me quedé esperando una explicación sobre las nuevas instrucciones, porque a primera vista me parecieron un trato injusto hacia mí. Después de tanto tiempo recluido, necesitaba aire fresco.

—Todos ustedes entrarán uno a uno en el comedor y le referirán a Catchpool sus movimientos exactos el día de la muerte de Frank Devonport —dijo Poirot—. ¿Ha quedado claro? Es de vital importancia disponer de una descripción completa y veraz aportada por cada uno de los testigos de todo lo sucedido el seis de diciembre del año pasado. También Sidney Devonport tendrá que contar su versión. No permita que intente zafarse, Catchpool.

La situación estaba empeorando por momentos. Cuando se trata de no permitir que alguien haga o deje de hacer alguna cosa, mi nivel de aptitud es dudoso en el mejor de los casos. Poirot lo sabía perfectamente y yo se lo habría recordado de no haber sido porque ya se había marchado con Percy Semley en dirección a *El Mirador de Kingfisher*.

Capítulo 13

La tía Hester

No acompañé a Poirot a *El Mirador de Kingfisher* y, por lo tanto, no fui testigo directo de los acontecimientos que voy a describir. Sin embargo, es como si hubiera estado presente, porque más tarde Poirot hizo que las escenas cobraran vida ante mis ojos gracias a una descripción vívida y detallada. Espero ser capaz de exponer los hechos con la misma vitalidad.

Lo primero que observó mi amigo del domicilio de Hester y Percy Semley fue que la casa era mejor que *La Pequeña Llave* en todos los aspectos posibles. Era más hermosa vista desde el exterior, sus jardines eran más impresionantes y estaba situada en un lugar más recluido y tranquilo de Kingfisher Hill. Sus estancias resultaban más equilibradas y con mejor sentido de la proporción. Además, Poirot no pudo dejar de ver que en el vestíbulo de *El Mirador de Kingfisher* no había ninguna altura peligrosa desde la cual fuera posible empujar a una persona para matarla.

Cuando mi amigo llegó en compañía de Percy

277

Semley, un setter inglés salió a su encuentro para recibirlos. Era una perra blanca con orejas anaranjadas y una profusión de pecas de color naranja (aunque es probable que no sea ésa la forma más correcta de describirlas), que intentó varias veces morder la mano enguantada de Poirot, de una manera no exenta de cordialidad. No era un ataque, sino más bien un impulso de mordisquear amigablemente al interesante desconocido.

Otra perra se acercó contoneándose displicente mientras Percy Semley intentaba convencer a la más enérgica para que dejara en paz a Poirot. La segunda era más alta y robusta que la más saltarina, y era también de raza setter. Era blanca, con manchas grises casi negras, que según Poirot le daban el aspecto de un dálmata ideado por un diseñador con escasa disciplina.

Hester Semley, que apareció a continuación, era una señora con gafas, pequeña y huesuda, con una frondosa mata de rizos blancos. Poirot le calculó unos sesenta años. Hablaba y se movía con rapidez. Una vez hechas las presentaciones, empezó a parlotear como si no fuera a callar nunca.

—Es un placer conocerlo, monsieur Poirot. He oído hablar de su trabajo, por supuesto. ¿Qué lo trae por Kingfisher Hill? Oh, seguramente me lo contará con todo detalle dentro de un momento. Percy, llévate el abrigo de nuestro visitante. Y también su sombrero. ¡Tranquila, *Esterlina*, tienes que tener más paciencia! Veo que ya ha conocido a mis niñas, monsieur Poirot.

Esterlina es ésta, la que lo está atormentando. Pero no se preocupe. No le hará nada. Creo que no le gusta el sabor de sus guantes. Son de piel, ¿no? A *Esterlina* no le gusta el olor a cuero. No es culpa suya. Usted no podía saberlo. ¡Te digo que esperes, *Esterlina*! Por favor, Percy, llévate los guantes y ponlos en el bolsillo del abrigo de este señor. *Esterlina* solamente quiere mordisquearle un poco la mano, monsieur Poirot. Es su manera de saludarlo y de demostrarle que quiere ser su amiga. En cuanto se siente se olvidará de sus manos y empezará a lamerle la cara. No es tímida como su hermana mayor. ¡*Libra*! Ven aquí, *Libra*. Saluda a nuestro invitado. Es un detective famoso que ha resuelto infinidad de crímenes. ¿Verdad que sí, monsieur Poirot? No todos los días nos visita una persona tan distinguida. Si yo fuera tú, *Libra*, haría como tu hermana y aprovecharía al máximo esta oportunidad.

Pero *Libra* no consideraba que un visitante ilustre fuera suficiente motivo para emocionarse. Se sentó en el suelo y empezó a lamerse una pata.

—¿Sus perras se llaman *Libra* y *Esterlina*? —preguntó Poirot—. ¿Les ha puesto esos nombres por la moneda de Gran Bretaña?

—Así es —respondió Hester Semley, con tanta convicción que no parecía estar simplemente respondiendo a una pregunta, sino renovando un compromiso—. Los necios que nos gobiernan nos llevarán a abandonar el patrón oro si no lo impedimos. ¡Es terrible! Dicen que la libra no podrá mantener su valor, y no me extrañaría que así fuera, ¡todo por culpa de su ineptitud! Tal como yo lo veo, las cosas son muy sencillas, monsieur Poirot. ¡Si no entiendes de temas fiscales, no intentes manejar la Hacienda Pública! Pero estoy segura de que no ha venido aquí para que yo le cuente cómo organizaría los asuntos de este gran país si estuviera en el gobierno.

—Estoy convencido de que haría un trabajo excelente —le dijo Poirot.

—Claro que sí —convino ella mientras lo hacía pasar al salón—. Le garantizo que lo haría. Siempre que me comprometo a hacer un trabajo, me aseguro de hacerlo bien. Por eso pienso responder a sus preguntas lo mejor que pueda. Imagino que querrá interrogarme sobre la mujer asesinada en *La Pequeña Llave*, ¿verdad?

Las dos perras los habían seguido al salón. *Esterlina* jadeaba feliz al lado del sillón de Poirot, aunque afortunadamente no trataba de lamerle la cara.

—Monsieur Poirot quiere saber dónde estaba yo cuando se cometió el crimen —le explicó Percy a su tía—. Le he dicho que estaba contigo.

—Es verdad, monsieur Poirot. Estaba conmigo. Quizá piense que lo diría aunque no fuera cierto, pero se equivoca. Todos deben asumir las consecuencias de sus actos, sean o no familia mía. ¡Percy Semley, si alguna vez quebrantas la ley, te denunciaré a la policía y me importará muy poco que seas mi sobrino!

—Lo sé, tía Hester.

Poirot tuvo la impresión de que no era la primera vez que Percy respondía de idéntica manera a esa misma aseveración.

—Entonces ¿eso es todo lo que desea saber? —preguntó Hester Semley—. Apuesto a que no, ya que esa joven ha sido asesinada en *La Pequeña Llave* y no es la primera en sufrir el fatal desenlace en esa casa. Percy, ve a preparar té o café. ¿Qué prefiere, monsieur Poirot?

—Café, gracias. Y sí, en efecto, también me gustaría hacerle algunas preguntas sobre el asesinato de Frank Devonport.

Todavía no había terminado de hablar, pero Hester Semley ya había comenzado a responder, y su respuesta se prolongó un buen rato.

—No sé nada del asesinato de Frank Devonport, aparte de lo que sabe todo el mundo: que su prometida, Helen Acton, ha confesado ser la autora del crimen y pronto será ejecutada, y que ha aducido como motivo del asesinato su amor por Richard Devonport. ¡Mentira cochina! Si la prometida de Richard hubiese confesado estar enamorada de Frank, no me habría costado creerla. Pero sencillamente es imposible que haya sucedido al revés. ¿Cuál ha podido ser el verdadero motivo de Helen Acton? Es lo que tiene que averiguar, monsieur Poirot. ¿No es así, *Esterlina*? ¡Claro que sí! ¡Oh! ¿Es usted una de esas personas que no aprecian los lametazos de los perros? ¡No se preocupe! Lo hará sólo un momento. Acabará antes si se queda usted quieto y no dice nada.

»En cualquier caso, lo que tal vez no sepa es que el día del asesinato de Frank hubo una especie de éxodo a primera hora de la mañana, de *La Pequeña Llave* hacia aquí. Serían las nueve y media cuando se presentaron Richard, Daisy, Godfrey y Verna. Sidney y Lilian habían insistido en tener la casa para ellos solos, para la gran ceremonia de bienvenida de Frank... Claro que podrían haberse ahorrado la molestia si, para empezar, no lo hubieran echado de la casa. ¡Alguna gente es muy tonta! Tu hijo te roba, pero no lo denuncias a la policía. Lo proteges de la ley, pero lo expulsas de la familia. ¿Qué sentido tiene esa manera de comportarse? Se lo diré: ¡ninguno! Yo habría hecho exactamente lo contrario.

Hizo una pausa para respirar, que Poirot aprovechó para hablar.

—Por favor, cuénteme todo lo que pasó aquel día. Ha dicho que Richard y Daisy Devonport y los Laviolette llegaron a las nueve y media. ¿Monsieur Oliver Prowd no estaba con ellos?

—No, estaba en Londres. Llegó poco antes de las dos y manifestó cierto desagrado con la situación. Pero no crea que se quejó mucho. No amenazó con una revolución ni nada por el estilo. No se habría atrevido. Daisy lo tiene en el bote y hace con él lo que le da la gana. Tan sólo comentó que no entendía por qué debían esperar aquí hasta que Sidney y Lilian les dijeran que ya podían regresar a *La Pequeña Llave*. Lo expresó con mucho tacto, pero era evidente que todo el montaje le parecía exageradamente dramático e irracional, y cuando lo dijo, Daisy se puso hecha una fiera y empezó a gritarle que no tenía derecho a criticar a su familia, de la que todavía no formaba parte por matrimonio y de la que nunca llegaría a formar parte si seguía hablando de esa manera. Su diatriba fue larga y despiadada. Hasta tú te afligiste, ¿verdad, *Libra*? Sin embargo tenía sentido, si te paras a pensarlo.

—¿A pensar qué?

—Daisy y Oliver echaban terriblemente de menos a Frank. Debía de ser un tormento para ellos saber que se encontraba en *La Pequeña Llave* y que no les permitían ir a verlo. En realidad, nunca nadie le había prohibido a Oliver que mantuviera el contacto con Frank, pero lo cierto es que su amistad se había acabado... —Se interrumpió—. Se me ha olvidado a qué venía todo esto.

—Decía que...

—¡Ah, sí! Estaba diciendo que no podemos culpar a Daisy y Oliver por estar de mal humor y discutir entre ellos. Debían de estar muy nerviosos, por la inminente perspectiva de ver a Frank y por el innecesario aplazamiento impuesto por ese bravucón de Sidney Devonport, un hombre muy desagradable. Daisy ha heredado su carácter. Ella también puede ser bastante horrible. Le gusta controlarlo todo y no tiene miedo prácticamente de nada. Pero a Sidney sí que lo teme.

—Tendrías que haberla oído hace un momento, tía Hester —intervino Percy—. Le ha dicho a Sidney todo lo que piensa de él. Parecía dispuesta a aplastarlo.

—No me interrumpas, Percy. Estoy hablando yo.

—Tú siempre estás hablando, tía Hester.

—Puede que Daisy haya superado por fin el miedo a su padre —prosiguió la señora—. Sería bueno para ella. Pero el día del asesinato de Frank todavía lo temía. Por eso se encarnizó tan ferozmente con su pobre novio. Ella sabía que Oliver tenía razón cuando dijo que la situación era absurda (todos aquí, esperando como tontos, sin ninguna razón de peso), y su orgullo no pudo soportarlo. Su vanidad le impidió decir: «Sé que las exigencias de mi padre son discutibles, pero me da miedo plantarle cara». Por eso la tomó con Oliver, que sin darse cuenta había dejado al descubierto la debilidad y la actitud sumisa de la propia Daisy. Hay mucha gente que no se avergüenza de sus temores, monsieur Poirot, pero ella no es una de esas personas. La sumisión ante su padre la abochornaba. Era evidente.

Poirot abrió la boca, pero Hester Semley interpretó el gesto como una invitación a acelerar el ritmo de su discurso.

—La mayoría de las personas están dispuestas a actuar por miedo a una cosa u otra. ¡Pero jamás lo reconocerán! Dirán que respetan las convenciones sociales o que no quieren herir los sentimientos de los demás. ¡Mentira cochina! Son cobardes que no conocen la libertad. Pero no sé por qué estamos hablando de ese tipo de gente cuando deberíamos estar hablando de Daisy, que es todo lo contrario. Ella solamente desea vivir libre y sin miedo. Sin embargo, por una cruel ironía del destino, es hija de Sidney Devonport. Percy, tú deberías ser hijo de los Devonport. Habrías hecho un buen papel. ¿Por qué no traes el café?

—¡Oh, se me había olvidado! —dijo Percy, que se dirigió hacia la cocina y cerró la puerta al salir.

—No es muy listo —le comentó Hester a Poirot—. ¿Qué estaba diciendo...? Ah, sí. Le estaba contando lo sucedido el día que mataron a Frank. Tan sólo puedo decirle lo que pasó aquí. Daisy todavía estaba regañando a Oliver cuando llegó Winnie... Me refiero a la criada de los Devonport. Recuérdeme que le comente algo importante acerca de Winnie. Sidney la había enviado para anunciar que ya podían regresar a *La Pequeña Llave*. Todos menos Oliver. Daisy seguía enfadada y le prohibió que la acompañara. ¡Pobre muchacho! Pero no fui la única en sentir pena por él. Godfrey Laviolette se apresuró a proponer una ronda de golf para animarlo, y los tres se fueron a jugar: Godfrey, Oliver y Percy. *Libra*, *Esterlina* y yo nos quedamos en casa, ¿verdad, chicas? Echamos una siestecita. Después, al cabo de hora y media, volvieron los golfistas y Percy se llevó a las criaturas a correr un poco por el bosque.

Al ver la expresión de Poirot, Hester añadió:

—No me refiero a Godfrey y Oliver. Jamás describiría a Godfrey Laviolette como una «criatura», aunque tenga esa piel tan extraña y lisa que parece inmune a las arrugas. Me refería a las perras. A mis niñas.

Tendió una mano y acarició a *Libra*, que rodó en el suelo y levantó las patas. Como si hubiera notado la desigual distribución de la atención, *Esterlina* se incorporó y apoyó la pata delantera sobre el brazo de Poirot. Mi amigo se dijo que no podía arriesgarse a acariciar al animal, para no inducir otra tanda de lametazos, algo que desde luego prefería evitar.

—Si le interesa la familia Devonport —prosiguió Hester—, probablemente querrá conocer el contenido de la conversación entre Godfrey y Oliver aquella tarde, cuando Percy se ausentó un momento después de jugar al golf. Recuérdeme que se lo cuente. Y también lo de Winnie Lord. Aparte de eso..., bueno, me parece que ya no puedo ayudarlo en nada más. Evidentemente, usted no cree que Helen Acton haya matado a Frank. (Está claro que no lo cree, porque de lo contrario no habría preguntado por los movimientos de todos los demás aquel día.) Si piensa que fue otra persona quien mató a Frank, sólo puedo decirle que yo también estoy convencida de que no fue Helen. Por otro lado, opino que pudo haber sido cualquiera. Bueno, como es obvio los Laviolette quedan descartados, pero...

—¿Por qué es tan obvio que no pudieron ser los Laviolette? —preguntó Poirot.

—¡Por favor, estoy hablando yo! —protestó Hester Semley con un suspiro—. Ahora tendré que interrumpir el hilo de mis pensamientos para contestarle. Es obvio porque Godfrey y Verna son personas decentes y de buen corazón. Me caen muy bien los dos. Jamás matarían a nadie. Los Devonport, en cambio, serían muy capaces, porque o bien son tiranos, como Sidney, o bien tienen la personalidad tan deformada por convivir con un tirano que es muy posible que alberguen en su interior la semilla de la destrucción. Veo que tiene otra pregunta para mí. Adelante, hágala.

Poirot titubeó antes de llenar con palabras el bienvenido e imprevisto silencio, pero al final dijo:

—Mi amigo, el inspector Catchpool, se sorprendió cuando Helen Acton describió a Verna Laviolette como una persona amable. Tengo que reconocer que yo también me sorprendí un poco.

—Entonces los dos son unos tontos —dijo Hester—. Verna es una de las personas más dulces que conozco. No encontrará jamás una mujer más simpática y atenta. ¿Sabe cómo nos conocimos? No, no puede saberlo. Se lo diré. Godfrey y Verna eran los dueños de *La Pequeña Llave*, aunque en esa época se llamaba *El Reposo de Kingfisher*, un nombre mucho más adecuado. La Comisión de Propietarios debería haberle prohibido a Sidney que lo cambiara. ¡Me importa un comino que saliera de la pluma de Charles Dickens! ¡También el tío Pumblechook salió de la pluma de Dickens! ¿Le parecería normal que uno de sus vecinos bautizara su casa con el nombre de *Tío Pumblechook*?

Pareció esperar una respuesta. Con tanta solemnidad como pudo, Poirot replicó:

—Tengo entendido que el plan original de los Devonport era comprar esta casa...

—Sí, así es. Prácticamente habíamos cerrado el trato. Pero entonces descubrieron que los Laviolette querían vender *El Reposo de Kingfisher*. Godfrey les ofreció un precio muy bueno. Sólo puedo pensar que debía de estar muy apurado de dinero porque, de lo contrario, ¿por qué iba a vender su casa por mucho menos de su valor? Era una oferta que sólo un imbécil habría rechazado, aunque estéticamente esta casa es mucho mejor que *El Tío Pumblechook*, como llamaré de ahora en adelante a la casa de los Devonport.

»En cualquier caso, así fue como nos hicimos amigas Verna y yo. Habíamos sido vecinas durante un tiempo, pero casi no la conocía. Cuando Sidney decidió comprar su casa en lugar de la mía, ella vino a verme para disculparse y asegurarse de que el cambio de planes no me dejaba en una situación problemática. Fue increíblemente amable y se ofreció para ayudarme a encontrar otro comprador. «No, gracias», le dije. Verá, monsieur Poirot. Había ocurrido una cosa muy extraña. Cuando Sidney Devonport me anunció que ya no quería comprarme la casa, en el preciso instante en que las palabras salieron de esa boca de gárgola que tiene supe que ya no quería venderla, ni a él ni a ninguna otra persona. Cuando lo oí decir con desdén que no quería vivir aquí, me di cuenta de que yo sí.

A continuación, y durante varios minutos, Hester Semley se explayó sobre las ventajas de *El Mirador de Kingfisher* en comparación con cualquier otra casa que conociera. (Mi amigo me ahorró los detalles.)

En cuanto consiguió hacerse oír, Poirot intervino:

—¿Pudo haber otra razón para que los Laviolette quisieran vender su casa? ¿Algún motivo más allá del dinero?

—Supongo que sí, pero no consigo imaginar cuál.

—¿Había cambiado algo en Kingfisher Hill, poco antes de que decidieran vender?

—Nada en absoluto. Las cosas no suelen cambiar mucho por aquí, afortunadamente.

—¿Y qué me dice de monsieur Alfred Bixby y la Compañía de Autobuses Kingfisher? —preguntó Poirot.

—¿Qué quiere que le diga?

—¿No es verdad que algunos residentes son contrarios a monsieur Bixby y su negocio, por la vulgaridad de los carricoches azules y naranja, y el uso del nombre *Kingfisher*?

—Ah, sí. Pero eso ya era un problema antes de que Godfrey y Verna compraran su casa. La ramplonería del señor Bixby es anterior a todos nosotros. Aunque ahora que lo pienso... —Hester Semley se incorporó en la silla y se ajustó las gafas sobre la nariz—. Algo había cambiado en Kingfisher Hill poco antes de que Godfrey y Verna decidieran vender su casa: el guardia de la entrada. Yo me opuse con firmeza, pero me quedé sola en mi objeción y al final tuve que aceptar la derrota. Nadie se puso de mi parte, excepto Lavinia Stent. Pero tenerla a ella de aliada es como no tener a nadie o incluso peor. Hasta Percy me dijo que no estaba siendo razonable.

—¿El guardia de la entrada? —repitió Poirot.

—Sí, el de la garita. El anterior se jubiló y contrataron a uno nuevo, un hombre de aspecto a todas luces inapropiado. ¿No lo ha visto al llegar? ¡Terriblemente hirsuto! Y casi sin frente. La línea del pelo le empieza en las cejas. Da la casualidad de que su predecesor, el anterior guardia, era todo lo contrario: calvo como una bola de golf y casi sin cejas. Pero tenía un aspecto pulcro y cuidado, a diferencia del tipo nuevo. ¿Y a quién puede molestarle una bola de golf? No es culpa del guardia nuevo, lo sé, y no me opongo a que la gente sea peluda. Estoy segura de que el hombre es un empleado ejemplar y digno de confianza (de hecho, me consta que lo es), pero ¿era necesario colocarlo en la entrada, para que todos lo vean cuando llegan? ¿No había para él un puesto menos visible? ¿Menos público? ¿Por qué sonríe, monsieur Poirot? ¿Piensa que soy una vieja ridícula por fijarme en esas cosas?

—Lo que pienso es que, gracias a usted —replicó Poirot—, las piezas de un pequeño puzle están empezando a encajar. Su historia del nuevo guardia, del anterior y de la bola de golf me ha proporcionado una respuesta. Y confío en que pronto encontraré más.

Hester Semley se inclinó hacia delante con interés.

—¿Está insinuando que el antiguo guardia de la entrada y el nuevo tienen alguna relación con los asesinatos de Kingfisher Hill?

—*Pas du tout...*

Poirot no tuvo tiempo de decir nada más porque en ese momento entró Percy en el salón, tambaleándose torpemente, con el café, la leche y el azúcar en precario equilibrio sobre una temblorosa bandeja. Las dos perras se pusieron de pie y empezaron a ladrar.

En condiciones normales el ruido habría crispado a Poirot, pero su reciente triunfo deductivo lo había vuelto inmune a la irritación por un tiempo. Lavinia Stent (una mujer cuyo nombre no había oído nunca y que probablemente jamás conocería) podía ser peor que inútil para Hester Semley, pero para Hércules Poirot había resultado del todo provechosa.

Tras tomar el café, cuando Percy ya se había marchado con instrucciones de realizar varias llamadas telefónicas en nombre de su tía, Poirot le recordó a su anfitriona que tenía algo que contarle sobre Winnie Lord.

—Ah, sí —dijo ella—. Nadie ha vuelto a verla en Kingfisher Hill desde hace un tiempo. ¿Es verdad que ya no trabaja para la familia Devonport?

Poirot le confirmó que, hasta donde él sabía, así era.

—Ya no estaba en la casa cuando el inspector Catchpool y yo visitamos *La Pequeña Llave* por primera vez, y Sidney Devonport dijo que su regreso quedaba completamente descartado.

—Entiendo. No sé qué habrá hecho para merecer el despido, pero le aseguro que ha podido ser cualquier cosa, desde una gravísima infracción hasta una falta leve. Hace tiempo que Sidney y Lilian no la soportan, pero no por culpa de algo que haya hecho la propia Winnie, sino a causa de Daisy.

—Explíquese, por favor —pidió Poirot.

—¡Por supuesto que voy a explicarme! —Hester Semley lo miró indignada—. ¿Cómo iba a entender usted lo que le estoy diciendo si no me explicara? De verdad, monsieur Poirot, no sé si estará acostumbrado a hablar con gente que carece de la capacidad de expresarse o que le cuenta las historias a medias...

—Estoy acostumbrado a tratar de extraer el máximo de información de personas que se esfuerzan por revelarme lo menos que pueden.

—Comprendo. Bueno, mi caso es diferente, porque yo intento revelarle absolutamente todo lo que sé. Así que le suplico que no vuelva a interrumpirme. Verá, cuando Sidney y Lilian echaron a Frank de su casa, Daisy empezó a acercarse a Winnie. Pronto se volvieron inseparables. Sidney y Lilian estaban horrorizados. ¡Su hija, una Devonport, de repente se había hecho amiga de una sirvienta! No podían permitirlo. Daisy lo sabía y eso la llevó a exhibir aún más su proximidad con Winnie. Puede que no haya tenido el valor de plantar cara a sus padres en lo referente a Frank, pero nunca ha renunciado a enfurecerlos de maneras más sutiles, siempre que sea imposible demostrar que lo ha hecho intencionadamente.

»Supongo que su propósito era convertir a Winnie en su nueva hermana pequeña, ya que Sidney y Lilian la habían privado de su hermano Frank. Por las noches se las oía reír en sus habitaciones, y a veces Daisy ayudaba a Winnie con sus tareas en la cocina. También hubo salidas al teatro, regalos, confidencias compartidas e incluso palabras y códigos secretos, según Verna. Si se está preguntando cómo puedo saber todo esto, se lo diré: porque me lo ha contado Verna. Daisy es extremadamente lista. Sabía que Sidney y Lilian necesitaban a Winnie y que no la despedirían.

—Sin embargo, la despidieron —señaló Poirot.

—Eso ha sido ahora —replicó Hester—. Cuando

Daisy decidió poner a Winnie bajo su protección, no se equivocaba. En aquel momento Winnie era esencial para el buen funcionamiento del hogar de los Devonport. Lilian la consideraba una auténtica joya como criada. Tampoco Sidney habría querido empezar otra vez desde cero con una chica nueva, de modo que intentaron hacer como si nada con Winnie, mientras regañaban a Daisy en privado y le prohibían que siguiera confraternizando con el servicio. Verna oyó sin querer muchas de esas diatribas. No era difícil oír lo que decían, porque Sidney nunca recuerda bajar la voz cuando está enfadado. En cada ocasión Daisy respondía: «Por supuesto, papá, tienes razón. Intentaré comportarme mejor en lo sucesivo», pero seguía actuando de la misma forma con Winnie.

»Le diré una cosa, monsieur Poirot. Es posible que Daisy se sintiera sola, echara de menos a Frank y desarrollara como consecuencia un afecto sincero por Winnie, como una especie de sucedáneo del amor por su hermano; pero en mi opinión, y Verna está de acuerdo conmigo, su principal propósito era hacer sufrir a sus padres. Creo que quería decirles, sin tener que decírselo de verdad: "Mirad lo que habéis hecho. Echasteis a Frank de casa y ahora he tenido que buscarme una hermana entre los sirvientes. Os fastidia mucho, ¿verdad? Muy bien. Deberíais haber pensado mejor lo que hacíais". ¿Entiende lo que le digo?

Poirot asintió para indicar que lo había entendido, sintiéndose como un estudiante al que su profesora estuviera preparando para un examen importante.

—Todo eso tuvo un efecto adverso en Winnie —continuó Hester—. No sé muy bien por qué, tal vez por la tensión que se respiraba en *La Pequeña Llave* y por saber que ella era en parte la causante, pero lo cierto es que la calidad de su trabajo empeoró. Siempre había sido enormemente eficiente, vital y competente en el desempeño de sus obligaciones, pero se volvió malhumorada, errática y un obstáculo para el normal funcionamiento de la vida en la casa. Sin embargo, no sucedió de un día para otro. Hubo una fase intermedia.

Poirot abrió la boca para preguntarle qué había querido decir, pero se lo pensó dos veces.

—Al principio, parece ser que Winnie estaba tan encantada con la atención que le brindaba Daisy que descuidó algunas de sus obligaciones, porque ya no era capaz de concentrarse en el trabajo. Estaba emocionada por haber encontrado una nueva hermana en Daisy y perdió el interés por todo lo demás. Después, cuando Frank murió, la calidad de su trabajo se deterioró aún más, pero esta vez se sumó al declive un estado de ánimo sombrío y un aire de manifiesta desdicha. Incluso llegó a desaparecer en un par de ocasiones. Se marchaba cuando la familia esperaba que cocinara y sirviera el desayuno o la cena, y reaparecía poco después, sin una disculpa ni una explicación. Es posible que la tragedia la afectara, por supuesto, pero yo me inclino a pensar que la reacción de Daisy al asesinato de Frank la había perturbado mucho más que el propio asesinato.

—¿Cómo...?

—Monsieur Poirot, si piensa preguntarme cómo reaccionó Daisy a la muerte de Frank, haré que *Libra* y *Esterlina* lo ataquen. ¡Es justo lo que pensaba decirle ahora mismo! Se lo digo de verdad: debería cultivar un poco más la virtud de la paciencia.

Hester Semley se quedó mirando a Poirot en silencio con gesto severo, durante cinco segundos, y al final prosiguió:

—Daisy quedó destrozada tras la muerte de Frank. Todos estaban terriblemente afligidos, desde luego; pero según Verna, había tres personas mucho más afectadas que el resto: Helen Acton, Daisy y Lilian. La profunda infelicidad de Daisy sacó a la luz su veta de crueldad. ¿Y quién se llevó la peor parte? Winnie, por supuesto. Mi teoría es que Winnie comprendió en ese momento que en realidad no significaba nada para Daisy y que la señorita de la casa tan sólo se había entretenido con ella y la había utilizado para fastidiar a sus padres. Tengo que decirle que Verna no está de acuerdo conmigo. Cree que Daisy de veras le cogió cariño a Winnie después de la expulsión de Frank, mientras que yo opino que el deseo de hacer algo, cualquier cosa, que irritara a Sidney y Lilian fue lo primordial. Estoy convencida de que Daisy utilizó a la pobre Winnie con ese único propósito. —Hester suspiró—. Después, destrozada por la pérdida de Frank cuando acababa de producirse el esperado reencuentro, Daisy empezó a atormentar a Winnie de maneras muy diversas y sutiles: la criticaba constantemente, se burlaba de ella... Entonces, como era de suponer, el trabajo de Winnie en la casa empeoró todavía más. No me sorprende que haya cometido algún otro desliz y la hayan despedido. No creo que a Daisy le haya importado mucho.

Poirot pensó en la siguiente pregunta que quería formular y no se sorprendió de que Hester la respondiera, a pesar de que no había llegado a plantearla.

—Y todo esto trae otra vez a colación a Oliver Prowd y la conversación que mantuvo con Godfrey en esta misma sala, el día en que mataron a Frank. Cuando Daisy, Richard y Verna se dispusieron a volver con Winnie a *La Pequeña Llave*, Oliver parecía inconsolable. Godfrey le dirigió unas palabras de aliento y entonces salió a la luz todo lo que Oliver se había guardado. Yo me fui para que los dos hombres pudieran hablar a solas, pero no me alejé demasiado y escuché todo lo que dijeron. No, no me disculparé por ello, monsieur Poirot. Ésta es mi casa y me gusta oír lo que dice la gente entre estas paredes.

—¿Estaba afectado monsieur Prowd por la discusión con mademoiselle Daisy? —preguntó Poirot.

—Sí, desde luego. Pero eso no era todo. Se sentía terriblemente culpable por su manera de tratar a Frank, ¿comprende? Durante un tiempo los dos hombres habían sido inseparables, como hermanos. Frank le había robado dinero a Sidney tan sólo para salvar de la miseria a Oliver y a su padre enfermo, y él había aceptado el dinero y los consejos de Frank sobre la mejor manera de invertirlo. Después había formado con Frank una sociedad comercial: la de los colegios. ¿Ha oído hablar de los colegios?

Poirot le indicó que sí.

—Oliver había aceptado beneficiarse de la actividad criminal de Frank, y de su olfato para el dinero y los negocios —prosiguió Hester Semley—. Pero como amigo... lo rehuía. Como le confesó a Godfrey aquel día, Frank le recordaba todo lo que deseaba olvidar: su miedo terrible a la ruina financiera y a que su padre muriera en la pobreza, su participación tácita en un delito y también, por encima de todo, su incapacidad para salvarse por sus propios medios. Se sentía en deuda con Frank e inferior a él, y su sensación de inutilidad, combinada con todo lo demás..., lo había llevado a poner fin a la amistad que antes los unía. Se seguía comunicando con Frank desde la distancia cuando era necesario, pero no había vuelto a verlo. Le dijo a Godfrey que no se creía capaz de soportar una conversación con Frank cara a cara. Por eso temía el inminente encuentro en *La Pequeña Llave*. Pero ya no podía eludir a su antiguo amigo. Daisy era su prometida y, aparentemente, Frank volvía a ser bienvenido en el seno de la familia...

—Perdone. —Poirot había decidido hablar, aun a riesgo de que su interlocutora lo regañara por interrumpirla—. Hace unos minutos ha dicho usted que tanto mademoiselle Daisy como Oliver Prowd echaban tremendamente de menos a Frank y que, por esa razón, monsieur Prowd estaba ansioso por volver a *La Pequeña Llave*, en lugar de quedarse aquí varado, *n'est-*

ce pas? Sin embargo, ahora afirma que temía el encuentro con Frank Devonport.

—Parece usted tonto —replicó Hester con sorprendente franqueza—. ¿Cree que las dos cosas no pueden ser ciertas al mismo tiempo? ¡Claro que Oliver echaba de menos a Frank! Sufría su ausencia. Si hubiera oído su conversación con Godfrey lo comprendería a la perfección, monsieur Poirot. El obstáculo para su amistad con Frank no era la falta de afecto, sino la mala opinión que Oliver tenía de sí mismo. Durante todos esos meses en que había eludido a su amigo y había evitado verlo o hablar con él, deseaba con todo su corazón que las cosas fueran diferentes y lamentaba profundamente la pérdida de una amistad que lo había acompañado toda la vida. Pero no podía superar su sentimiento de vergüenza.

—Entiendo —dijo Poirot—. Entonces, cuando vio que no le quedaba más opción que encontrarse con Frank cara a cara...

—Sabía que sería un encuentro muy incómodo, pero también que era inevitable, por eso quería pasar el mal trago cuanto antes —prosiguió Hester.

—Lo peor de todo, según le dijo a Godfrey, era que sabía que Frank lo perdonaría sin dudarlo. Eso lo avergonzaba aún más. También lo afligía la actitud de Daisy. Estaba tan entusiasmada con el regreso de Frank que Oliver se sentía postergado y con mayor sensación de inferioridad si cabe. «Lo quiere más que a mí», le dijo a Godfrey. «Siempre lo querrá más que a mí.» Imagino que no hace falta que se lo diga, monsieur Poirot, pero le aconsejo que interrogue muy detenidamente a Winnie Lord y a Oliver Prowd.

—Interesante sugerencia —comentó Poirot de manera evasiva.

—Sería un tonto si no siguiera mi consejo —insistió Hester—. El día del gran retorno de Frank al hogar familiar, Winnie y Oliver debieron de notar de manera lacerante que los sentimientos de Daisy hacia ellos no eran nada en comparación con el amor por su hermano mayor. ¿Cómo podían aspirar a retener la atención de Daisy, aunque sólo fuera por un momento, estando Frank en casa? Los celos son un poderoso móvil para el asesinato, monsieur Poirot. No creo que haga falta que se lo diga.

—¿Recuerda algo más de la conversación entre monsieur Prowd y monsieur Laviolette que considere importante? —preguntó Poirot.

—No, lo cierto es que no. Más variaciones sobre el mismo tema: autocompasión, vergüenza... Oliver parecía dispuesto a confesarlo todo, cada error cometido a lo largo de su vida, como si Godfrey fuera un sacerdote o algo así. ¡Ah! Le rogó a Godfrey que no le dijera ni una palabra a Daisy.

—¿Qué errores mencionó? —quiso saber Poirot.

—Habló de las mujeres que lo habían tratado mal y de las que habían recibido un trato injusto por su parte. Se refirió en particular a una que lo había engañado durante meses, asegurando que era una pobre huérfana sin fortuna, y que después había resultado ser miembro de la familia real de Dinamarca. Se sentía como un estúpido por haberle creído.

—¿De Dinamarca...?

—También habló de otra con la que había tenido un comportamiento poco ético, impropio de un buen cristiano. Así lo expresó él. Seguramente se refería a que habían mantenido relaciones sexuales, desde luego. A veces los jóvenes se resisten a llamar a las cosas por su nombre, por simple mojigatería. No lo entiendo. Después de todo, las palabras no son más que palabras. En cualquier caso, Oliver culpó a la joven por su conducta, cuando la culpa también había sido suya. En consecuencia, se sentía terriblemente culpable y avergonzado.

—La misma pauta que en el caso de Frank —dijo Poirot.

—En efecto —convino Hester—. Oliver era consciente de ello. Reconocía su propia hipocresía, que le parecía aborrecible. El pobre Godfrey no supo qué decirle. Habría tenido mucho más sentido que Oliver hablara conmigo, pero ¿qué hombre de su edad querría confesarse con una vieja, sobre todo tratándose de algo tan vergonzoso como dejar a una chica en estado y encima echarle la culpa y abandonarla?

—¿Hay un niño? —dijo Poirot, alerta ante un dato de posible interés.

—Creo que las cosas no llegaron tan lejos. —Hester le lanzó a Poirot una mirada cargada de intención—. A partir de ese punto la narración de Oliver se llenó de evasivas. Sin embargo, dijo que el doctor de Harley Street que atendía a su padre moribundo no había querido ayudarlos, aunque habría podido hacerlo. Lo describió como un hombre odioso y, a continuación, casi en la misma frase, se lamentó de su propia conducta incalificable y alabó al médico por su sabiduría y su buen juicio. En mi opinión, el doctor se comportó como debía, negándose a ayudar a Oliver y a su amiga a deshacerse de una criatura. Se supone que los médicos deben salvar vidas, no acabar con ellas cuando no han hecho más que empezar.

—¿Qué fue de la mujer y del bebé? —preguntó Poirot.

—Oliver no lo dijo, o al menos no lo expresó de manera precisa. Ni siquiera dijo que hubiera un bebé, ni que hubiesen tomado medidas para impedir su nacimiento; pero, por su forma de hablar, resultaba bastante evidente que lo habían hecho. Siempre es posible encontrar un médico de moral dudosa para hacer lo que uno le pida, cuando se dispone de suficiente dinero. En cualquier caso, Oliver trató con crueldad a la chica y se negó a volver a verla. Y a menos que le mintiera a Godfrey, y no creo que lo hiciera, enseguida se sintió muy mal consigo mismo, como también se había sentido mal por su manera de tratar a Frank. Mi teoría, monsieur Poirot, es que todos los errores pasados de ese pobre hombre le estaban volviendo a la mente en un torbellino a causa de su angustia por la perspectiva del reencuentro con Frank. El desprecio que sentía hacia sí mismo se le había vuelto temporalmente incontrolable. Salta a la vista que Godfrey no era la persona más indicada para hacer que se sintiera mejor. Lo único que se le ocurrió fue proponerle una partida de golf.

No sé, quizá para un hombre es un buen remedio, pero a mí personalmente no me habría aliviado en lo más mínimo. ¡Golpear una pelotita con un palo ridículo durante horas! Es la pérdida de tiempo más absurda que puedo imaginar.

—¿Por casualidad mencionó Oliver Prowd el nombre del médico de su padre? —preguntó Poirot—. ¿El que se negó a ayudarlo para... resolver el problema?

Esperaba que Hester Semley respondiera que no, y por eso se sorprendió agradablemente cuando ella le dijo:

—Sí, de hecho, lo mencionó. Lo recuerdo porque al principio pensé que Oliver decía «F. Grave» (la inicial *Efe* y el apellido *Grave*), pero lo acentuaba de manera extraña. Al cabo de un momento comprendí mi error. En realidad, estaba diciendo «Effegrave», un apellido poco corriente, desde luego. Ahora que lo pienso, tengo un ejemplar de la guía telefónica de Londres. ¿Quiere que lo busquemos? No sé si se escribe *Effegrave*, con doble efe, o *Ephegrave*, con pe y hache. Y si me permite que se lo diga, no sé muy bien por qué cree que ese viejo médico puede ayudarlo a resolver alguno de sus dos asesinatos.

—Consultemos la guía telefónica, por favor.

Con más lentitud de lo que Poirot habría creído posible, Hester Semley se puso de pie.

—Sígame. No haga movimientos bruscos, por favor, o despertará a las niñas. Si no duermen la siesta, se pasan toda la tarde de mal humor.

Poirot tardó varios minutos en avanzar de puntillas hasta la puerta del salón. Mientras se aproximaba, la visión de un objeto en una estantería cercana lo hizo pararse en seco, como si se hubiera topado con una pared. Lo que le había llamado la atención era un libro o, mejor dicho, el título de un libro: *Reunión a medianoche*. La coincidencia de encontrarlo en *El Mirador de Kingfisher* ya era de por sí asombrosa, pero mucho más sorprendente para Poirot fue el nombre de la persona que lo había escrito.

—*Sacré tonerre!* —masculló, y luego sonrió.

«Por fin puedo avanzar con rapidez —pensó—. Tengo que ir a buscar a Catchpool. Hay mucho que hacer.»

Enseguida echó un vistazo culpable en dirección a *Libra* y *Esterlina*, por si sus pensamientos acerca de la rapidez de sus progresos hubieran llegado de alguna manera a las perras y las hubieran despertado de la siesta.

Capítulo 14

Poirot hace una lista

—¿Y bien? —farfullé, esforzándome para no tragar agua—. ¿Le preguntó a Hester Semley por qué tenía en casa un libro perteneciente a Daisy Devonport?

Yo estaba nadando en la famosa piscina de Kingfisher Hill diseñada por Victor Marklew, y Poirot caminaba a mi lado por la hierba —veinte metros arriba y veinte metros abajo—, hablando mientras yo nadaba. El propio Poirot había sugerido el arreglo para no perder el tiempo con lo que llamó mis *aficiones acuáticas*.

Intenté convencerlo de que nadara también, pero se negó, alegando que el agua estaría helada. Se equivocaba. Era una piscina climatizada y el agua estaba a una temperatura bastante tolerable, siempre que uno se mantuviera en movimiento. Increíblemente, tenía toda la piscina para mí solo. Sin embargo, no podía nadar tan deprisa como me habría gustado, para no adelantar a Poirot. Aun así, encontré la experiencia muy tonificante. No hay nada como nadar al aire libre, sintiendo la brisa fresca y el agua en la cara.

—Debería probarlo, Poirot —le había sugerido a mi amigo unos minutos antes—. Es lo mejor para despejarse y aclarar las ideas.

—Mi cabeza no necesita despejarse —me respondió—. Y si no puede decir lo mismo de la suya, no debería dedicarse a retozar en el agua como un perrito, sino a ordenar sus pensamientos con más cuidado y de manera más ordenada y metódica. ¿Acaso no se lo digo siempre?

Ahora me estaba hablando de su visita a la casa de Hester Semley.

—Por supuesto que le pregunté por el libro. ¿Por qué presupone que el ejemplar de *Reunión a medianoche* que vi en *El Mirador de Kingfisher* era el de Daisy Devonport? No lo era. El libro que encontré fue un regalo de Daisy a Verna Laviolette. Verna lo leyó y después se lo prestó a Hester Semley.

—Entonces ¿Daisy lo recibió como regalo y además lo regaló? —dije, tratando de no perder la cuenta de los largos que iba nadando mientras hablábamos. No era fácil contar y hablar al mismo tiempo.

—Así es. Y no sólo se lo regaló a Verna Laviolette —confirmó Poirot—. Según Hester Semley, también le envió un ejemplar a Oliver Prowd cuando aceptó su propuesta de matrimonio. Al parecer, le dijo a Verna que era su libro favorito, el que más le había gustado de todos los que había leído. «Regalo este libro a las personas más importantes de mi vida», le reveló. Yo ya he leído algunos pasajes. Da la impresión de ser una historia bastante interesante, sobre una familia desagradable y particularmente irritante.

—¡No me extraña que le guste tanto a Daisy Devonport! —exclamé.

—Dígame, Catchpool, ¿por qué ha afirmado que mademoiselle Daisy no sólo ha regalado el libro, sino que lo ha recibido como regalo?

Dejé de nadar y me paré para mirarlo. Era imposible que lo hubiera olvidado.

—Se lo dijo a usted en el autobús, cuando se sentó a su lado. Le contó que el ejemplar del libro que llevaba consigo, el que la hizo enfadarse conmigo porque yo me detuve a mirarlo, originalmente había sido un regalo de... Pero se interrumpió antes de revelarle de quién.

—Acierta en cada detalle. Es fascinante, ¿verdad?

—¿Qué? ¿El hecho de que primero lo recibiera como obsequio y de que le gustara tanto que, tras leerlo, corriera a regalárselo a otras personas? A mí eso no me sorprende. Lo que me deja perplejo es el nombre de la autora. ¿Cómo es posible que no me fijara? Debía de estar totalmente a la vista en la cubierta, justo debajo del título.

Había sido lo primero que me había contado Poirot cuando nos reunimos tras su visita a Hester Semley:

—No va a creerme, Catchpool, cuando le diga quién es la autora de *Reunión a medianoche*. ¡Una mujer llamada Joan Blythe! Le aseguro que hablo en serio.

Yo repliqué entonces:

—Me pregunto si sería por eso que nuestra Joan Blythe se asustó tanto cuando me oyó mencionar el nombre del libro en el autobús. Ni siquiera había revelado que era escritora y, de repente, yo menciono el título de uno de sus libros. Debió de pensar... En realidad, no sé qué pudo pensar, pero entiendo que la coincidencia la alterara un poco.

—Usted me dijo que parecía aterrorizada y no meramente alterada —me recordó Poirot—. Además, está presuponiendo que la Joan Blythe del autobús es la misma Joan Blythe que escribió el libro. No hay razón para creer que así sea.

—En cualquier caso, ¡es imposible una coincidencia de tamaña magnitud! O bien Daisy viajaba con un ejemplar de *Reunión a medianoche* y por casualidad se sentó al lado de la autora del libro, o bien (más improbable aún) se sentó al lado de una mujer que no había escrito el libro pero que se llamaba exactamente igual que la autora.

—Catchpool, Catchpool... —suspiró Poirot—. ¿No ha visto todavía algo tan claro?

De repente comprendí a qué se refería Poirot, o al menos así me lo pareció.

—Puede que Joan Blythe no fuera el nombre real de la mujer del autobús —sugerí—. No quería revelarnos su nombre verdadero y, como había leído el nombre de Joan Blythe en la portada del libro de Daisy, nos dijo que se llamaba así.

—A veces me desespera usted, amigo mío —comentó Poirot—. Sí, es muy posible que eligiera el nombre de Joan Blythe porque lo había visto en la cubierta del libro de mademoiselle Daisy, pero... ¿cómo puede fijarse usted sólo en ese detalle y no en el resto del cuadro?

Sumergí la cabeza en el agua y nadé tan rápidamente como pude hasta el final de la piscina y de vuelta a donde me estaba esperando Poirot. Cuando salí a la superficie, le dije:

—La mujer que apareció en el salón de los Devonport con la cara destrozada ¿era Joan-Blythe-la-del-autobús, como supongo que tendré que llamarla de ahora en adelante para diferenciarla de Joan-Blythe-la-escritora? ¿O no era ella?

—Oficialmente, aún no ha sido...

—... no ha sido identificada, ya lo sé. Aun así, usted tiene una opinión. Cree saber quién es.

—¿Desea que lo haga partícipe de mis pensamientos provisionales? —preguntó Poirot—. Muy bien. Sí, la mujer asesinada es Joan-Blythe-la-del-autobús, como usted la llama. Pero su verdadero nombre no era Joan Blythe y le aseguro que no había escrito *Reunión a medianoche*.

—Entonces ¿quién era?

Poirot sonrió.

—Pronto podré revelarle todo lo que quiere saber, amigo mío. Estoy a punto de conseguir que encajen las diferentes piezas del puzle. Pero todavía tengo que hacer algunas cosas..., y usted también.

—Ya me lo imaginaba —murmuré, pensando como en otras ocasiones que tenía mucha suerte de que mi jefe en Scotland Yard apreciara tanto a Poirot. Estaba seguro de que reasignaría mis otros casos a mis colegas para que yo pudiera dedicarme por entero a ayudar a Poirot durante todo el tiempo que me necesitara.

—Descríbame primero el día del asesinato de Frank Devonport —me dijo—. Supongo que habrá hablado con todos y tomado nota de sus versiones, ¿no es así?

—Sí, y todo parece bastante sencillo. No hay ninguna versión de lo sucedido el seis de diciembre que contradiga las otras. Oliver Prowd se marchó a Londres a primera hora de la mañana. Poco después de las nueve, Daisy, Richard Devonport y los Laviolette salieron en dirección a *El Mirador de Kingfisher*, la casa de los Semley, adonde llegaron a las nueve y media. Frank y Helen Acton se presentaron en *La Pequeña Llave* a las diez, y pasaron allí la mañana con Lilian y Sidney Devonport.

»Poco antes de las dos, Oliver volvió de Londres y se dirigió a *El Mirador de Kingfisher*, siguiendo las instrucciones recibidas. Después, hacia las dos, llegó Winnie Lord para anunciar a los exiliados que ya podían regresar. Daisy, Richard y Verna Laviolette lo hicieron de inmediato, pero Oliver y Godfrey se quedaron en *El Mirador de Kingfisher*. Finalmente salieron hacia las cinco, acompañados de Percy Semley. Por lo visto, Semley se les sumó sin haber sido invitado. Había oído hablar mucho y muy bien de Frank a diferentes personas de Kingfisher Hill y quería conocerlo. Ni Godfrey Laviolette ni Oliver Prowd se atrevieron a decirle que su presencia no era bienvenida.

»Mientras tanto, en *La Pequeña Llave*, cuando Daisy, Richard y Verna volvieron de *El Mirador de Kingfisher*, hacia las dos y veinte, todos los presentes se reunieron en el salón. Por lo tanto, participaron en la reunión los cinco Devonport (Frank, Richard, Daisy, Sidney y Lilian), Helen Acton y Verna Laviolette. Winnie Lord entró y salió varias veces para servir unos refrigerios y, más tarde, para recoger los platos.

—Excelente. Todo es tal como esperaba —dijo Poirot—. Continúe.

Empecé a temblar. Las largas parrafadas eran incompatibles con la natación, de modo que me estaba enfriando.

—Todos coinciden en que Helen Acton se marchó del salón en torno a las cuatro. Dijo que estaba agotada y que necesitaba descansar un momento antes de la cena. Subió a su habitación. Unos diez o quince minutos más tarde, Verna Laviolette, Sidney, Lilian y Daisy fueron abandonando también el salón y subiendo a sus respectivos dormitorios. Frank también subió, pero no fue a su habitación, sino a la de Helen.

»A las cuatro y media aproximadamente, antes de subir a su dormitorio, Daisy envió a Winnie Lord a *El Mirador de Kingfisher* en busca de Oliver. Richard Devonport, que no fue al piso de arriba cuando todos salieron del salón, sino a la biblioteca, dice que Winnie volvió de *El Mirador de Kingfisher* a las cinco y media. Con ella venían Oliver Prowd, Godfrey Laviolette y Percy Semley. Richard oyó sus voces desde la biblioteca.

—Entonces, de acuerdo con su declaración, ¿Richard Devonport estuvo un rato solo en la biblioteca?

—Sí. Asegura que oyó a Winnie decir que tenía que

preparar la cena y que desde ese momento sólo distinguió las voces de los tres hombres, hasta que..., bueno, hasta que Frank se precipitó desde la balconada y Helen bajó corriendo la escalera, al grito de: «¡Oliver, he sido yo! ¡Lo he matado!». Respecto a las palabras exactas de su confesión, hay algún desacuerdo, pero todas las versiones coinciden en que Helen Acton reconoció libremente haber empujado a Frank por encima de la balaustrada. Poirot, si no voy a seguir nadando, tendré que salir a envolverme con una de esas toallas.

—Las señalé con el dedo—. O mejor aún, regresemos a *La Pequeña Llave* y prosigamos allí la conversación.

—Su narración de los hechos está siendo muy informativa —replicó mi amigo—. Me gustaría saber con más detalle qué sucedió en esos diez minutos entre las cinco y media y las seis menos veinte. Interrumpir ahora la conversación para volver a la casa sería perjudicial para el hilo de mis pensamientos.

—Poirot, se me está poniendo azul la sangre en las venas a causa del frío —repliqué, enseñándole el brazo.

—Ya veo. Por desgracia, no conseguirá que me sienta responsable de este giro de los acontecimientos, por mucho que lo intente, Catchpool. No ha sido Poirot quien lo ha impulsado a zambullirse en un gran volumen de agua fría. Continúe, por favor.

—Esto lo recordaré —le dije.

Con un suspiro, me sumergí de nuevo en el agua e inicié una serie de vigorosos movimientos con los brazos y las piernas para estimular la circulación.

—A partir de las cinco y media, las versiones empiezan a diferir. Daisy dice que oyó la voz de Oliver y supo que había regresado. Cuando salió a la balconada, vio que había llevado consigo a Percy Semley y se puso furiosa. Semley no había sido invitado, por lo que no era apropiado que Oliver lo llevara a la casa. En ese momento, según el relato de Daisy, se abrió la puerta del dormitorio de Helen y salió Frank. No Helen, sino únicamente Frank. Helen permaneció dentro de la habitación. Desde la balconada, Frank vio a Semley, Godfrey Laviolette y Oliver Prowd en el vestíbulo, y se dirigió a la escalera con la clara intención de reunirse con ellos. Daisy asegura que en ese momento decidió pasar a la acción, para proteger a su familia del peligro que suponía el regreso de Frank. Lo empujó con violencia por encima de la barandilla, su hermano cayó y... ya sabemos lo que pasó.

»Daisy aún no entiende lo que ocurrió después, por lo que me ha dicho. De repente Helen estaba a su lado, aunque no la había oído salir de la habitación. Entonces sucedió algo que a Daisy le pareció completamente absurdo: Helen bajó corriendo la escalera y confesó ser la asesina de Frank. A esas alturas, tras oír el estrépito del cuerpo al caer y las exclamaciones de los hombres en el vestíbulo, todos los que no estaban en la planta baja se asomaron a la balconada: no sólo Daisy, sino también Sidney junto con Lilian Devonport y Verna Laviolette. Richard Devonport salió de la biblioteca y corrió en dirección a su hermano, tendido en el suelo. La única persona que no acudió fue Winnie Lord. Debía de estar ocupada cocinando y no oyó el alboroto. En cuanto a los que miraban desde la balconada..., hay un problema. Las versiones de Verna, Sidney y Lilian discrepan entre sí y todas ellas difieren de la de Daisy.

—¿En qué se diferencian? —preguntó Poirot.

Había establecido un buen ritmo con mis movimientos de brazos y piernas, y había logrado entrar un poco en calor.

—La versión de Verna es la más interesante. Dice que ni Helen Acton ni Daisy Devonport pudieron empujar a Frank porque éste ya estaba cayendo cuando las dos jóvenes salieron de sus dormitorios. Verna Laviolette me ha dicho que está dispuesta a jurarlo. Cuando le he preguntado quién pudo haber empujado a Frank, ha contestado sin vacilaciones: «Lilian. Estaba lo bastante cerca para empujarlo». Según esta versión, Sidney Devonport también se encontraba en la balconada, pero un poco más lejos. Aun así, Verna calcula que pudo haber empujado a Frank y que en ese caso Lilian tuvo que haberlo visto. No sé qué pensará usted, pero a mí no me parece creíble que cuando finalmente habían decidido perdonar a Frank...

—Ah, pero si Sidney y Lilian lo asesinaron, entonces el perdón y la reconciliación debieron de ser un montaje, *n'est-ce pas?*

—Supongo que sí —repliqué, sin mucho convencimiento—. En cualquier caso, lo que me ha contado Verna es muy diferente de lo que me han dicho Sidney, Lilian y Daisy. Sidney y Lilian han afirmado que, al salir de sus habitaciones, Helen estaba junto a la balconada y Frank ya se estaba cayendo. Los dos aseguran que Daisy apareció unos segundos más tarde, cuando Frank ya se había estrellado contra el suelo. En cambio, Daisy dice que ni su padre ni su madre estaban en la balconada, y que si lo estaban no los vio. Dice que empujó a Frank y que notó la presencia de Verna y, un instante después, la de Helen, pero afirma que no vio a Sidney ni a Lilian junto a la barandilla hasta después de seguir a Helen al piso de abajo. En cuanto al grupo reunido en el vestíbulo, ninguno levantó la vista antes de que Frank... aterrizara en el suelo, por decirlo de alguna manera. En consecuencia, ninguno de ellos es de utilidad para determinar quién estaba en la galería del piso de arriba, ni cuándo, ni el orden de aparición.

—Un informe excelente, amigo mío —convino Poirot satisfecho—. Ya puede salir del agua, si así lo desea. No debemos perder el tiempo porque hay mucho que hacer. Y me temo que tendré que dejarlo solo en Kingfisher Hill durante un breve período.

—¿Por qué? —pregunté mientras me envolvía en dos toallas de baño que no me sirvieron demasiado para entrar en calor. Tenía mucho más frío fuera del agua que dentro.

—La joven del autobús —explicó Poirot—. He de interrogar a su familia más directa.

—¿Joan Blythe? Pero... ¿Va a ver a su tía, la que vive en Cobham?

—Esa tía no existe. Pretendo ir a ver a su madre,

para preguntarle acerca del sombrero y el abrigo verdes de su hija. Ese sargento Gidley suyo ha sido de gran ayuda. Me ha proporcionado la dirección. Después tengo una cita con el médico del difunto Otto Prowd: el doctor Alexander Effegrave, con consulta en Harley Street. Hablaré con él y luego visitaré el Banco Coutts, para inquirir sobre los asuntos financieros de Godfrey Laviolette. Finalmente iré a ver al editor de cierto libro.

—*Reunión a medianoche* —aventuré.

Poirot sonrió.

—Bien pensado, Catchpool. La natación parece haber mejorado el funcionamiento de sus pequeñas células grises. Éste es un día feliz porque estoy casi seguro de conocer el resultado de todas las indagaciones que me dispongo a realizar. Es poco probable que me equivoque.

Al ver mi expresión de indefensa frustración, añadió:

—Usted también podría hallarse en situación igualmente propicia si aplicara la mente al problema que tiene entre manos. Pero yo lo ayudaré. Piense un poco, amigo mío. *Reunión a medianoche*, el libro. ¿Cuándo fue la primera vez que lo vio? ¿Dónde estaba? Tenga en cuenta que Daisy Devonport me dijo en el autobús que había sido un regalo. Usted mismo me ha repetido sus palabras exactas hace apenas unos minutos, lo que significa que las recuerda. Piense ahora en la confesión de Helen Acton, segundos después de que Frank cayera y se matara. ¿Qué le dijo a Oliver Prowd cuando bajó corriendo la escalera?

—Muy bien, pensaré en todo eso. Pero ¿qué relación guardan todas esas cosas entre sí?

Yo tiritaba envuelto en mis toallas, envidiando a Poirot su grueso abrigo, su sombrero y sus guantes.

—Ésa es la pregunta que debemos responder. —Su tono no era de aprensión, sino de jubilosa anticipación—. Piense en las confesiones de Oliver Prowd a Godfrey Laviolette, tal como me las ha descrito Hester Semley. Recuerde a Helen Acton y el cansancio que puso como excusa para escapar de la poco acogedora compañía de los Devonport. ¿Se acuerda de que subió a su dormitorio? Piense también en las dos casas: *El Mirador de Kingfisher* y *La Pequeña Llave*. ¿Por qué compraron los Devonport la casa de los Laviolette y no la de Hester Semley? Y más importante aún: ¿por qué querían los Laviolette vender su casa de Kingfisher Hill? Sólo una cosa había cambiado en la finca justo antes de que decidieran vender su propiedad, un detalle que no podía revestir demasiada importancia: la sustitución del guardia de la entrada. ¡Y no olvide a Lavinia Stent!

—Empiezo a sospechar que se burla de mí, Poirot. ¿Me está llenando deliberadamente la cabeza de trivialidades inservibles?

—*Non, pas du tout.*

—No consigo ver qué relación puede tener Lavinia Stent, una mujer que le dio la razón a Hester Semley acerca de la inadecuación del nuevo guardia de la entrada, aunque sin ninguna consecuencia práctica, con los asesinatos de Frank Devonport y Joan Blythe.

Poirot asintió con entusiasmo.

—No se preocupe, amigo mío. Ya supuse que usted no sería capaz o no estaría dispuesto a hacer las reflexiones necesarias, así que le he preparado una lista de tareas importantes. Si cumple todo lo indicado, contribuirá al avance de la investigación, aunque su comprensión sea mínima. Simplemente haga lo que le pido, siguiendo mis instrucciones al pie de la letra, y apunte de manera detallada y precisa los resultados de sus acciones. Podrá hacerlo, ¿verdad?

Poirot se negó a entregarme la lista hasta que estuviera seco y vestido. Cuando me encontré en unas condiciones que esperaba fueran aceptables para mi amigo, seguí sus primeras indicaciones y llamé a la puerta de su habitación en *La Pequeña Llave*, que, por lo que me había dicho el día anterior Verna Laviolette, era la misma que había ocupado Helen Acton en su única e infausta visita a la casa. También según Verna, a mí me había tocado el cuarto de Frank Devonport. De hecho, ya lo había registrado dos veces, con la esperanza de hallar algo útil, sin resultados.

Poirot y yo nos alojábamos en *La Pequeña Llave* para desarrollar nuestra investigación, aunque era evidente que no éramos bienvenidos. Sidney Devonport gruñía cada vez que se cruzaba con nosotros y enseguida daba la vuelta y se marchaba en la dirección opuesta. Daisy, según el humor que tuviera en cada momento, podía mirarnos con indignado desprecio o dedicarnos una sonrisa sesgada, como si supiera algo que noso-tros ignorábamos. Lilian y Richard Devonport rehuían nuestra presencia y Godfrey Laviolette se dejaba ver muy poco. Había adquirido la costumbre de encerrar-se durante horas en la sala conocida como el *cuartel general de los Vigilantes*. Sidney, en cambio, no se acer-caba a la habitación y parecía haber perdido todo in-terés en el juego de mesa que antes lo obsesionaba. Oliver Prowd, por su parte, nos había perseguido al principio, rogándonos que le expusiéramos los deta-lles de nuestras pesquisas y nuestras últimas ideas acerca de los dos asesinatos. Pero, al cabo de un tiem-po, su actitud se transformó en frío resentimiento, en cuanto comprendió que Poirot y yo no pensábamos incluirlo en nuestras deliberaciones.

La única persona que parecía feliz de tenernos cer-ca era Verna Laviolette, que siempre estaba dispuesta a hablar largo y tendido con nosotros, sin pedir nada a cambio. Era extraño. La primera vez que me habían dicho que era amable, me había costado creerlo. La consideraba una persona amargada y demasiado hos-til para ser capaz de tanta gentileza. Con el paso del tiempo, sin embargo, empecé a notar que tenía un lado más afable. Como la familia se había quedado sin servicio tras la marcha de Winnie y de su inepta susti-tuta, Verna cocinaba con la ayuda de Daisy y nos ser-vía todas las comidas a Poirot y a mí.

Desde nuestro regreso a *La Pequeña Llave*, mi amigo y yo comíamos en el comedor más pequeño, adyacen-te a la cocina, en parte porque lo preferíamos, pero también y sobre todo porque Sidney Devonport había dejado claro que no quería compartir con nosotros el comedor principal. Con frecuencia, Verna optaba por hacernos compañía y comer con nosotros, en lugar de quedarse con su marido y los Devonport. En esas ocasiones, su actitud era mucho más agradable de lo que había sido en un principio.

Dicen que las tragedias y las catástrofes sacan a relucir lo mejor de algunas personas. Puede que fuera su caso.

Poirot no respondió la primera vez que llamé a su puerta, así que volví a intentarlo. La segunda, su respuesta fue inmediata.

—¡Ah, Catchpool! ¡Adelante, pase!

—Enséñeme ya esa lista de tareas —dije, temiéndome lo peor.

No me preocupaba tener que dedicar mucho tiempo y esfuerzo a la investigación, pero, conociendo a Poirot, no me cabía ninguna duda de que era capaz de pedirme cualquier cosa, aunque fuera imposible. Desde que lo conozco tengo la sensación de no controlar mi vida y de estar siempre expuesto a una nueva sorpresa o aventura. Es una situación emocionante y a menudo tonificante, pero en ocasiones me destroza los nervios.

Poirot me tendió una hoja de papel y pude echar un primer vistazo a la lista que me había preparado. Decía así:

Tareas para Catchpool

1. Averiguar quién le regaló a Daisy el libro *Reunión a medianoche*.

2. Preguntar a Daisy por qué su padre permitió que Richard le propusiera matrimonio a Helen Acton y mantuviera el compromiso con ella, siendo la asesina de su hijo.

3. Todavía una pregunta más: si suponemos que Frank era tan malo y peligroso que Daisy necesitaba matarlo para proteger a su familia de ulteriores traiciones, ¿por qué aceptó ella casarse con Oliver Prowd, su cómplice en el robo? Es una contradicción. No tiene sentido.

4. ¿Por qué querían Sidney y Lilian Devonport ver a solas durante varias horas a Frank y Helen la misma mañana del asesinato de Frank?

5. ¿Alguien oyó gritos o una discusión en la hora anterior al empujón que acabó con la vida de Frank?

6. ¿En algún momento consideró alguien el suicidio como una posible explicación de la muerte de Frank?

7. Confeccionar la lista de todos los presentes en *La Pequeña Llave* en el momento de la muerte de Frank. Para cada una de esas diez personas, mencionar un posible móvil para el asesinato.

Leí tres veces los siete puntos de la lista y después le pregunté a Poirot:

—¿Diez personas presentes? —Volví a calcular mentalmente—. ¿Incluye a Percy Semley?

—*Mais oui*. Estaba en la casa.

—Pero en la planta baja, lo mismo que Oliver, Godfrey Laviolette, Richard y Winnie Lord. Ninguno de ellos pudo empujar a Frank desde la balconada.

—Es verdad —convino Poirot, pero enseguida añadió—: A menos que parte de la información que nos han proporcionado sea falsa.

—Y a propósito de falsedades —dije—, haré todo lo posible para conseguir las respuestas que busca, pero solamente puedo preguntar. Espero que lo comprenda. No puedo obligar a nadie a responder, ni menos aún a que las respuestas sean veraces.

—¡Claro que puede! ¿No es usted el inspector de Scotland Yard al frente de las dos investigaciones?

—En teoría, sí. —Suspiré—. Ya sabe, Poirot, que ni siquiera en las condiciones más favorables consigo imponer demasiado mi autoridad, y trabajar en esta casa es particularmente difícil. Cada vez que pienso en mi primera visita a este lugar y en la historia absurda que usted le había contado a Sidney Devonport acerca de nuestro profundo interés por el juego de los Vigilantes, me estremezco de vergüenza. Es una posición bastante incómoda la de tener que exigir absoluta sinceridad a personas que uno mismo ha tratado de engañar con el mayor descaro.

—¡Ah, ustedes los ingleses y su exagerado sentido de la vergüenza! —dijo Poirot—. No se preocupe por las mentiras que puedan contarle. Nos resultarán tan útiles como las verdades. Por cierto, hay una cosa más, que no he añadido a la lista. Es algo que quiero que le diga a Daisy Devonport, pero no debe hacerlo al mismo tiempo que la interroga sobre los otros asuntos. Esto es de vital importancia, Catchpool. Por eso no lo he puesto al final de la lista. Sólo cuando haya completado todas las tareas, procederá con esta última.

—¿Qué debo hacer? —pregunté.

—Le dirá a mademoiselle Daisy que ha recibido un telegrama del sargento Gidley.

—¿Y qué dice el telegrama?

—Que Helen Acton se ha retractado de su confesión y finalmente reconoce que no ha asesinado a Frank Devonport. Más aún, declara que lo ha matado Daisy y que ella misma la vio empujar a Frank con gran violencia.

—Nada de eso es cierto, ¿no?

—Es del todo falso —proclamó Poirot con orgullo—. Es una pequeña invención mía. Por favor, sea particularmente meticuloso cuando registre los efectos de ese anuncio.

Poco después de impartir su última orden, Poirot se marchó a Londres con la ayuda de nuestro viejo amigo Alfred Bixby y su Compañía de Autobuses Kingfisher. Aunque yo habría dado cualquier cosa por encerrarme en mi dormitorio y evitar al resto de los habitantes de la mansión, me armé de valor y llevé a cabo todas las tareas que me había asignado Poirot en su lista.

En varios frentes no tuve suerte, o al menos no conseguí lo que buscaba. (Sin duda Poirot me habría recordado que la actitud mental, el orden y el método tienen mucho más que ver con el éxito que la suerte.) Nadie me ofreció ningún tipo de respuesta a las preguntas dos, tres y cuatro de la lista de Poirot. Daisy me miró con expresión de repugnancia, como si yo fuera una rata que acabara de aparecer en su plato de la cena, cuando le pedí que me explicara la discrepancia entre su voluntad de casarse con Oliver Prowd y su deseo de matar a Frank por su traición. Su mueca de asco fue suficiente para hacerme perder toda esperanza de sonsacarle una respuesta.

A la pregunta de por qué Sidney y Lilian habían querido quedarse toda la mañana a solas con Frank y Helen, todos los interrogados me dijeron lo mismo (a excepción de Sidney, que dio media vuelta y se marchó sin decir palabra): no había ninguna razón en particular. Simplemente, habían querido estar a solas con ellos porque sí, sin más.

Cuando en otro momento le pregunté a Sidney Devonport por qué había permitido los dos compromisos (el de Daisy con Oliver y el de Richard con Helen), su única respuesta fue un brusco:

—¡No se meta en lo que no le importa!

Antes de eso Daisy me había dicho:

—Creo que es usted demasiado tonto e inexperto para comprenderlo aunque yo se lo explicara, y no pienso explicárselo.

Richard masculló que no le correspondía a él tratar de desentrañar los motivos que pudiera tener su padre.

—De hecho, ni siquiera soy capaz de explicar mi propia conducta la mayor parte del tiempo —dijo.

La sugerencia de que Frank Devonport pudiera haberse quitado la vida intencionadamente fue recibida con desprecio por todos mis interlocutores, que hicieron escarnio de la idea. Nadie amaba la vida tanto como Frank, me aseguraron todos.

Tuve un poco más de éxito con los puntos uno y cinco de la lista de Poirot. Todos, a excepción de Sidney, me aseguraron que no habían oído gritos, discusiones ni nada extraño en la casa durante la hora anterior a la muerte de Frank, ni en ningún otro momento del día. Mi impresión fue que todos decían la verdad.

En cuanto a *Reunión a medianoche*, nadie supo decirme quién se lo había regalado a Daisy, aunque tanto Oliver Prowd como Verna Laviolette me contaron por iniciativa propia que Daisy les había regalado el libro a ellos. Oliver me confió que su ejemplar estaba en su casa de Londres, y Verna aseguró que el suyo se encontraba en casa de Hester Semley, algo que yo, por supuesto, ya sabía.

Cuando le hice la misma pregunta, Daisy aprovechó la oportunidad para burlarse de mí.

—Me lo regaló un hombre llamado Humphrey —respondió. Después se echó a reír y añadió—: Es mentira, inspector Catchpool. No me lo regaló nadie. Me lo procuré yo misma. Humphrey no existe.

Le recordé que antes le había dicho a Poirot que el libro había sido un regalo, pero ella se encogió de hombros y replicó:

—Supongo que le mentí. Debí de pensar que no era asunto suyo y me debí de inventar cualquier historia.

Durante todas nuestras conversaciones, Daisy Devonport siempre dejaba claro que no me tenía miedo, ni a mí ni a nada. Por su manera de proceder, era como si estuviera diciendo: «Ya he confesado ser la asesina de mi hermano, así que no queda nada que pueda asustarme».

Cuando pasé al punto siete de la lista de Poirot —los motivos—, me resultó más sencillo inventar un móvil para algunas de las personas que para otras.

Asesinato de Frank Devonport.
Posibles móviles de las personas presentes

- Sidney Devonport (en la balconada en el momento de la muerte de Frank): Venganza tras el robo del dinero. A Frank le iba bien en los negocios y en la vida y, al cabo de un tiempo, Sidney debió de pensar que la expulsión de la familia no era suficiente castigo. Lo hizo regresar con el señuelo de una segunda oportunidad, aunque en realidad tenía intención de matarlo.
- Lilian Devonport (en la balconada en el momento de la muerte de Frank): Mismo motivo que Sidney, tal vez compartido con su marido, si actuaron juntos. Otra posibilidad (sumamente improbable, pero posible teniendo en cuenta el grado de locura que se apodera de algunas personas) es que Lilian no soportara la idea de «abandonar» a su hijo más querido, sabiendo

que le quedaba poco tiempo de vida. Quiso «llevarse a Frank» consigo.

- Helen Acton (en la balconada en el momento de la muerte de Frank): No se me ocurre ningún móvil, a menos que su «mentira» acerca del amor que le profesaba a Richard Devonport fuera un doble farol. Quizá los dos se habían conocido tiempo atrás, sin que lo supiera la familia, y se habían enamorado. Pero ¿por qué había decidido Helen matar a Frank en lugar de romper simplemente su compromiso? No consigo imaginarlo.

- Daisy Devonport (en la balconada en el momento de la muerte de Frank): Ella misma ha declarado su móvil. Estaba convencida de que Frank suponía un grave peligro para la familia. Puede que la moviera igualmente el deseo de venganza por el robo, si consideraba que el dinero de sus padres también era suyo.

- Richard Devonport (en la biblioteca en el momento de la muerte de Frank): Siendo el menos carismático de los hermanos, quizá temía que el regreso de Frank terminara de eclipsarlo. O tal vez le preocupaba que Frank volviera a gestionar los negocios de Sidney y él, Richard, quedara marginado. También pudo buscar la venganza por el robo del dinero de la familia.

- Oliver Prowd (en el vestíbulo bajo la balconada en el momento de la muerte de Frank): Celos por el afecto que Daisy sentía por Frank, tal como Hester Semley le indicó a Poirot. Miedo de que Daisy perdiera el interés por él tras el regreso de Frank.

- Winnie Lord (en la cocina en el momento de la muerte de Frank): Exactamente el mismo motivo que Oliver Prowd, según Hester Semley.
- Godfrey Laviolette (en el vestíbulo bajo la balconada en el momento de la muerte de Frank): No se me ocurre ninguna razón para el crimen, a menos que tenga que ver con el motivo secreto para que los Laviolette vendieran su casa en Kingfisher Hill.
- Verna Laviolette (en la balconada en el momento de la muerte de Frank): Lo mismo que Godfrey.
- Percy Semley (en el vestíbulo bajo la balconada en el momento de la muerte de Frank): No consigo imaginar ningún motivo que pudiera tener Percy.

Releí lo que había escrito para cada persona.

—Fuera quien fuese el asesino, ¿por qué lo hizo delante de tantos testigos? —dije en voz alta—. Había gente en la balconada y en el vestíbulo. Difícilmente podía haber habido más público. ¿Por qué?

En cuanto a Joan-Blythe-la-del-autobús, no lograba imaginar por qué motivo cualquiera de los Devonport, Laviolette, Lord, Prowd o Semley habría deseado su muerte, hasta el punto de aporrearla con violencia hasta matarla.

Esperé hasta la mañana siguiente para abordar la última tarea que me había confiado Poirot: la que consideraba tan importante que ni siquiera la había puesto en la lista. Después del desayuno fui a buscar a Daisy. La encontré en la sala del juego de los Vigilantes, sentada en una butaca junto a la ventana, mirando al jardín.

—¿Usted otra vez? —dijo ella sin la menor amabilidad—. Más preguntas, supongo.

—No. Hay una noticia que he pensado que le gustaría conocer lo antes posible. Del sargento Gidley. Ha llegado por telegrama hace unos minutos.

—¿Qué noticia?

Se puso de pie. Mi expresión debió de alarmarla. Cuando ya le estaba hablando, y por lo tanto era tarde, se me ocurrió que tal vez me pediría que le enseñara el telegrama. ¿Qué haría yo en ese caso?

La respuesta fue inmediata: me negaría, por supuesto. Si Gidley me había enviado un telegrama, yo no tenía ninguna obligación de enseñárselo a nadie.

—Helen Acton reconoce que ha mentido —dije.

—¿Que ha mentido? —Daisy empezó a andar lentamente hacia mí—. ¿Acerca de qué?

—Se ha retractado de su confesión. Admite que no asesinó a Frank y ha hecho una nueva declaración, en la que afirma que... —Me aclaré la garganta. Poirot habría interpretado mi papel con mucho más aplomo. Pero eso no me servía de nada porque mi amigo estaba en Londres. Era yo quien tenía que soportar la mirada ávida e implacable de Daisy Devonport—. Helen Acton ha confirmado que usted dice la verdad. Dice que usted empujó a Frank y que ella la vio hacerlo.

«Ya está», pensé.

Daisy abrió la boca y noté que le temblaban las manos.

—Entiendo su conmoción —dije.

—¿Dónde está Poirot? —preguntó ella, en un tono desgarrado que no le había oído nunca—. Necesito hablar con él urgentemente.

—Ha ido a ocuparse de algunos asuntos en Londres. Cualquier cosa que quiera decirle a él, me la puede confiar a mí. Somos...

—Hágalo venir —me interrumpió Daisy—. Necesito hablar con él cuanto antes. Ahora mismo.

Capítulo 15

Una nueva confesión

A las once de la mañana siguiente, un conductor dejó a Poirot delante de la verja de *La Pequeña Llave*. Había telefoneado a las ocho para comunicarme la hora probable de su llegada y yo lo estaba esperando.

—Todo tal como había previsto, *mon ami* —dijo—. Mis investigaciones han sido fructíferas. Todas y cada una de mis sospechas han quedado confirmadas. La situación financiera de Godfrey Laviolette es más que satisfactoria y en su banco me han garantizado que siempre lo ha sido. En cuanto a Joan Blythe, la del autobús de Kingfisher, he tenido con su madre una conversación sumamente esclarecedora. El sombrero y el abrigo verdes eran nuevos, como yo pensaba. La joven los estrenó el día que usted y yo la conocimos. ¡Ah! Veo que se pregunta por qué me parece importante ese dato. ¡Pronto lo sabrá!

Poirot me entregó su maleta y se encaminó hacia la casa. Me apresuré a seguirlo.

—He pasado una hora deliciosa con el editor de *Reu-*

nión a medianoche —prosiguió mi amigo—, que me ha proporcionado información esencial sobre la otra Joan Blythe, la autora del libro. La entrevista más útil ha sido la que he mantenido con el médico del difunto Otto Prowd, el doctor Effegrave, con quien he podido hablar largo y tendido. Lo que me ha revelado es la guinda del pastel. *Alors*, todo está bajo control. Mañana vendrá el sargento Gidley y traerá a Helen Acton. Entonces aclararemos de una vez por todas el desconcertante caso de los asesinatos en Kingfisher Hill. Pero ahora dígame, Catchpool, ¿qué tal le ha ido en mi ausencia? ¡No! ¡Espere un momento! Ahora no. Podrían oírnos. —Era cierto. Para entonces nos encontrábamos en el vestíbulo de *La Pequeña Llave*—. Desharé mi maleta y después hablaremos.

Una hora más tarde estábamos sentados en la biblioteca, esperando a Daisy Devonport. Yo le había referido meticulosamente a Poirot todas las conversaciones mantenidas en su ausencia, incluida la última y más tensa de todas, en la que Daisy había insistido en la necesidad de verlo de inmediato.

—¡Ah, *c'est parfait*! —exclamó—. Ya verá, amigo mío. Nuestra inminente conversación con mademoiselle Daisy también se desarrollará exactamente según mis previsiones. Si tuviera lápiz y papel escribiría todo lo que diremos, como si fueran los parlamentos de una obra de teatro. Es casi como si pudiera ver el futuro.

¡Estaba verdaderamente encantado consigo mismo aquel día!

Cuando Daisy entró en la biblioteca, observé signos de llanto reciente en su cara. Tenía los ojos enrojecidos y los párpados hinchados.

—¡Gracias al cielo! ¡Ha vuelto! —exclamó al ver a Poirot, y enseguida fue a sentarse en el sillón más cercano al suyo.

—¿En qué puedo ayudarla? —le preguntó él.

—¡Ojalá pueda! ¡He sido terriblemente estúpida, monsieur Poirot!

—Mademoiselle..., me pregunto si me permitirá que le cuente a usted, y también a Catchpool, la historia que desea referirme.

Daisy pareció confusa.

—Usted no la sabe. Sólo yo la conozco.

—No esté tan segura —replicó Poirot—. Puede interrumpirme si cometo algún error, ¿de acuerdo?

Desconcertada aún, Daisy asintió.

—Ha venido a hacer una nueva confesión. Pero esta vez no viene a confesar un asesinato, ni ningún otro crimen. No, esta mañana desea reconocer que ha cometido un pecado menor: el pecado de la mentira. Ha dicho una mentira muy grande, ¿no es así?

—Sí.

Se le llenaron los ojos de lágrimas, que se le empezaron a derramar por las mejillas.

—Y, por si fuera poco, ha intentado ocultarnos muchas cosas importantes al inspector Catchpool y a mí, ¿no es cierto?

Daisy volvió a asentir.

—Usted no mató a su hermano Frank, ¿verdad?

—No, no lo maté.

—¿Y qué me dice de la mujer del abrigo y el sombrero verdes? ¿A ella sí la mató?

—¡No! —exclamó Daisy—. No he matado a nadie. Pero...

—Guarde silencio, por favor. Permítame que le cuente lo que hizo. Usted cogió el atizador de la chimenea y destruyó la cabeza y la cara de la difunta. La golpeó hasta asegurarse de que quedaría irreconocible. ¿Fue lo que hizo?

—Sí —susurró ella.

—¿Y la nota escrita con tinta negra? «Te sentaste en mal asiento a pesar del mal agüero. Ahora viene este atizador, para aplastarte el sombrero...»

—La escribí yo y la dejé encima del cadáver —dijo Daisy.

—En efecto. —Los ojos de Poirot recorrían la sala mientras hablaba—. Es fascinante. ¡Fascinante! Escribió la nota porque quería y a la vez no quería revelar la identidad de la mujer asesinada.

Daisy lo miró.

—Es usted extremadamente sagaz, monsieur Poirot. No puedo competir con su ingenio.

Poirot hizo una pausa, como si quisiera saborear las palabras de su interlocutora.

—Dígame, si no fue usted quien mató a la mujer del abrigo y el sombrero verdes, ¿quién lo hizo?

—No lo sé. De verdad, no lo sé. Pudo haber sido cualquiera, menos Oliver y yo. Nosotros estábamos dando un paseo juntos, entre las diez y las once. Pero pudo haber sido cualquiera de los demás, incluidos los que supuestamente estaban con alguien a esa hora. Lo que quiero decir es que no es imposible que lo hicieran dos personas a la vez, ¿no cree?

—No, no es imposible —convino Poirot—. Hablemos de la víctima, la mujer del autobús. Dijo llamarse Joan Blythe. ¿Le resulta familiar el nombre?

—Sí —respondió Daisy—. Es una de las cosas que quería contarle, monsieur Poirot. Me he callado tantas cosas y he contado tantas mentiras, que me gustaría decir que lo siento. Y es verdad que lo siento. Pero si no me encontrara en estado de pánico mortal, ¿lo sentiría? Lo dudo, lo cual significa que usted seguramente despreciará mi aparente arrepentimiento, porque lamento mi falta de honestidad por las consecuencias que pueda acarrearme, no por otras razones más nobles y elevadas.

En ese momento parecía muy joven y asustada, y me costó mucho no apiadarme de ella. Después de todo, podía tratarse de otra de sus interpretaciones.

Poirot dijo:

—Tan sólo busco la verdad de lo sucedido, mademoiselle. El resto es asunto suyo y de su conciencia.

Ella hizo un gesto afirmativo. Luego pareció rehacerse y explicó:

—Joan Blythe es el nombre de la autora de un libro muy importante para mí: *Reunión a medianoche*. Lo llevaba conmigo en aquel viaje en autobús. Usted lo vio, inspector Catchpool. ¿Lo recuerda? Lo había dejado en el asiento contiguo y, cuando me volví, noté que usted lo miraba fijamente de una manera bastante extraña. Después usted me acusó de haberlo robado, monsieur Poirot, cuando no había hecho nada semejante. Por alguna razón, el libro hizo que los dos se comportaran de forma extraña. En cualquier caso, Joan Blythe (la verdadera Joan Blythe, esté donde esté) es la autora de esa novela. Me la regaló un amigo, un hombre llamado Humphrey, y yo también regalé ese libro a otras personas.

—¿Por qué no me dijo la verdad en el autobús, cuando le pregunté cómo había llegado a su poder? —preguntó Poirot.

—¿Y por qué a mí me dijo que se había inventado a Humphrey? —añadí yo.

—Le dije la verdad —afirmó Daisy, dirigiéndose a Poirot—. Le dije que era un obsequio que me había hecho una persona. Estaba a punto de contarle que esa persona era un amigo llamado Humphrey cuando caí en la cuenta de que usted acababa de acusarme de ladrona y por lo tanto no merecía saber más de lo que ya le había contado. Al fin y al cabo, ¿qué le importaba? Podría haberle dicho que me lo había regalado Humphrey, Cedric o James y a usted le habría dado lo mismo. —Se volvió hacia mí—. A usted también le dije la verdad al principio. Después decidí divertirme un poco y desdecirme, fingiendo haberle mentido. A veces me divierte mentir. Es como un deporte.

—No me cuesta nada creerla —comentó Poirot con un breve suspiro—. ¿También le pareció divertido decir que había matado a su hermano Frank?

—Eso me proporcionó una clase de satisfacción mucho más oscura —respondió Daisy—. No lo describiría como «diversión».

—Seguramente pensaba que quedaría impune del crimen confesado, ¿no es así? Mientras Helen Acton mantuviera su confesión de que había matado a Frank, usted estaba a salvo. Ella ya estaba en la cárcel y condenada a muerte. No había ningún riesgo de ser ejecutada cuando otra mujer ya había sido sentenciada por el mismo crimen.

—Eso fue lo que pensé —admitió Daisy en voz baja.

—Entonces, cuando Catchpool le contó que Helen Acton se había retractado, sintió pánico. No podía permitir que su confesión fuera la única. De repente comprendió que había un peligro real de acabar en el cadalso.

—Es usted muy sagaz, monsieur Poirot. Veo que entiende mis razones.

—Permítame que le devuelva el favor, mademoiselle.

—¿Qué quiere decir?

—Yo también le diré la verdad: Helen Acton no se ha retractado de su confesión. Es una pequeña mentira que hemos inventado especialmente para usted.

Daisy se volvió para mirarme, boquiabierta.

—No culpe al inspector Catchpool —le dijo Poirot—. La idea ha sido mía. Y ahora dígame, ¿quiere confesar una vez más el asesinato de Frank? Si no lo hace, Helen Acton se quedará sola en su reconocimiento de culpa. Ya no habrá obstáculos para su ejecución inmediata, si usted no pone en conocimiento de la justicia una confesión contradictoria.

—Pero... yo no quiero que Helen muera. —La voz de Daisy era temblorosa—. Frank la amaba y ella también lo quería. Estoy segura. Lo vi con mis propios ojos. No por mucho tiempo, pero lo vi. Era real. Se palpaba en el ambiente. Pero no quiero mentir más, ni para salvar a Helen ni por ninguna otra razón. Estoy cansada de mentir, muy cansada.

Entendí lo que quería decir. Casi nunca miento, pero cuando lo hago (por lo general instigado por Poirot o para apaciguar a mi madre), me resulta agotador.

—Se lo preguntaré otra vez, para asegurarnos —dijo Poirot—. ¿Mató usted a su hermano Frank? ¿Lo empujó por encima de la barandilla para que se precipitara y muriera?

—No, no lo hice. Lo juro. ¡Nunca he matado a nadie! Tan sólo quería que usted lo creyera. Ahora entiendo que me he comportado de manera terriblemente estúpida, presuntuosa y mezquina. No hay nada que pueda decir para remediar lo que hice, lo sé. Mi conducta es inexcusable. —Cerró los ojos y apretó los puños—. ¡Si supiera cuántas veces he soñado con cometer un asesinato y quedar impune! Lo he deseado durante casi un año, desde que mi padre echó a Frank de casa. Pero soy incapaz. Me siento como una niña asustada. Por eso, en lugar de hacerlo, presumí de haberlo hecho. Quizá no tenga sentido para usted, pero yo sólo quería aparentar que tenía un coraje del que en realidad carecía.

—¿Quería matar a Frank? —le pregunté.

—No, nada de eso. —Daisy se levantó y fue hacia la ventana—. Yo adoraba a Frank, pero después de perderlo para siempre yo... Pensará que es una estupidez, pero después de su muerte empecé a fantasear con que lo había matado para castigar a mis padres. Si creían que podían recuperarlo después de haberme privado de mi hermano... —La cara se le crispó de dolor—. A veces también soñaba con matarlos a ellos, que tenían tan poco interés por mis sentimientos que habían expulsado de la familia a Frank, a pesar de mis súplicas. ¡Oh, sí! Todos conocíamos el orden jerárquico: en lo alto y por encima de todos, mi padre; después, mi madre, y por último, Frank. Richard y yo éramos irrelevantes. Mi madre habría conseguido que mi padre cambiara de idea si tan sólo se lo hubiera propuesto. Ya ven lo que pasó cuando se puso enferma y le pidió que perdonara a Frank. ¡Mi padre le concedió el deseo!

—Mademoiselle, si no fue usted quien empujó a Frank, ¿quién lo hizo?

Daisy negó con la cabeza.

—Ojalá lo supiera. Cuando salí de mi habitación, mi hermano ya estaba cayendo.

—En ese momento había otras personas en la balconada, cerca de la barandilla, ¿verdad? ¿Quiénes eran?

—Helen, Verna, mis padres... —Se volvió hacia mí—. ¿Puedo contestar ahora a sus otras preguntas, inspector, las que no quise responder ayer cuando me las formuló? Me gustaría purgar mi deshonestidad siendo tan sincera como sea posible a partir de ahora. Ayer le dije la verdad respecto a una cosa. Me preguntó por qué nos habían enviado mis padres a *El Mirador de Kingfisher* el día que Frank fue asesinado, y mi respuesta fue sincera: sencillamente porque les dio la gana. Desde su punto de vista, en el orden natural de las cosas, sólo sus deseos tienen importancia. Ese día en concreto Frank también era importante; pero el resto de nosotros, no. ¿Para qué íbamos a quedarnos en la casa, ocupando sitio? Eso fue todo. No hubo nada más.

Era una respuesta bastante más completa que la del día anterior. La creí.

—También me preguntó por qué toleraba mi padre el compromiso de Richard con Helen. Muy sencillo. Después del asesinato de Frank mis padres decidieron actuar como si Frank y Helen no hubieran existido nunca. No fue algo inmediato. Lloraron, gritaron y gimieron junto al cuerpo sin vida de Frank durante unos treinta minutos. Luego se confinaron en el dormitorio de mi madre y, cuando volvieron a salir, todos notamos enseguida que habían levantado una especie de muro a su alrededor. Desde ese momento hasta que llegaron ustedes dos y empezaron a hacer preguntas incómodas, se comportaron como si no hubieran tenido nunca un hijo llamado Frank y como si no existiera una persona llamada Helen.

—Entonces, cuando Richard le propuso matrimonio a Helen y ella aceptó... —le dijo Poirot, para instarla a seguir hablando.

—Richard se dio cuenta de que, en este caso en concreto, nuestro padre no podía hacer nada. Le llegó la noticia del compromiso, desde luego, pero no lo reconoció. Sabíamos que actuaría así. Para oponerse o protestar tendría que mencionar el nombre de Helen, y eso lo llevaría a una conversación que su orgullo jamás podría tolerar. Richard podría contestarle: «¿Quién eres tú para decirme lo que tengo que hacer, papá? Dijiste que era preciso expulsar a Frank de la familia para siempre, pero cambiaste de idea de un día para otro, para complacer a mamá». Obviamente, Richard jamás le hablaría con tanto descaro, pero la posibilidad existe y es suficiente para garantizar el silencio de mi padre al respecto. Sabe de sobra que su cambio de opinión acerca de mi hermano ha minado su autoridad de manera irreparable. Además, mi madre y él prefieren no pensar nunca en Frank. No quieren estar de duelo, ni recordar que tuvieron un hijo que les robó y luego fue asesinado. Han creado una nueva realidad en la que pueden vivir, una realidad tolerable en la que no ha ocurrido nada, ningún hecho insoportable o vergonzoso. ¿Cómo podrían oponerse al compromiso de Richard sin que el mundo real irrumpiera en su mundo inventado?

—¿Y qué me dice de su compromiso con Oliver Prowd? —le pregunté—. ¿Es semejante al caso de Richard con Helen Acton? ¿Pensó usted que a Sidney no le haría gracia su matrimonio con Oliver pero no se atrevería a oponerse?

—Sí, en efecto. ¿Qué habría podido decir? ¿«Te pro-híbo que te cases con el hombre que conspiró con Frank para robarme»? Yo habría fingido inocencia y le habría respondido: «No entiendo, papá. Si Frank puede tener una segunda oportunidad, ¿por qué Oliver no? Habías dicho que nunca cederías y que jamás permitirías que Frank volviera a la familia». ¿Comprende? Mi padre sucumbió a las dotes persuasivas de mi madre para ha-cer más soportables sus últimos días, pero se aborrece a sí mismo por haber cedido. Lo considera una debili-dad imperdonable por su parte y se ha esforzado para que Richard y yo no le hablemos nunca al respecto.

—¿Ama usted a Oliver Prowd? —le preguntó Poirot.

—Por supuesto que sí. No tanto como él a mí, pero tampoco me gustaría querer con tanta intensidad a mi futuro marido. Me sentiría indefensa.

—Tengo una pregunta más para usted, mademoi-selle. Cuando entró en el salón y se encontró con noso-tros: el inspector Catchpool, el sargento Gidley, el fo-rense y yo... ¿Recuerda ese momento?

—Sí. El cadáver estaba tendido en el suelo y yo te-nía que fingir que no acababa de destrozarle la cara con un atizador. ¡Claro que lo recuerdo! No lo olvidaré nunca.

—Entonces recordará también que Catchpool y yo nos referimos a la identidad de la difunta y que salió a relucir el nombre de Joan Blythe. ¿Por qué no dijo en-tonces: «¡Qué coincidencia! Así se llama la autora de mi novela favorita»?

Daisy sonrió con tristeza.

—Porque, en ese instante, *Reunión a medianoche* era lo último que tenía en la mente. Sabía que la muerta no se llamaba Joan Blythe y también sabía por qué ella les había dado ese nombre falso.

Poirot asentía con la cabeza mientras ella hablaba.

—Usted sabía que su verdadero nombre era...

—Winnie Lord —dijo Daisy, para completar la frase.

Me habría gustado observar a través de la piel de su frente el funcionamiento de ese cerebro privilegiado. ¿Cómo había hecho Poirot para descubrir que Joan Blythe y Winnie Lord eran la misma persona? Para mí era un misterio insondable.

—Le propongo un juego —le dijo Poirot a Daisy Devonport—. Le contaré algunas partes de una historia, las partes que conozco. Será como un puzle. Usted tendrá que proporcionar las piezas que faltan. ¿Le parece bien?

Daisy asintió.

—Sólo desde ayer sé con certeza que Joan Blythe, la mujer del autobús, era Winnie Lord, aunque lo deduje mucho antes. Pero hay otra cosa que supe desde el principio, algo que me ha resultado muy útil. Desde el primer momento supe que Joan-Blythe-la-del-autobús y usted viajaban juntas. No eran dos pasajeras que casualmente se sentaron juntas durante un breve trayecto. Eran compañeras de viaje.

»Sabiendo que las dos habían iniciado juntas el viaje en autobús pero habían querido hacerme creer que eran desconocidas, he podido resolver todos los enigmas planteados desde el comienzo, mientras que a Catchpool le parecía imposible desentrañar la verdad. Él no veía más que un montón de cabos sueltos, sin ningún sentido ni conexión entre sí. El propio Catchpool me hizo notar la increíble coincidencia de que todo sucediera a la vez: primero, una mujer recibe una advertencia de un desconocido que le dice que será asesinada si ocupa determinado asiento; después, el asiento en cuestión resulta ser adyacente al de otra mujer que le confiesa a Poirot haber cometido un asesinato.

»"¿Cómo es posible que dos mujeres sin relación alguna entre sí hablen tan abiertamente de asesinato en el mismo trayecto de autobús?", me preguntó el inspector. ¡Pero no era cierto que no hubiera ninguna relación entre ellas! *Eh bien*, también había otra aparente coincidencia, *encore plus incroyable*: el hecho de que las dos revelaciones se produjeran justamente cuando íbamos *en route* hacia Kingfisher Hill para investigar otro asesinato, por el cual una mujer inocente estaba a punto de ser ahorcada. Por supuesto, nada de eso era coincidencia. Y usted lo sabe, mademoiselle, ¡porque había orquestado toda la escena!

»Winnie Lord y usted viajaban a Kingfisher Hill, donde ambas vivían. Habían estado en Londres e iban de regreso. No sabía que su hermano Richard me había pedido ayuda para demostrar la inocencia de Helen Acton. No se lo había contado a nadie. Cuando usted se enteró de que Hércules Poirot, el famoso detective, viajaba en el autobús, pensó que sería una simple coincidencia. Una oportunidad. No sabía que yo estaba *en route* hacia *La Pequeña Llave* para resolver el asesinato de Frank Devonport. Según la justicia, el crimen ya estaba resuelto y pronto la culpable sería ejecutada. Mientras tanto, usted llevaba varios meses permitiéndose la morbosa fantasía de ser la asesina de Frank y de haber castigado de esa manera a sus padres, para privarlos de su hijo, del mismo modo que ellos la habían privado a usted de su hermano. *Alors*, decidió jugar con Poirot. La parte de su carácter que disfruta contando mentiras para ver qué efecto causan... no resistió la tentación.

—Ni siquiera intenté resistirme —reconoció Daisy—. Estaba segura de que podía confesar el crimen sin revelar ningún detalle que pudiera identificarme. Estaba ansiosa por oír lo que diría usted al respecto. Esperaba que resolviera el misterio y dedujera cuál había sido mi móvil. Sin embargo, no lo hizo. No maté a Frank, pero si lo hubiera hecho..., seguramente mi motivo habría sido muy interesante, ¿no cree? Me dije: «Veamos si el gran Hércules Poirot es capaz de deducirlo».

—Ah, pero tenía ante sí un obstáculo —prosiguió Poirot—. ¿Cómo lo haría para confesar el crimen? Yo me había sentado con Catchpool, varias filas más atrás, y usted estaba en la séptima fila, al lado de Winnie Lord. No podía ponerse de pie y gritar que había matado a alguien por encima de las cabezas de los otros pasajeros.

—¿Cómo supo que Winnie y yo viajábamos juntas? —preguntó Daisy.

—Era evidente —respondió Poirot—. Catchpool había visto un libro, *Reunión a medianoche*, apoyado sobre el asiento contiguo al suyo. Cuando usted notó que el inspector lo estaba mirando, lo recogió y lo sostuvo en la mano un momento. Después, cuando Catchpool empezó a avanzar otra vez por el pasillo, volvió a dejar el libro sobre el asiento, el que más tarde ocuparía Winnie Lord. Pero el autobús estaba lleno, completamente lleno, y usted lo sabía, mademoiselle, porque Alfred Bixby, propietario de la Compañía de Autobuses Kingfisher, se había jactado de haber vendido todos los billetes y se había asegurado de que todos los pasajeros fuéramos conscientes de que no quedaba ni un solo asiento libre.

—Se fija en todo, ¿verdad? —le dijo Daisy a Poirot.

—Pero Catchpool todavía no lo ha entendido —replicó mi amigo—. Cuando finalmente me senté a su lado, mademoiselle, me comentó que no se habría sorprendido si se hubiera enterado de que monsieur Bixby empleaba actores para dar la falsa impresión de haber vendido todos los billetes. Cuando hizo ese comentario, estuve seguro: usted sabía tanto como yo que el autobús viajaba lleno por completo. Sabía que tarde o temprano todos los asientos se ocuparían. No había ninguna posibilidad de que el asiento contiguo al suyo quedara libre. ¿Por qué razón entonces dejó usted el libro sobre el asiento, como impedimento para que alguien se sentara, cuando en ese momento exacto todavía había personas que estaban subiendo al vehículo? Antes o después habría tenido que quitar el libro y aceptar que alguien se sentara a su lado. ¿Por qué no lo hizo enseguida? Sólo parecía haber una respuesta posible: estaba reservando el asiento para una persona en concreto. Winnie Lord.

—¡Pero no estaban juntas! —intervine yo desconcertado—. Joan... Winnie... estaba sola en la acera. Usted, señorita Devonport, se mantuvo a cierta distancia y no hizo más que comentarios desagradables sobre ella, en voz alta, de manera que todos pudimos oírla, como si fuera una desconocida por la que no sentía más que desprecio.

—Estaba enfadada —explicó Daisy—. Winnie y yo estuvimos juntas hasta que ella hizo una cosa que me decepcionó enormemente. Fue entonces cuando se apartó de mí y empezó a comportarse como una tonta y a farfullar cosas sin sentido. Pensé que si la trataba con severidad, recuperaría la sensatez. Quería recordarle que éramos amigas y que me debía cierta lealtad. Yo siempre había sido buena con ella. El abrigo y el sombrero verdes que llevaba eran regalos míos, y no habían sido baratos.

—¿Por qué causa se alejó de usted? —preguntó Poirot—. Un momento... Creo que sé la respuesta. ¿Recuerda, Catchpool, que cuando habló por primera vez con Winnie Lord se presentó como inspector de Scotland Yard, y ella le dijo que era imposible? Insistió en que usted no podía ser inspector y exigió saber su verdadera identidad. Eso nos proporciona la clave de lo que pudo suceder unos minutos antes con mademoiselle Daisy, que la dejó a ella conmocionada y asustada, y a usted, mademoiselle, furiosa. Con frecuencia se apodera de usted una ira excesiva, ¿verdad? Siente una cólera desenfrenada que a duras penas logra contener, ante la más leve de las provocaciones.

Daisy cerró los ojos.

Poirot continuó:

—En el autobús, cuando Catchpool no había hecho más que echar un vistazo a su libro, usted reaccionó con desproporcionada agresividad, tal como había sucedido poco antes, cuando cubrió de recriminaciones a Winnie Lord delante de los otros pasajeros. Cuando me senté con usted, expresó hostilidad hacia mí. En general, mademoiselle, parecía estar llena de furia sin causa aparente. Así suelen comportarse las personas que han reprimido su ira natural, causada en su caso por un padre autoritario y el alejamiento impuesto de un hermano muy querido, durante demasiado tiempo.

—Monsieur Poirot, ¿me permite que le diga una cosa?

Daisy se inclinó hacia él.

—Se lo ruego.

—Cuando comprendí que me vería obligada a destrozarle la cara y la cabeza a Winnie para que nadie la reconociera, yo... ¿cómo decirlo? Me entusiasmó la perspectiva. Ya estaba muerta, con el atizador a su lado y un poco de sangre bajo la cabeza, y yo... tuve que esforzarme y sudar bastante para hacerlo. Pero después me quedé tranquila y en paz conmigo misma, como si la ira que durante tanto tiempo había bullido en mi interior me hubiera abandonado.

—También debía de estar furiosa con Frank —señaló Poirot—. Sus padres le habían causado una gran desdicha obligándola a separarse de él... y, aun así, Frank estaba dispuesto a perdonarlos y no parecía guardarles rencor. ¿Se sintió traicionada por su hermano?

Daisy sonrió.

—¡Cielos, Poirot! Es usted de veras tan listo como dice la gente.

—Y usted es una joven sumamente imaginativa.

—Cuando lo conocí, lo acusé de dar demasiada importancia a los asesinatos —prosiguió Daisy—. No es mi verdadera opinión. El asesinato es algo terrible, lo más terrible que existe. Ojalá... —De repente pareció sofocar un sollozo—. Ojalá Frank estuviera vivo. Sería mi mayor deseo.

—Sí, veo que dice la verdad —replicó Poirot con gentileza—. Cuando su hermano fue asesinado, usted sintió un dolor enorme... y una ira más intensa que nunca. Quería que los demás sufrieran tanto como usted. Se preguntaba cuál sería el peor castigo que les podría infligir a Sidney y Lilian Devonport. Entonces concibió un plan perverso e ingenioso. ¿Cuándo se le ocurrió? Creo que fue mucho antes de encontrarse con Hércules Poirot junto a un autobús de línea.

—Fue poco después de la muerte de Frank —explicó Daisy—. Oí a Helen decirle a la policía que ya había empujado a Frank por encima de la barandilla cuando los demás acudieron a la balconada. Pero yo había visto con mis propios ojos que mis padres fueron testigos de la caída de Frank. No notaron mi presencia, pero yo también estaba allí, entre Helen y ellos. No podían estar seguros de que no hubiera sido yo quien había empujado a Frank.

—*Eh bien*, tuvo una idea que era a la vez atroz y muy fácil de poner en práctica —continuó Poirot—. Podía hacerles creer que la asesina había sido usted y que su motivo para matar a su hermano era la creencia, instalada en su mente por sus propios padres, de que Frank era una amenaza para la familia. De ese modo Sidney y Lilian Devonport se verían obligados a realizar una intolerable constatación: la de haber perdido al hijo que acababan de recuperar, enteramente por culpa suya, como resultado directo de no haber permitido que usted siguiera cultivando sus propios sentimientos e ideas acerca de Frank. Habían dedicado mucho esfuerzo para convencerla de que era un peligro, pero ahora..., cuando acababan de arrepentirse y sólo pensaban en recuperar a su hijo expulsado y perdido..., tendrían que pagar un precio muy alto por haberla adoctrinado a usted contra él.

—Sí. Era el desenlace perfecto —dijo Daisy—. Cuando yo había querido conservar a Frank, me lo habían impedido. Ahora que ellos querían recuperarlo, sería yo quien no se lo permitiera y por la misma razón: porque ahora era yo quien lo consideraba un peligro terrible. Y si lo creía, era únicamente porque ellos me habían convencido de que así era. Como historia era maravillosa, ¿no cree, monsieur Poirot?

—¿Cuánto de ese «desenlace perfecto» le confió a Winnie Lord? —preguntó Poirot—. Por eso estaba tan agitada, ¿verdad? Vio a Poirot y decidió jugar sus cartas con él: confesar un asesinato que no había cometido. Pero puede que le hubiera parecido útil ensayar antes su historia contándosela a Winnie, ¿no es así?

—Necesitaba hacer algo para entretenerme —contestó Daisy—. Alfred Bixby estaba tardando siglos en abrir las puertas del autobús y yo me estaba muriendo de frío.

—Por eso debió de reaccionar Winnie de manera tan extraña cuando me presenté como inspector de policía —intervine.

—En efecto —confirmó Poirot—. En ese preciso instante Winnie Lord estaba considerando si debía acudir o no a la policía con la nueva información que acababa de recibir. ¡Y, de repente, un miembro de Scotland Yard se presenta ante ella! Debió de parecerle tan *incroyable* que probablemente barajó la posibilidad de que todo fuera una broma de mal gusto preparada por su amiga Daisy Devonport. Primero la confesión, e inmediatamente después, un policía.

—Winnie demostró no ser en realidad amiga mía —dijo Daisy con amargura—. Pensaba que me apoyaría pasara lo que pasase, pero al final resultó ser una traidora. Amenazó con contárselo todo a la policía, aunque la había llevado a Londres y le había comprado un abrigo y un sombrero nuevos. Tuve que ofrecerle una buena cantidad de dinero para asegurarme su silencio. Sabía que su madre y ella lo necesitaban con desesperación.

—Dígame, mademoiselle..., ¿qué le reveló exactamente a Winnie Lord acerca de su motivo para matar a Frank?

—¿Antes de subir al autobús? Nada. No le mencioné ningún motivo. Sólo le dije que yo lo había matado y que Helen era inocente. Después, cuando la encontré llorando en una calleja, cerca de la posada El Tártaro, en Cobham, le conté mucho más. Le dije que... Bueno, primero le dije lo que momentos antes le había contado a usted.

—¿Y después?

—Estaba entre indignada e histérica —prosiguió Daisy con impaciencia—. Me repetía una y otra vez que no podía permitir que ahorcaran a Helen Acton por un crimen que no había cometido. Pero ¿no acababa de decirle yo que ya había confesado y que se lo había contado todo nada menos que a Hércules Poirot? ¡Dios mío, qué tonta era! A pesar de todo me seguía atormentando con la misma cantinela. No pude resistirme y le solté toda la historia. Le dije por qué había matado a Frank, aunque evidentemente no era cierto que lo hubiera matado. Pero habría hecho cualquier cosa para que se callara y no tener que seguir soportándola.

—Por lo tanto, sólo entonces, cuando ya estaba en Cobham, ¿le explicó a Winnie Lord que su verdadera razón para matar a Frank no había sido el temor de que fuera un peligro para la familia, sino el deseo de castigar a sus padres haciéndoles creer que su adoctrinamiento en contra de su hermano había causado la tragedia?

—Sí, exacto —confirmó Daisy con una leve sonrisa—. Para que tuvieran que vivir con la losa de su propia culpa. Le dije a Winnie que sólo pensaba reconocer en público el motivo falso, ¿comprende?, el de salvar a mi familia del peligroso y maligno Frank. Mi venganza perfecta únicamente funcionaba si les hacía creer a mis padres que lo había matado por culpa de ellos.

—Ya veo —repuso Poirot—. Entonces, si ése era su motivo falso, el otro, el de la «venganza perfecta», ¿era el verdadero, aunque usted no cometiera el asesinato?

Daisy asintió.

—Era el verdadero, sí. Un motivo puede ser verdadero aunque el acto no llegue a ponerse en práctica.

—Fascinante —murmuró Poirot.

—Esperaba que Winnie estuviera interesada en hablar de lo brillante de mi plan y de la exquisitez de su concepción; pero, en lugar de eso, se puso a gemir sobre la inmoralidad de permitir que la policía siguiera creyendo una historia diferente durante tanto tiempo, poniendo en peligro la vida de Helen Acton. ¡Uf, era muy tonta! ¿Le parezco despreciable, monsieur Poirot? Tal vez lo sea. Pero Winnie sabía tan bien como yo que Helen quería cargar con la culpa. ¡De no ser así, no habría confesado! Habría podido declarar que Frank había tropezado y caído. ¿Quién habría pensado en un asesinato si ella hubiera hablado de un accidente? Helen quería morir. Creo que aún lo desea. Pero Winnie era demasiado estúpida para verlo.

Poirot asintió y dijo:

—Oigamos ahora la otra historia que se inventó usted, la que no tenía en la mente meses antes de nuestro encuentro, sino que la improvisó el día de nuestro viaje en autobús.

—¿A qué se refiere? —preguntó Daisy confusa.

—El misterioso desconocido y su extraña advertencia de asesinato —contestó Poirot—. El asiento de la séptima fila a la derecha, del lado del pasillo.

—Ah, eso.

—*Oui*, mademoiselle. Eso.

—Como usted ha dicho, fue una improvisación.

—¡Un momento! —exclamé—. ¿Está insinuado que...?

—Sí, Catchpool —contestó Poirot—. La historia que nos contó Winnie Lord era inverosímil y absurda de principio a fin. No tenía ni un ápice de verdad. Se la había inventado mademoiselle Daisy con el exclusivo propósito de que yo me sentara a su lado, para que pudiera hacerme su confesión de asesinato.

La cara que debí de poner a esas alturas de la conversación debió de ser digna de una fotografía. ¡Y pensar que había prestado toda mi atención a las mentiras de Winnie y había perdido horas enteras tratando de encontrarle sentido a la sarta de disparates que me había contado!

—¿Winnie aceptó repetir esa historia ridícula para ayudarla, aun cuando la creía una asesina? —le pre-

gunté a Daisy—. No me extraña que casi no se atrevie-
ra a subir al autobús y sentarse a su lado, después de
lo que le había contado.

—Ya he dicho que le había ofrecido una importante
suma de dinero a cambio de que hiciera lo que le pedía.
Compré su obediencia incondicional, del mismo modo
que mi padre compraba siempre la de mi madre, la de
Richard y la mía. —Frunció el ceño—. Pero mi padre es
un tirano y yo no. Siempre fui buena con Winnie, siempre la traté bien. Cuando le conté que había matado a
Frank, esperaba que la noticia la conmocionara, desde
luego, pero no pensaba que fuera a salir corriendo,
como si yo padeciera una enfermedad contagiosa. Si
ella me hubiera hecho una confesión similar, le habría
preguntado sus razones, antes que nada. Habría hecho
lo posible por comprender sus circunstancias. Además..., yo no había cometido ningún asesinato, y no me
parecía justo que me rechazara, siendo yo inocente.
—Al ver mi expresión, Daisy me dijo con sequedad—:
No es necesario que señale los defectos de mi razonamiento, inspector Catchpool. Yo misma los noto. ¿Quiere
toda la verdad o no la quiere? Con frecuencia nuestros
pensamientos son profundamente irracionales.

—¿Le indicó a Winnie Lord que adoptara el nombre de Joan Blythe? —preguntó Poirot.

—No, no había pensado que pudiera necesitar un
nombre falso. Debió de recordar el libro y supongo
que decidió utilizar el nombre de la autora. Seguramente tenía muy presente la novela *Reunión a medianoche*, porque...

—Discúlpeme, por favor —la interrumpió Poirot—. ¿Me permite que cuente esa parte de la historia?

—Sí, por supuesto —respondió Daisy, con gesto dubitativo.

—Catchpool —dijo mi amigo, volviéndose hacia mí—, recuérdenos qué me dijo mademoiselle Daisy cuando le pregunté cómo había conseguido el libro.

—Le dijo: «Originalmente fue un regalo de...». Pero entonces se interrumpió y no le reveló de quién.

—La palabra *originalmente* es muy informativa —comentó Poirot—. Cuando a alguien le hacen un regalo que conserva (y sabemos que usted aún tiene el libro en su poder, mademoiselle), no utiliza la palabra *originalmente*. Sólo hablaría así si algo hubiera cambiado y el libro hubiera dejado de ser el regalo que fue «originalmente», en el pasado. ¿Lo ve, Catchpool?

—No, no veo nada —confesé.

—Piénselo bien, *mon ami*. Si el libro era un regalo que había recibido Daisy Devonport de su amigo Humphrey y aún lo tenía, como sabemos que era el caso, entonces seguía siendo un regalo de Humphrey. No era necesario usar la palabra *originalmente*. Si en cambio había sido un regalo de mademoiselle Daisy a Winnie Lord, un regalo que Winnie había devuelto muy recientemente como muestra de disgusto y rechazo, después de que mademoiselle Daisy le confesara el asesinato de Frank Devonport...

—¿Está diciendo que el libro había sido un regalo de Daisy a Winnie Lord y que Winnie se lo había devuelto? —pregunté.

—Eso creo, sí.

—Tiene razón —confirmó Daisy—. A Winnie le encantaba el libro. Lo llevaba a todas partes. Yo le había escrito una dedicatoria en una de las páginas interiores. Significaba mucho para ella. Cuando acababa de hacerle mi confesión sobre el asesinato de Frank, el conductor del autobús vino a recoger nuestro equipaje para guardarlo en la bodega, pero Winnie lo hizo esperar hasta que encontró *Reunión a medianoche* en su maleta. Entonces me devolvió el libro y me dijo: «Ya no lo quiero. Puedes quedártelo». Así que es cierto lo que ha dicho, monsieur Poirot. Originalmente era un regalo que yo le había hecho a Winnie. Pero ella acababa de rechazarlo. Por eso lo llevaba conmigo en el autobús. Si no hubiera sido por eso, yo jamás...

Daisy se interrumpió bruscamente. Un rubor carmesí le encendió las mejillas.

—Jamás habría llevado el libro consigo, porque no quería ni necesitaba leer *Reunión a medianoche* —dijo Poirot, completando la frase—. Se sabía casi de memoria cada palabra y cada episodio de la narración, porque usted, Daisy Devonport, con el seudónimo Joan Blythe, era la autora del libro.

—¡Por favor, no se lo diga a nadie! —Daisy se había puesto pálida—. Sé que no tengo derecho a pedírselo, pero se lo suplico...

—¿Cómo lo ha sabido, Poirot? —pregunté, sin salir de mi asombro.

—Unas cuantas suposiciones, combinadas con un poco de cálculo de probabilidades. —Miró a Daisy—.

Me pregunté por qué tendría esa novela particular importancia para usted, una persona con una imaginación tan viva y tanta habilidad para inventar historias sensacionales e irresistibles, y también alguien, si me permite que se lo diga, que se preocupa mucho más por sus propias invenciones y por lo que sucede en su propia mente que por la verdad o lo que pueda interesar a los demás. ¿Por qué razón les regalaría ese libro a todas las personas importantes para usted? Mis sospechas quedaron confirmadas ayer, cuando fui a visitar a un editor de Londres, un tal Humphrey Pluckrose, de la editorial Pluckrose & Prince. No mentía usted del todo, mademoiselle, al decir que Humphrey Pluckrose le había dado el libro. Sin embargo, no era un regalo. Su contrato obliga a la editorial a proporcionarle varios ejemplares de su novela.

—Por favor, le ruego que no se lo diga a nadie —suplicó Daisy—. Mi actividad de escritora es la única faceta de mi vida que mi familia desconoce por completo y en la que no tiene ninguna influencia. Es mi libertad.

Recordé el temor de Winnie Lord al oír las palabras *Reunión a medianoche*. Cuando las oyó de mis labios debió de pensar que el engaño había sido descubierto, quizá porque yo la había visto sacar el libro de la maleta y entregárselo a Daisy. Si la hubiera visto, habría sabido que no eran dos desconocidas. Cuando le expliqué que la mujer sentada a su lado en la séptima fila tenía un libro con ese título, su temor se disipó. Le había quedado claro que yo no sabía nada de su conexión personal con *Reunión a medianoche* o con Daisy Devonport.

—¿Me guardarán el secreto? —rogó Daisy—. ¡Por favor, monsieur Poirot! ¡Se lo suplico, inspector Catchpool! Es de primordial importancia para mí que esto no se sepa. Nadie, aparte de los empleados de Pluckrose & Prince, sabe que soy Joan Blythe.

—¿Sabe qué es de primordial importancia para mí? —replicó Poirot suavemente—. Descubrir la verdad sobre los dos asesinatos en *La Pequeña Llave*. Me ha revelado una buena parte, mademoiselle, pero todavía faltan algunos detalles. No importa. Yo mismo le contaré el resto, en cuanto el sargento Gidley traiga a Helen Acton de la prisión de Holloway.

Capítulo 16

Llave pequeña, puerta pesada

Al día siguiente, a mediodía, el salón de *La Peque-ña Llave* se encontraba lleno de gente. Todos los asientos estaban ocupados, incluidos los que había sido preciso ir a buscar al cuartel general de los Vigilantes. Poirot, el sargento Gidley, el inspector Marcus Capeling y yo ocupábamos sillas de respaldo recto, alineadas junto a la puerta. Helen Acton, con una expresión impenetrable en la cara, estaba sentada en la butaca del piano, de espaldas al instrumento. Imaginé que giraba sobre sí misma, levantaba la tapa del piano y se ponía a tocar, aunque era difícil determinar qué tipo de música sería la más adecuada para la ocasión.

También presentes, pero sentados en el sofá y los sillones más cómodos, estaban Sidney, Lilian, Daisy y Richard Devonport, así como Oliver Prowd y el matrimonio Laviolette.

—Señoras y señores —empezó Poirot.

Enseguida lo interrumpió Oliver Prowd:

—¿Y Percy Semley? ¿No debería estar aquí también?

—No —replicó Poirot—. Me referiré a él más adelante, porque su papel es importante, pero su presencia no es necesaria. Así pues, comencemos por exponer los hechos. Tenemos dos asesinatos: el de Frank Devonport y el de Winnie Lord.

—¿Winnie? —intervino Lilian—. Entonces ¿debemos suponer que...?

—No es una suposición, madame —dijo Poirot, sin dejarla terminar—. Es un hecho. El cuerpo hallado en esta habitación era el de Winnie Lord.

—¡Cielo santo! —exclamó Richard Devonport—. ¿Quién podía querer matar a Winnie?

—Pronto conocerán también la identidad de la persona que la asesinó —respondió Poirot—. De momento les diré sólo una cosa. Era muy importante para el atacante que no se descubriera la identidad de la víctima. Por eso, el vestido, el bolso y los zapatos fueron separados del cadáver y quemados en la chimenea. —Señaló la reja—. Cualquiera de ustedes habría podido reconocer esos elementos como pertenecientes a la joven, ya que no eran nuevos. Al retirarle las prendas reconocibles y dejarle únicamente el abrigo y el sombrero verdes, que eran nuevos y Winnie no había llevado nunca en esta casa, alguien (no necesariamente el asesino) se aseguró de que la difunta no pudiera ser identificada.

—¿Quién la mató? —preguntó Lilian—. ¡Necesito saberlo ahora mismo!

Su comentario fue recibido con un murmullo generalizado de aprobación.

—Madame, he decidido seguir un orden determinado y me gustaría respetarlo. —Poirot recorrió el salón con la mirada—. La persona que quemó la ropa de Winnie Lord para que nadie pudiera identificarla le destruyó también la cara, por la misma razón. Intentemos determinar ahora quién pudo asesinar a Winnie. Tenemos la certeza de que no fue Helen Acton, porque estaba en Holloway. Y si damos crédito a todas las declaraciones realizadas hasta ahora, entonces casi todos ustedes estaban acompañados cuando Winnie fue asesinada. Solamente una persona estaba sola. Usted, madame Laviolette.

—Yo no la maté —dijo Verna—. Godfrey, yo no he sido. No habría podido. ¡No tenía nada contra la pobre Winnie!

Su marido se inclinó hacia ella y le dio unas palmaditas en una mano.

—Ya sé que no fuiste tú, Verna. Tranquila. Deja que *moisier Poiró* termine de hablar.

—Verna Laviolette, además, pudo haber empujado a Frank —prosiguió Poirot—. Se encontraba en el piso de arriba cuando la víctima se precipitó desde la balconada. También estaban arriba Daisy, Sidney y Lilian Devonport. Y Helen Acton, que confesó casi de inmediato haber asesinado a Frank. Todos coinciden en que Richard Devonport, Oliver Prowd, Godfrey Laviolette y Percy Semley se hallaban en la planta baja cuando Frank cayó, por lo que no pudieron matarlo

—dijo Poirot—. Así como Winnie Lord, que estaba preparando la cena. Ella también queda eliminada de la lista de sospechosos.

—¿No es evidente la respuesta? —dijo Lilian—. Es imposible que haya dos asesinos en *La Pequeña Llave*. No puede ser. Eso significa, con toda seguridad, que Verna cometió los dos asesinatos.

—Tu lealtad es conmovedora, querida —comentó Verna, mirando con frialdad a su vieja amiga.

—Helen Acton mató a Frank —rezongó Sidney, con la mirada baja, fija en sus zapatos.

—Así es —convino Helen—. El señor Devonport dice la verdad. Debería prestarle atención, monsieur Poirot.

—No es verdad que los dos asesinatos hayan sido cometidos por la misma persona —anunció Poirot—. Y, de hecho, ninguno de ellos es atribuible a madame Laviolette. Lamentablemente, madame Devonport, lo que usted considera imposible es cierto: hay dos asesinos en *La Pequeña Llave*. Y ambos están en esta habitación.

—¡Qué horror! —exclamó Richard.

—Madame Laviolette, puede que usted no sea una asesina, pero, al igual que Helen Acton y Daisy Devonport, es una mentirosa. Su marido y usted no decidieron vender esta casa porque atravesaran una época de dificultades económicas. Hablé hace dos días con el gerente de su entidad bancaria en Londres y me ha dicho que siempre, desde que los conoce, han estado ustedes en una excelente situación financiera. Entonces

¿por qué tomaron la decisión repentina de vender su casa en Kingfisher Hill? ¿Y por qué le pareció a usted conveniente mentir acerca de la razón para hacerlo?

—Aunque la respuesta pueda ser fascinante, ¿qué tiene eso que ver con el asesinato de mi hermano? —preguntó Daisy.

Poirot sonrió.

—¿Piensa que pierdo el tiempo en banalidades, mademoiselle? *Non*. Esos pequeños detalles, aparentemente inconexos con los dos crímenes, son de vital importancia. Son la pequeña llave que abrirá una puerta muy pesada.

—Dificultades económicas —masculló Godfrey Laviolette—. ¡Qué mentira tan estúpida!

—Monsieur Laviolette, usted no sintió ninguna obligación de revelarle a su buen amigo Sidney Devonport la razón por la que deseaba marcharse de Kingfisher Hill lo antes posible, aunque para ello tuviera que vender la casa a un precio irrisorio. Nos dijo que no era nada que pudiera afectar a la familia Devonport, ¿lo recuerda? A su entender, no les había ocultado nada que pudiera hacerles cambiar de idea.

»¿Cuál podía ser esa misteriosa razón? —Poirot se levantó de su silla y empezó a desplazarse de manera teatral por el salón—. Se lo pregunté a la tía Hester de Percy Semley, que es una meticulosa observadora de la vida en Kingfisher Hill, y ella me dijo que justo antes de que los Laviolette decidieran vender *El Reposo de Kingfisher* (como entonces se llamaba esta casa), sólo un detalle había cambiado en el complejo: el guardia de la entrada. Hester Semley se opuso a la contratación del nuevo guardia y casualmente mencionó que, entre todos los residentes, sólo una persona la apoyó: una tal Lavinia Stent. Esa observación me resultó de gran utilidad, porque si Lavinia Stent y Hester Semley eran las únicas propietarias en oponerse a la designación del nuevo guardia, eso significaba que Godfrey y Verna Laviolette no se habían opuesto, ni tenían nada en su contra.

—Es un buen hombre y hace bien su trabajo —dijo Godfrey.

Poirot le lanzó una mirada de advertencia y a continuación dijo:

—Por supuesto, hubo otro cambio importante en Kingfisher Hill que coincidió con el momento en que los Laviolette decidieron vender esta casa, un hecho que se produjo poco antes de que tomaran esa decisión. Me refiero al anuncio de los Devonport de su intención de comprar una propiedad en este complejo. Pensaban comprar la casa de Hester Semley. Y eso, damas y caballeros, hizo que Godfrey y Verna Laviolette desearan marcharse cuanto antes. Si el motivo no era el nuevo guardia de la entrada y no se había producido ningún otro cambio, no podía haber otra razón. He acertado, ¿verdad, madame Laviolette?

—¿Acaso no acierta siempre? —dijo Verna secamente, con la mirada baja.

Poirot continuó.

—La mayoría de las personas que compran casas en Kingfisher Hill buscan un refugio de la agitada vida de Londres. Los Laviolette no eran la excepción. Godfrey Laviolette y Sidney Devonport eran buenos amigos. Sus familias compartían muchos momentos. Los dos hombres se habían enriquecido juntos, trabajaban juntos en el juego de los Vigilantes...

Hice una mueca al oír ese nombre.

—Quizá por eso era tan importante para los Laviolette pensar en este idílico refugio campestre como algo únicamente suyo, que no deseaban compartir con los Devonport. Podían tolerar que vinieran a visitarlos, pero no que compraran un trozo de su paraíso particular. *Non, c'était insupportable.* Pero ¿qué podían hacer? Tan sólo poseían una casa. No eran dueños de todo el complejo y no podían impedir que Sidney Devonport comprara una de las propiedades. Tuvieron que resolver el problema de la única manera posible: en lugar de compartir su refugio privado, lo abandonarían lo antes posible. Imagino, madame Laviolette, que usted no quería compartir la propiedad de Kingfisher Hill con los Devonport ni siquiera durante una semana, si estaba en su mano evitarlo. Y la única manera era venderles su casa antes de que compraran la de Hester Semley.

—Eso que dice no tiene ningún sentido —intervino Richard Devonport—. Todos los que compran una casa en Kingfisher Hill comparten la propiedad y las instalaciones con otras muchas familias. Así son este tipo de complejos y todos lo saben cuando compran una casa aquí.

—No es lo mismo compartir algunas instalaciones

con unos desconocidos que ver arruinado tu pequeño refugio privado por la invasión de tus amigos de Londres, que pertenecen a una parte distinta de tu vida —dijo Verna Laviolette.

—¿Quieres decir que monsieur Poirot no se equivoca respecto a vuestras razones para vender? —Richard parecía asombrado.

Verna se encogió de hombros.

—Como he dicho antes: ¿acaso no acierta siempre?

—Pero Godfrey y tú pasáis casi todo el tiempo aquí, Verna —dijo Oliver, tan sorprendido como Richard.

—Os aseguro que me maravilla vuestra cerrazón mental, chicos —replicó Verna—. ¿Sabéis por qué no lo entendéis? Por una característica propia de los hombres: sólo prestáis atención al lado racional de las cosas. Nunca os paráis a pensar en cómo se siente una persona. Pero el señor Poirot es diferente. Él comprende el corazón humano, ¿verdad, monsieur Poirot? —Verna dejó escapar un prolongado suspiro—. Vender la casa significaba que Kingfisher Hill ya no era nuestro, sino de los Devonport. Yo estaba dispuesta a visitarlos en su casa cuando ya no fuera mía. Claro que sí. ¿Por qué no?

—Estaba dispuesta, desde luego —dijo Poirot—. Pero ¿le gustaba hacerlo?

—No tenía alternativa —respondió Verna con voz monocorde—. Godfrey y Sidney estaban obsesionados con su juego, lo que significaba que querían estar juntos todo el tiempo. Podría haberme quedado sola en casa, pero eso me hacía todavía menos gracia.

—¿Y qué gracia tenía para usted alojarse en casa de los Devonport, madame?

—Ninguna. Ya se lo he dicho. Godfrey se había instalado aquí de forma casi permanente y no me dejaba otra opción.

—Entonces ¿no le gustaba estar aquí para poder expresar su odio contra Sidney y Lilian Devonport?

Una sonrisa insidiosa se abrió paso en el rostro de Verna Laviolette.

—Si lo presenta de esa manera...

—Catchpool y yo no lo entendíamos al principio —dijo Poirot—. Nos la describían a usted como una persona amable y atenta. La primera fue Helen Acton, y después Hester Semley. Sin embargo, en nuestra presencia usted siempre parecía... otra cosa. Percibíamos crueldad bajo la superficie de sus palabras y su comportamiento. Sólo al cabo de un tiempo comprendí que Catchpool y yo únicamente la habíamos visto en compañía de los Devonport, las personas que, desde su punto de vista, la habían expulsado de Kingfisher Hill. Y le resulta imposible, en presencia de Sidney y de Lilian Devonport, expresar amabilidad o simpatía, *n'est-ce pas?*

Verna miró primero a Daisy y después a Richard.

—A vosotros no os guardo ningún rencor —dijo—. Quiero que lo sepáis.

—Lo sé —replicó Daisy enseguida.

Recordé que Verna Laviolette era una de las personas a las que había regalado un ejemplar de *Reunión a medianoche.* Me pregunté si a Daisy le caería bien Verna precisamente porque notaba su resentimiento hacia Sidney y Lilian.

—Lilian ni siquiera me preguntó qué opinaba de que compraran una casa aquí —dijo Verna—. ¿Se lo imaginan? ¡Ni siquiera me lo preguntó!

—Madame Laviolette, usted no sólo mintió acerca de sus razones para vender esta casa —prosiguió Poirot—. También mintió cuando dijo que había visto a Lilian Devonport bajar la escalera la mañana del asesinato de Winnie Lord. No vio nada de eso. Tan sólo quería implicar a Lilian por razones puramente maliciosas, porque tenía la esperanza de que acabara acusada de asesinato. Tanto ella como Sidney contradijeron su versión. Los dos aseguraron haber estado juntos en el dormitorio de Lilian entre las diez y las once, y afirmaron que ninguno de los dos había abandonado la habitación. Usted necesitaba hacer dos cosas para que su vengativo plan funcionara: en primer lugar, sembrar la duda respecto a la coartada de Lilian, y en segundo lugar, inventar una coartada para las dos personas que carecían de ella: Daisy Devonport y Oliver Prowd. No salieron juntos al jardín aquella mañana. Usted mintió al respecto, madame Laviolette. Desde el primer momento sabía que la persona que asesinó a Winnie Lord tenía que ser Daisy u Oliver.

—No sabía que la muerta era Winnie, pero... Sí, así es —replicó Verna con expresión hosca—. Algo pasó en el salón. Lo vi a través de mi puerta entreabierta. Oliver salió, Daisy entró corriendo... Y un poco más tarde vi que Daisy se había cambiado de ropa.

—La que llevaba se manchó de sangre cuando le destrocé la cabeza a Winnie —le dijo Daisy a Poirot. Su padre emitió un gruñido—. Me puse ropa limpia y quemé las prendas ensangrentadas junto con las de Winnie.

—Eres despreciable, Verna —dijo Lilian en voz baja.

—Hace falta una persona despreciable para reconocer a otra, hermanita. —Verna miró a su alrededor con expresión de fiereza—. ¿Queréis dejar de mirarme así? Lilian está prácticamente muerta. ¿Qué podía importar? Daisy y Oliver me caen bien y prefería ahorrarles un problema.

—Para ellos debió de ser una agradable sorpresa que se inventara usted ese paseo por los jardines que no se produjo nunca —dijo Poirot—. En cuanto oyeron la historia se apresuraron a confirmarla, para quedar libres de toda sospecha. Mademoiselle Daisy, quizá quiera explicar la nota que escribió y dejó sobre el cuerpo de Winnie Lord para que la encontrara la policía. ¿Podemos oír todos lo que decía, por favor?

El sargento Gidley recitó el texto:

—«Te sentaste en mal asiento a pesar del mal agüero. Ahora viene este atizador, para aplastarte el sombrero».

Todos escuchamos atentamente a Daisy, que nos refirió lo sucedido el día del trayecto en autobús, despertando numerosas exclamaciones y dejando a muchos boquiabiertos. ¡Qué talento para contar historias! Consiguió que todo pareciera veinte veces más emocionante de lo que habría parecido si lo hubiera relatado yo. No omitió ningún detalle e incluso dio la impresión de sentirse orgullosa cuando describió la historia que se había inventado para que Winnie nos la contara: el misterioso desconocido y la advertencia sobre el asiento.

Cuando terminó, Poirot retomó la narración.

—Daisy Devonport sabía que la advertencia del desconocido sin nombre era un misterio fascinante que Catchpool y yo encontraríamos irresistible. Tenía libertad para inventarse una historia tan tentadora y extravagante como quisiera, porque sabía que nunca resolveríamos el misterio. Era necesario que el misterio fuera irresoluble para mantener encendido nuestro interés. Utilizó la misma lógica cuando escribió la nota y la colocó sobre el cadáver de Winnie Lord. Fue un intento deliberado de ocupar mis pensamientos con deducciones que no tenían ninguna posibilidad de conducir a una respuesta. ¡Pero la nota era un truco y no había una respuesta! Catchpool y yo estábamos muy ocupados preguntándonos por qué mataría alguien a esa pobre mujer por el mero hecho de sentarse en el asiento equivocado, y por qué la habría asesinado en *La Pequeña Llave*, si Joan-Blythe-la-del-autobús no tenía ninguna relación con esta casa. Y mientras tanto no hacíamos ningún progreso en la resolución de los auténticos misterios.

»Ése fue el razonamiento de mademoiselle Daisy, que a la vez quería y no quería que el cadáver fuera correctamente identificado. Quería que yo identificara a la víctima como la mujer del autobús, desconocida en esta casa. Por eso le dejó puestos el abrigo y el sombrero verdes. Pero, al mismo tiempo, quería ocultar que la difunta era Winnie Lord, o que Winnie y Joan-Blythe-la-del-autobús eran la misma persona.

—Pero Winnie era tu amiga —le dijo Verna Laviolette a Daisy—. ¿Por qué demonios ibas a querer matarla?

—No fui yo —dijo Daisy tristemente.

—No, mademoiselle, no fue usted —convino Poirot. Después miró a su alrededor—. Lo que la mayoría de ustedes no saben es que Daisy Devonport le confesó a Winnie Lord que había asesinado a su hermano Frank. No asesinó a Frank, otra persona lo hizo, pero Daisy fantaseaba con la idea de confesar públicamente el crimen. La primera persona que oyó su falsa inculpación fue Winnie Lord. Daisy le dijo a Winnie que ella, y no Helen Acton, había matado a Frank y que pensaba confesárselo al gran Hércules Poirot, que estaba esperando en la calle, no lejos de donde ambas se encontraban, para subir a su mismo autobús. Además, le ofreció a Winnie una importante suma de dinero a cambio de su silencio acerca del verdadero motivo de ese asesinato que no había cometido. Sin embargo, las promesas de dinero no pudieron acallar la conciencia de Winnie Lord, a pesar de que inicialmente se había mostrado dispuesta a mentir. Decidió contarle a la policía lo que sabía y se dirigió a Scotland Yard, donde preguntó por el inspector Edward Catchpool. Y aquí hay un detalle importante...

Poirot se volvió hacia mí y me sonrió.

—Preste mucha atención, Catchpool. Dígame una cosa, sargento Gidley: cuando Winnie Lord preguntó por Catchpool, ¿ya le había dicho usted que el inspector era la persona encargada de la nueva investigación sobre el asesinato de Frank Devonport?

—No, señor Poirot. No se lo había dicho —contestó Gidley—. La señorita llegó y preguntó por el inspector Catchpool antes de que yo tuviera tiempo de abrir la boca.

—¡En efecto! —exclamó Poirot con expresión triunfante—. Ése, Catchpool, era el punto importante que omitió en su lista. Usted habló con Gidley cuando su casera le anunció que el sargento tenía algo que decirle acerca de una visita de Winnie Lord. Sin embargo, no hizo una pregunta de vital importancia: ¿había preguntado por usted antes o después de saber que el inspector Catchpool era la persona encargada del caso de Frank Devonport? Si había preguntado antes de saberlo, ¿cómo era posible que Winnie Lord conociera su nombre? En cambio, Joan-Blythe-la-del-autobús... Ella sí que habría querido hablar específicamente con el inspector Edward Catchpool para decirle que le había mentido y que necesitaba revelarle la verdad sobre un asesinato por el que una mujer inocente estaba a punto de ser ahorcada.

—Tiene razón —repliqué—. Nada de eso se me había pasado por la mente, ni por asomo. Buena deducción, Poirot. Entonces ¿era eso a lo que se refería Winnie cuando dijo: «Sé quién se deshizo de Frank Devonport y también por qué, y no es por el motivo que todos ustedes piensan»?

—*Précisément* —dijo Poirot—. Se refería al falso motivo de Daisy Devonport y a su supuesto motivo auténtico, que Daisy también le había revelado. Pensaba que para entonces la policía conocería el motivo falso. El sargento Gidley le dijo que el inspector Catchpool no estaba en Scotland Yard, sino en *La Pequeña Llave*, y fue entonces cuando Winnie Lord se enteró de que había una nueva investigación abierta sobre el asesinato de Frank Devonport.

»Resuelta a hablar con Catchpool lo antes posible, Winnie salió directamente hacia Kingfisher Hill, sin decirle a su madre adónde iba ni por qué. De hecho, su madre estaba muy preocupada por la falta de noticias. Cuando Winnie llegó a *La Pequeña Llave*, el momento en que Richard Devonport oyó desde la biblioteca que llamaban a la puerta, Oliver Prowd salió a recibirla. Como Winnie era una ingenua, le confió a Oliver la razón de su visita. Le dijo que sabía que Daisy había matado a Frank y que había confesado, pero que era importante informar a la policía de su verdadera razón para hacerlo. Le explicó que Daisy le había confesado su verdadero motivo y que pensaba revelárselo al inspector Catchpool en cuanto llegara. Catchpool y yo no estábamos todavía en la casa. Estábamos en la cárcel de Holloway, interrogando a Helen Acton. Monsieur Prowd, usted hizo pasar a Winnie Lord al salón vacío y cerró la puerta. Después, cogió un atizador de la chimenea y la golpeó en la cabeza. Usted la mató, ¿verdad?

Oliver Prowd no lo negó. Se quedó en silencio, con una expresión inescrutable en el rostro.

—¿Por qué, Oliver? —Richard Devonport estaba pálido por la impresión—. ¿Por qué has hecho algo así? Daisy ¿cómo has podido? Sabías que había sido él y tú... tú...

Daisy lo miró con impaciencia.

—¿Qué esperabas que hiciera? ¿Desmayarme? ¿Llorar? Estaba conmocionada, desde luego, pero no te puedes regodear en el asombro y la autocompasión cuando tienes un problema práctico que resolver. Oliver mató a Winnie sólo para protegerme. A cambio, yo... hice lo que pude para protegerlo a él.

—¡Qué emocionada debía de estar al ver que había matado por usted! —dijo Poirot—. Sus juicios morales se basan exclusivamente en su beneficio personal, mademoiselle. Lo veo con claridad. —Luego se volvió hacia el resto de los presentes—. Monsieur Prowd sabía que Daisy ya había confesado el asesinato de Frank, y había visto que nadie la había creído, excepto quizá Sidney y Lilian Devonport. También sabía, como todos los demás, que Helen Acton había confesado el mismo crimen y había sido juzgada y condenada. Hasta ese momento monsieur Prowd estaba seguro de que su amada Daisy no corría ningún peligro de acabar en la horca por asesina. Tampoco creía que lo fuera. Probablemente pensó que estaría jugando a un complicado juego mental. Supongo que esperaría poder convencerla de que se retractara de su confesión. Sin embargo, cuando Winnie Lord llegó con su historia del falso motivo y el motivo verdadero, una explicación mucho más creíble desde el punto de vista psicológico, los temores de Oliver Prowd aumentaron sustancialmente. Entonces decidió que era preciso impedir a toda costa que Winnie declarara ante el inspector Catchpool.

—Oliver sólo pretendía protegerme —dijo Daisy con voz temblorosa—. La culpa es mía, no suya.

—Y ahora —añadió Poirot con gesto grave—, resolvamos al fin el asesinato de Frank Devonport...

—Cuando visité a Hester Semley, me refirió una conversación entre Oliver Prowd y Godfrey Laviolette que había oído sin que ellos lo notaran, una conversación que había tenido lugar en su casa el día de la muerte de Frank Devonport —dijo Poirot—. Oliver Prowd mencionó a una mujer con la que se había comportado de manera poco ética e impropia de un buen cristiano. Reconoció que la había tratado mal. También mencionó que los dos habían solicitado la ayuda de un médico, el mismo que atendía al padre de monsieur Prowd, Otto Prowd, enfermo terminal. El doctor se había negado a proporcionarles la ayuda que buscaban e incluso se había mostrado escandalizado. Sin embargo, señoras y señores, Hester Semley había sacado una conclusión comprensible pero precipitada.

—¿Un niño? —dijo Daisy, casi sin aliento—. No; no es posible. Oliver me lo habría dicho.

—*Attendez-vous*, mademoiselle. No hay ni ha habido ningún niño. Hester Semley se precipitó al concluir que la mujer estaba embarazada. He hablado con el médico en cuestión, el doctor Effegrave, de Harley Street. Él me contó toda la historia. La joven era profesora en uno de los colegios pertenecientes a Frank Devonport y Oliver Prowd. Cuando el padre de monsieur Prowd se puso tan enfermo que ya no podía levantarse de la cama, le expresó un deseo a su hijo. Sabía que le quedaba poco tiempo de vida y quería aprovecharlo para aprender algo nuevo. Deseaba ejercitar la mente con algo estimulante mientras le quedara un resto de aliento. *Alors*, monsieur Prowd le pidió a esa joven, a esa profesora, que acudiera a su casa y le enseñara la lengua francesa, la asignatura que impartía, a su padre moribundo.

»El arreglo funcionó bien. Otto Prowd vivió feliz durante un tiempo, hasta que su salud se deterioró todavía más y ya no pudo recibir más clases. Estaba al borde de la muerte..., pero no del todo.

—¿Qué quiere decir? —preguntó Richard Devonport.

—Para entonces la profesora le había cogido cariño al anciano, que había sido un alumno atento y aplicado. Cuando Oliver Prowd le dijo que según el doctor Effegrave todavía le quedaba alrededor de un mes de vida, la joven pensó que se le haría intolerable. Oliver Prowd le dio la razón. No quería que su padre pasara todo un mes agonizando, sin ninguna esperanza de curación. Juntos fueron a ver al doctor Effegrave y le suplicaron que pusiera fin al sufrimiento del anciano. Le rogaron que le administrara un fármaco que lo hiciera abandonar esta vida de manera inmediata y apacible. Pero el doctor se negó rotundamente.

—Es un pedante imbécil —declaró Oliver.

—Dos horas después de que el doctor se negara a ayudarlos con su plan, Otto Prowd había muerto —le reveló Poirot al grupo de las personas presentes—. ¿Quién le apretó la almohada contra la cara, monsieur Prowd? Seguramente nos lo contará ahora. El doctor Effegrave no informó a la policía, porque no podía demostrarlo, pero sospecha que uno de los dos, usted o la profesora de francés, asfixiaron a su padre. No se equivoca, ¿verdad? Ése fue el comportamiento impropio de un buen cristiano que tuvo usted con esa joven, ¿no es así?

Oliver asintió con la cabeza.

—No soportábamos verlo sufrir. Mi padre quería que lo ayudáramos. Lo hicimos con su consentimiento, los dos juntos, a la vez. Nos pusimos de acuerdo. Era la única manera de hacerlo, para compartir la responsabilidad. Ambos apretamos la almohada. Fue horrible pero necesario. Parecía lo correcto. Le ahorramos a mi padre mucho sufrimiento.

—Pero a usted no —dijo Poirot—. *Pas du tout*. Su conciencia lo atormentaba, como es lógico. Los hombres no tenemos derecho a jugar a ser Dios, monsieur Prowd. Las enfermedades y el sufrimiento son una realidad, y no nos corresponde a nosotros decidir cuándo debe acabar una vida. Su conciencia lo sabía, aunque usted no lo reconociera. La culpa lo angustiaba hasta tal punto que poco después de perpetrar su mala acción decidió que ya no quería compartir la responsabilidad. Se dijo que la culpable de haber asfixiado a su padre, Otto Prowd, había sido básicamente la joven que había sido su cómplice.

—Sí. Me comporté de una manera imperdonable. Ella era la más fuerte de los dos. No me refiero a su fuerza física, sino a su voluntad. Hice un esfuerzo para convencerme, y al final acabé creyendo que, de no haber sido por su influencia...

No terminó la frase.

—Se comportó de la misma manera que con Frank Devonport, cuando lo culpó enteramente de la sustracción del dinero de sus padres, aunque usted había colaborado en el delito —afirmó Poirot—. ¡Estaba de acuerdo con él y se benefició del robo! En términos de moral, es usted un cobarde, monsieur Prowd. ¿Cree que es posible matar a alguien y quedar libre de toda mancha? ¡No lo es! Por eso le resultó tan sencillo acabar con una vida más, cuando Winnie Lord le dijo esas palabras que habría preferido no oír.

—¿Cree que no sé lo que soy? —preguntó Oliver con amargura—. Lo sé mejor que usted. Me siento muy mal por el modo en que los traté a los dos: a Frank y... a la profesora. También me aflige la muerte de Winnie Lord, e incluso lamento haberte robado, Sidney. Pero nunca me arrepentiré de haberle ahorrado a mi padre la agonía que habría tenido que soportar. ¡Nunca!

—Por favor, deje de acosarlo, monsieur Poirot.
—Había lágrimas en los ojos de Daisy—. ¿Acaso usted no tiene miedo de nada? ¿Es tan puro y moralmente tan perfecto que no tiene nada que reprocharse? El asesinato de Winnie fue culpa mía. ¡Que me ahorquen a mí y no a Oliver!

Poirot no le prestó atención.

—Cuando el doctor Effegrave me contó esa historia, de pronto todo encajó —continuó—. Por fin era capaz de explicar el detalle más molesto de todo este asunto, un detalle que no parecía tener el menor sentido.

—¿Qué detalle? —preguntó Richard.

—Antes de decírselo, me gustaría hacerle una pregunta a mademoiselle Helen.

—Adelante —dijo ella.

—¿Cómo se conocieron Frank Devonport y usted?

—Ya sabe la respuesta.

—Así es, en efecto. La sé.

Yo no la sabía. Y, por la expresión del resto de los presentes, no era el único.

—Frank Devonport debió de mencionarle a su viejo amigo Oliver Prowd, ¿verdad?

—Sí —respondió Helen—. Hablaba mucho de Oliver y seguía teniendo con él negocios en común, pero no había vuelto a verlo.

—*C'est ça* —dijo Poirot—. Señoras y caballeros, Frank Devonport no sabía que Oliver Prowd y su hermana Daisy estaban prometidos. ¿Cómo podía saberlo si no veía a ninguno de los dos? Y por la misma razón,

Daisy Devonport y Oliver Prowd tampoco sabían nada del compromiso de Frank con Helen Acton.

—¿Por qué nos lo dice? —preguntó Lilian Devonport—. ¿Qué importancia puede tener?

—Dígame, mademoiselle Helen —prosiguió Poirot—, ¿le había contado alguna vez Frank Devonport que Oliver Prowd era alto, moreno y apuesto?

Helen pareció sorprendida.

—No. Por lo general, los hombres no suelen comentar esos detalles de otros hombres. Solamente hablaba del carácter de Oliver y de su relación con él.

—Entonces ¿nunca se refirió a su aspecto físico?

—No.

—Mademoiselle, he oído varias descripciones de cómo bajó usted la escalera, agarró a Oliver Prowd por los brazos y le confesó que había matado a Frank. ¿Está de acuerdo en que fue eso lo que pasó?

Helen asintió con la cabeza.

—Según más de un testigo, usted le dijo: «Lo he matado, Oliver». En ese momento había tres hombres en el vestíbulo: Godfrey Laviolette, Oliver Prowd y Percy Semley. Los tres acababan de llegar de *El Mirador de Kingfisher*. Usted era la nueva prometida de Frank y visitaba *La Pequeña Llave* por primera vez. Por lo tanto, no conocía a ninguno de los tres hombres. No los había visto nunca antes de ese momento. Eso significa, mademoiselle, que no podía saber que el hombre alto, apuesto y de pelo oscuro era Oliver Prowd. No podía saber que se llamaba Oliver. No se lo habían presentado. ¿Cómo iba a saber que era él?

—Sin embargo, lo sabía —replicó Helen, con una leve sonrisa triste—. *Je le savais aussi bien que je connaissais mon propre nom.*

Me pregunté por qué se habría puesto a hablar de repente en francés. Y entonces caí en la cuenta.

—¡Usted es la profesora de francés! —exclamé—. ¡Ya conocía a Oliver!

Helen hizo un gesto afirmativo.

—Era la última persona que esperaba encontrar en casa de los padres de Frank. Como usted ha dicho, monsieur Poirot, Frank tampoco sabía que Oliver estaría aquí, ni que era el prometido de su hermana. Pero cuando conocí a Daisy y me empezó a hablar de Oliver, su prometido..., enseguida lo comprendí. ¡Era el mismo Oliver! Frank se sorprendió, pero no se horrorizó como yo. Él no tenía nada que temer. Yo me encontraba en tal estado de pánico que tuve que abandonar el salón y subir a la habitación. No era capaz de quitarme de la cabeza la idea de que Oliver regresaría de la otra casa y le revelaría a Frank lo único que yo nunca le había contado, lo único que habría hecho que prefiriese morir antes que revelárselo: que yo era una asesina y, peor aún, que se lo había ocultado. Frank valoraba la honestidad y la integridad por encima de todo. ¿Qué podía hacer para asegurarme de que nunca lo averiguara? ¡No lo sabía! Estaba medio loca de pavor. Entonces Frank entró en la habitación y... tuve que fingir que todo estaba bien. Al cabo de un rato, oímos la puerta principal, las voces... —Helen se interrumpió, con la mirada perdida. Era como si aquella escena del pasado se estuviera desarrollando otra vez delante de sus ojos.

—Entonces Frank salió al rellano —dijo Poirot en voz baja—. Usted lo siguió y vio a Oliver Prowd en la entrada. Parecía claro que Frank descubriría la verdad de manera inminente. Pero usted no podía permitírselo. El hombre al que usted amaba más que a nada en el mundo no podía vivir para verla a usted condenada y ejecutada por la muerte de Otto Prowd. Así fue como... lo empujó y lo mató.

—No fue mi intención —dijo Helen—. Sí, lo hice, pero no fue deliberado. Estaba fuera de mí. En ese momento no era capaz de pensar racionalmente. Mis manos se movieron solas. De repente Frank estaba cayendo de la balconada y ya era tarde.

—Mademoiselle, si no hubiera tenido intención de hacerlo, no habría pasado —dijo Poirot—. Las manos no se mueven, a menos que la mente se lo ordene. Igual que monsieur Prowd, usted ya había matado. La primera vez pensaba que tenía un buen motivo para hacerlo. En el caso de Frank, intenta decirme que la razón no intervino y que no fue un acto voluntario. ¡Ni lo uno ni lo otro es cierto! No hay justificación posible para tales acciones. Y cuando se ha cometido un primer asesinato, el segundo se vuelve mucho más fácil. La ley castiga el asesinato no sólo para proteger a las potenciales víctimas, sino también para protegernos a nosotros mismos de nuestros peores impulsos.

—Puede pensar y creer lo que quiera —repuso Helen—. Recuerde, monsieur Poirot, que no he intentado eludir la justicia. Lo único que quiero, lo único que he querido desde hace tiempo, es morir y reunirme con Frank. Confesé de inmediato y sólo mentí sobre mis motivos para proteger a Oliver. No quería que lo ahorcaran por lo que le hicimos a Otto. Yo pienso igual que él. No creo que sea un pecado acabar con el sufrimiento de una persona, a expreso pedido suyo, cuando la muerte es inminente.

—La ley dice lo contrario —replicó Poirot.

—Cuando acababa de empujar a Frank y ya estaba cayendo..., comprendí que había cometido el más espantoso de los errores.

—Así es. Sus cálculos habían sido trágicamente erróneos. Monsieur Prowd jamás le habría dicho a Frank que ustedes dos habían matado a su padre. Quería protegerse tanto como usted.

—Lo comprendí cuando ya era tarde —dijo Helen—. Hasta ese instante sólo podía pensar que Oliver me culpaba a mí por lo que le habíamos hecho, ¡a mí sola! Oliver, ¿acaso no habías dicho una y otra vez que yo te había obligado? Pensé que en cualquier momento levantarías la mirada y, al verme en la balconada, dirías: «Ahí está la mujer que mató a mi padre». Y entonces... entonces Frank estaba cayendo. Se estrelló contra el suelo. ¡Estaba muerto y yo quise morir también! Unos segundos antes deseaba desesperadamente evitar la horca por haber matado a Otto. Pero cuando vi a Frank muerto por mi culpa, lo único que quise fue el cadalso.

—Entonces corrió escalera abajo y le confesó a Oliver Prowd su crimen —dijo Poirot—. Él fue amable con usted en ese momento, después de haber sido despiadado en su último encuentro. Podía permitirse ser compasivo, monsieur Prowd, ya que estaba ante una muerte de la que usted no era responsable.

Richard Devonport se había puesto de pie y había empezado a atravesar lentamente la habitación, hacia el lugar donde estaba sentada Helen, junto al piano.

—Estaba convencido de que eras inocente —le dijo—. Estaba seguro. Tu amor por Frank... Nunca lo puse en duda. Creía que el amor que sentías por él no te habría permitido matarlo. Pensaba que monsieur Poirot encontraría la verdad y...

Dejó la frase inconclusa.

—¿Y qué, Richard? —preguntó Helen—. ¿Pensabas que llegaría a quererte como había querido a Frank, porque entonces tú serías mi salvador?

Richard le dio la espalda bruscamente.

Poirot le hizo una señal al sargento Gidley, que se puso de pie y extrajo dos juegos de esposas de los bolsillos.

—Señorita Acton, usted ya ha sido condenada por el asesinato de Frank Devonport y pronto pagará por su crimen.

—Sí, por fortuna —dijo Helen, cerrando los ojos con una sonrisa amarga.

—Oliver Prowd —continuó Gidley—, queda detenido por los asesinatos de Otto Prowd y Winnifred Lord.

—No —gimió Daisy—. ¡No! ¡Oliver! ¿Adónde lo llevan?

La joven se levantó y avanzó tambaleándose, mientras el sargento Gidley y el inspector Marcus Capeling sacaban del salón a Oliver Prowd y Helen Acton.

—¡No! ¡Deténganse ahora mismo! —exclamó Daisy—. Monsieur Poirot, todo esto es un error. La muerte de Winnie es culpa mía y usted lo sabe. Si no le hubiera propuesto matrimonio a Oliver, no habría estado en esta casa cuando Frank trajo a Helen y... —Cerró los ojos y apretó con fuerza los párpados—. ¿Por qué no podemos deshacer el pasado? ¿Por qué? ¡Pobre Helen! ¿No se da cuenta, monsieur Poirot, de que nunca ha querido hacerle daño a nadie? ¡Lo tenía a usted por una persona lista!

—Mademoiselle, me temo que...

—¡No! No diga ni una palabra más, no quiero oírlo. ¡No quiero que Oliver muera! Ni tampoco Winnie, ni Frank. Ni tú, mamá. No quiero que nadie muera. Quedémonos para siempre en esta habitación, sin abrir la puerta a nadie. Podemos mentirnos y fingir que no ha pasado nada, como si todo el daño que hemos hecho se pudiera reparar. —Vi en su rostro una expresión apacible que no había visto nunca—. Creo que soy capaz de creerme esa mentira —dijo con un suspiro—. Por favor, que nadie diga nada. Por favor, dejad que siga creyéndolo mientras sea posible.

Epílogo

—¿Catchpool?

Levanté la vista de los papeles que tenía delante.

—¡Poirot! ¿Qué hace aquí? ¿Lo ha dejado pasar Blanche Unsworth?

Hice lo posible por parecer inocente, aunque tenía las mejillas bastante encendidas.

—*Oui, mon ami.* —Me sonrió—. ¿De qué otro modo podría haber aparecido en el salón de su casa para verlo a usted? No tengo el mágico poder de atravesar las paredes.

Aparté apresuradamente los papeles, como si fueran irrelevantes o no revistieran el menor interés para mí, y cogí en su lugar el periódico.

—¿No ha oído mi llegada, ni mi conversación con madame Unsworth en el vestíbulo?

—¿Hum? —Fingí estar concentrado en la lectura de los titulares que tenía delante—. ¡Vaya! Parece que han fundado un nuevo partido político, ¿lo sabía? Se llama...

389

—Es interesante que no me haya oído llegar —dijo Poirot, interrumpiendo mi intento de distracción—. Estaba absorto en sus papeles, ¿verdad? No en el periódico, sino en esos papeles. —Los señaló—. ¿Qué son?

—Nada.

Poirot ya avanzaba lentamente en dirección a mis notas y las vería de un momento a otro, a menos que yo saltara y me abalanzara sobre ellas para taparlas. Suspiré y dije:

—¿No se reirá de mí si se lo digo? Estoy trabajando en un nuevo juego de mesa. Lo estoy inventando.

—¡Catchpool! —Los ojos de mi amigo brillaron de deleite—. ¿Se ha inspirado en el de los Vigilantes?

—Al contrario —contesté—. Ningún juego de mesa debería tener reglas ni remotamente parecidas a las de los Vigilantes. Son demasiado complicadas y sólo sirven para desanimar a los jugadores. Yo quiero inventar un juego de mesa que sea perfectamente simple y, a la vez, muy satisfactorio —le expliqué—. Y hablando de ser satisfactorio... —añadí.

—¿Sí, *mon ami*?

—Todo el asunto de Kingfisher Hill...

—¿Sí...?

—¿Está usted... satisfecho con la resolución del caso y con todo lo sucedido?

—¿Por qué lo dice? ¿Usted no lo está? Averiguamos la verdad, ¿no?

—Sí, pero... ¿y si es cierto que Helen no estaba en pleno uso de sus facultades en el momento en que empujó a Frank por la balconada? Y todo el asunto de

Otto Prowd... Padecía unos dolores espantosos y estaba al borde de la muerte... Eso fue lo que le dijo el doctor Effegrave, ¿verdad?

Poirot asintió.

—Ya veo lo que causa su lucha interior. Sí, amigo mío, siempre es más sencillo y satisfactorio cuando el criminal se nos presenta claramente como la encarnación del mal, sin ninguna contradicción en su carácter. Nada más que maldad, de pies a cabeza. Por desgracia, eso casi nunca es verdad de ningún ser humano. Es posible sentir compasión por alguien que ha hecho algo terrible y, al mismo tiempo, exigir que se haga responsable de sus actos. La satisfacción de resolver un caso de asesinato en esas condiciones procede de dos fuentes: en primer lugar, del convencimiento de que es preciso aplicar la ley, incluso en las circunstancias más difíciles, y en segundo lugar, de la capacidad para actuar sin permitir que la compasión por los criminales se interponga en el camino de la justicia.

Poirot se inclinó sobre la mesa y me quitó el periódico de las manos. Lo dobló y lo dejó en una silla.

—Y ahora hábleme un poco más de su juego de mesa —dijo—. ¿Cómo lo llamará? ¿Ya tiene nombre?

—No. Tengo algunas ideas, pero todavía no me he decidido.

—Entonces ya sabe lo que ha de hacer, *mon ami*. Es lo mismo que le digo siempre. Es la manera de que sus pequeñas células grises funcionen con la mayor eficacia.

—¿Qué he de hacer? —le pregunté.

—¡Una lista!

Agradecimientos

Como siempre, me gustaría dar las gracias a toda la «pandilla»: James y Mathew Prichard, y todos los que integran Agatha Christie Ltd.; David Brawn, Kate Elton, Fliss Denham y el equipo de HarperCollins; Julia Elliott y sus colegas de William Morrow en Estados Unidos, y toda la gente infatigable y llena de talento que edita mis novelas de Poirot en todo el mundo. ¡Muchas gracias!

También estoy enormemente agradecida a mi increíble agente, Peter Straus, y a todo el equipo de Rogers, Coleridge & White, a mi familia y a amigos, a mis adorables lectoras y lectores, quienes como yo son fans de Poirot y de Agatha. Quiero agradecer a Emily Winslow sus acertados comentarios editoriales; a Kate Jones, su impresionante ayuda en el último año y medio; a los participantes en el programa Dream Author, que sean tan fantásticos y me hayan enseñado tanto; y a Faith Tilleray, mi gurú de la informática y las páginas web. Un agradecimiento especial a Helen Acton, que me ofreció su nombre para que lo usara en este libro y declaró valientemente su disposición a ser asesina o víctima, heroína o villana. Gracias también a Claire George, que me sugirió el nombre de otro personaje: Marcus Capeling, un nombre fantástico que me encantó en cuanto lo oí.

Y por último, pero no por ello menos importante, va mi más profundo agradecimiento a la Reina del Crimen, Agatha Christie, cuyos libros no dejan de deleitarme y sorprenderme, por muchas veces que los lea.

Índice

Descubre los clásicos de Agatha Christie

¿POR QUÉ NO LE PREGUNTAN A EVANS?
UN PUÑADO DE CENTENO
EL MISTERIOSO SEÑOR BROWN

Su fascinante autobiografía

Y los casos más nuevos de Hércules Poirot
escritos por Sophie Hannah

www.coleccionagathachristie.com